看不見的國境線

邱永漢 小說傑作選

上

目錄

作者序

我很久沒寫小說，很多人甚至不知道我是小說家。有一次，臺灣的雜誌刊登了我的短篇作品〈戰敗妻〉的譯文，某位朋友的夫人偶然間讀了，竟對我說：「有位小說家跟您同名同姓呢。」

「小說」顧名思義，是一種小題大作、說西道東的行為。不論是精神上還是時間上，若非行有餘力，實在沒辦法幹這件事。人生中若有某個時期全心全意地投入於寫小說，意味著這個時期的自己唯有以這樣的手段才能表現出內在的心象。站在這樣的角度來看，收錄於本書中的諸篇作品都可說是我的青春時代的紀念碑。

這幾篇小說之中，我最早完成的是〈偷渡者手記〉。已故的明治大學教授王育德是我的高中同學，他在二戰結束後從臺灣經由香港偷渡至日本，就讀於東京大學的研究所。後來他的夫人及女兒以觀光名義來到日本與他團聚，但第三次申請延長居留卻遭到駁回。一旦妻女拿不到簽證，就會遭強制驅逐出境，王育德只好向東京警視廳自首自己是偷渡者。只要藉由自首獲得特別居留許可，家人自然也能得到日本居留權。沒想到天不從人願，一審跟二審的判決結果都是「強制驅逐出境」。

剛好就在這個時期，原本住在香港的我搬到了東京，從王育德口中得知這件事。在過去日本統治的時代，臺灣雖然只是殖民地，但我跟王育德畢竟都曾經是日本人。日本戰敗之後，我們被迫成了日本人眼中的外國人，但我跟王育德如今又成為國民政府追緝的對象。我們從不奢望日本政府照顧我們的生活，我們只是想在日本的國土角落覓得一塊小小的棲身之所。我決定訴諸輿論的力量，助他一臂之力，於是我寫了〈偷渡者手記〉這篇小說，刊登在長谷川伸先生所經營的雜誌《大眾文藝》上。王育德將這篇小說上呈給法官過目，成功獲得了居留許可。我的小說在這件事裡到底有無尺寸之功，我無從求證，只能說在這篇小說背後確實有這麼一段插曲。

〈華僑〉這篇作品則是「ALL新人盃」的投稿之作。曾協助我在《大眾文藝》上刊登〈偷渡者手記〉的西川滿先生（前《臺灣日日新報》文藝欄主編、《文藝臺灣》負責人）為了考驗我的實力，問我願不願意投稿此獎，我答應了。九百多篇投稿作品中，只有五篇進入決選，我這篇是其中之一。五位評審委員之中，尾崎士郎跟小山糸子對我投了贊成票，但其他三位投了反對票，所以我沒有獲獎。不過有位瞭解內情的人士對我說，我的作品一來是從香港投稿，二來使用了專業作家愛用的滿壽屋稿紙，在初選記者之間相當受到矚目。這或許確是實情，而我身為寫作的門外漢，第二篇作品就差點獲獎，雖然功敗垂成，卻讓我有了莫名的自信。就是這篇作品，讓我產生了成為職業作家的野心。由於主角名叫龍福，原作品名取作〈龍福的故事〉，但在發行單行本時，曾照顧過我的檀一雄先生建議改為〈華僑〉。

當時的我雖然不成氣候，好歹算是個反抗國民政府的革命運動家，內心巴不得想要借助輿論的力量。〈客死〉這篇作品描述的是日治時代積極抗日的文化運動（臺灣總督府禁止臺灣人參政，只能以這種名稱掩人耳目）元老級領袖林獻堂對國民政府的施政感到悲憤不已，搬到東京後終身不再返臺的故事。

〈濁水溪〉是我回到東京後的第一篇作品，在長谷川伸先生主導的《大眾文藝》上以每期一百張稿紙的份量連載了三期。作品完成之後，我寄了一份給當時已是流行作家巨擘的大學學長檀一雄先生，數天之後得到了「我協助你發行單行本，請與我聯絡」的回應。後來我才知道，檀先生原本對我這篇小說不抱期待，但他正在構思一篇以臺灣為舞臺的小說，想從我的小說中擷取一些靈感。沒想到一讀之下，他竟然看得欲罷不能，將整篇小說從頭到尾讀完了。不久之後，檀先生帶著我到他的老師佐藤春夫先生的府上拜訪，素昧平生的佐藤先生也稱讚我的小說，說我的小說「合格了」。後來我接納了檀先生的建議，刪去了這篇小說最後約一百張稿[1]紙份量的內容，發行了單行本。這篇小說入圍了第三十二屆直木賞，但沒有

1 編註：日本習慣以稿紙計算字數。一張稿紙即四百字；一百張稿紙即約四萬字。

得獎。

〈檢察官〉寫的是王育霖的故事，他是前面提過的友人王育德之兄。二戰結束後，蔣介石派到臺灣的官員及軍人可說是極盡貪汙跋扈之能事。曾在日本東大法學部求學的王育霖基於一股義憤填膺的衝動，揭發了當時新竹市長將美軍捐贈的奶粉據為己有的弊案。沒想到此舉不僅讓他丟了檢察官工作，還在二二八事件的混亂時期遭人帶走，就此下落不明。這整件事的殘忍暴虐程度，遠遠超越了最近發生的天安門事件。正是這件事讓我下定決心離鄉背井，過起流浪異鄉的生活。

〈濁水溪〉落選之後的隔年，上半年度的直木賞入圍作品裡沒有我的作品，評審委員之一的木木高太郎先生還特地在選後評論中提到：「為什麼沒有邱永漢？」因為這個緣故，我的作品〈香港〉於昭和三十年下半年度入圍，最後與新田次郎先生的〈強力傳〉同獲第三十四屆直木賞。我是史上第一位住在日本卻不具日本國籍的外國人獲獎者。評審委員中的大佛次郎先生對我的作品最是讚譽有加，這點也讓我頗感意外。

獲得文學獎的最大好處，在於從此將被當成能夠獨當一面的作家。但這樣的效果，在我身上卻看不到。在那些大雜誌社、大報社編輯們的潛意識裡，認為我的小說沒有一篇是以日本人為主角，像這樣的小說絕對無法成為日本人茶餘飯後的讀物。因為這種先入為主的觀念，向我邀稿的編輯可說是寥寥可數。但我並沒有為此氣餒，繼續孜孜不倦地寫我的小說。

除了《狡猾如神》、《西遊記》、《女人的國籍》等長篇作品之外，〈惜別亭〉以下的幾則短篇都是我在懷才不遇的新進作家時期所寫的作品。

〈惜別亭〉這篇作品，靈感來自於我在報紙角落看到的一則不起眼的小文章。上頭寫著：在新加坡，屋裡死過人的房子會租不出去，因此貧窮的房客若已不久於人世，會被房東趕走。有人於是專門將房子租給這類垂死的窮人，反而大賺了一筆。

〈毛澤西〉描述的則是大批難民為了躲避共產黨的迫害而湧進香港的真實事件。香港的報紙刊登了這麼一則趣聞：有個沒有執照的報紙小販被警察逮捕了，到了法庭上，英國籍的法官問：「你叫什麼名字？」那人回答：「毛澤西。」法官忍不住笑了出來。我將這件事寫成了一篇小說。

〈頭顱〉、〈傘中的女人〉、〈石頭〉的靈感來自於廣東省的民間傳說。我會寫下這幾篇小說，全是因為我在香港結髮的妻子是廣東人。〈太公望〉則是因為我住在香港的那段日子，閒暇之餘閱讀中國古典文學，從中獲得了靈感。

至於〈冗長的戰爭〉，我自認為這是一篇幽默小說。在我離開臺灣之後，蔣介石敗給了共產黨而逃至臺灣。為了防守臺灣，他開始實施徵兵制度。臺灣人在日治時代曾以志願軍的立場受日軍徵調，當時的臺灣人在入伍時皆高舉日本國旗，高唱「替天討伐不義」的陸軍軍歌歌詞。如今掌權者換成了國民政府，臺灣人不知變通，竟然在入伍的時候依樣畫葫蘆，幹起了相同的事情。來自臺灣的友人對我說了不少這類軍隊生活的趣聞，只要是對從前日本軍隊生活有所瞭解的人，得知這些事都會捧腹大笑吧。

〈看不見的國境線〉是這本小說集的標題之作。我剛到香港時雖然身無分文，但後來賺了些錢，擁有了屬於自己的房子。有一段時期，我把自己家的二樓租給了一位剛從北京來到香港的美國籍老婦人。那是位舉止端莊高雅的老婦人，跟一個女兒相依為命，那女兒卻是中國人，怎麼看都不像她的親生女兒。我跟老婦人有了些交情之後，有時她會隨口聊起一些往事，我將這些往事寫進了故事裡。

〈刺竹〉這個故事裡充塞著我心中的煎熬與悲痛。主角遭人抹黑為共產黨，不得不東逃西竄。這個人雖然不是我，但其境遇與我自己的陰暗過去頗有相似之處。若要加以比喻，這個故事就像是二十世紀臺灣知識分子的悲哀所化成的結晶。寫了這則短篇小說之後，我請剛結識不久的檀一雄先生過目，當時檀先生因在奧多摩遭落石擊中而住院療養，他讀了之後讚不絕口，對我說：「光是這篇小說，就讓我認定你有資格當個小說家。」

好了，以上這些都是過去的事了。我向來不喜歡回首從前的往事，因此不想再多談。我的作品擁有多少價值，希望諸位讀者能夠自行判斷。我這些遭人遺忘的小說能夠再次呈現在讀者面前，多虧了林泉舍的國分光洋先生。他對於我這些作品異常關心，積極引薦給新潮社，才讓這些作品得以集結成如此精美的短篇集。在此向國分光洋先生及新潮社內負責此書出版的初見國興先生再次致上感謝之意。

一九九三年十二月吉日

邱永漢

導讀

跨得過／跨不過的國境線

文‧張文薰（臺灣大學臺灣文學研究所　副教授）

本書作者邱永漢，本名邱炳南。一九二四年生於臺南，比也是臺南出身的葉石濤大一歲、比作家黃靈芝大四歲。與他們不同的是，邱永漢逝於東京之前的人生，住過臺北、香港、日本、中國。在日本的知名度堪比王貞治，被譽為「金儲けの神様」（賺錢之神），出過《成功的法則》、《邱永漢教你和錢打交道》、《社長學讀本》、《金錢不可怕，一怕就與成功絕緣》等標題聳動的暢銷投資術著作，也被理財專家奉為師尊。投資範圍涉足餐飲、房地產、股票、生技、教育等領域，中山北路與南京東路交叉口的永漢大樓、天廚菜館等都是他在一九七〇年代以後經營的事業。本書所呈現的，卻是這狂傲自負股神的另一面——在夢想與現實、故鄉與世界、群體幸福與個人實現之間被擠壓、追趕而徬徨飄移的敏銳靈魂——文學家邱永漢。

紫色草花盛開於骨骸散曝的古墳，被拋棄在漫染著魚塭藻綠土地的少年，走在正午的路上。牛車。牛車。鈴聲在澄澈的青空下遠去。車塵的氣息竟疊上你的容顏，在朱欒樹下啜泣。我停下腳步，不再邁開。你的歌聲在白晝之月邊迴盪。

這是一九三九年的散文〈廢港〉，當時他還叫邱炳南，年方十五歲，文章已經刊登在臺灣第一流的文藝雜誌《文藝臺灣》。身為臺北高校學生的他，同時在學生雜誌《翔風》、《月來香》寫作，《翔風》上還有他的同鄉同學王育德的文章。邱炳南題名〈四面月光〉、〈九天玄女〉、〈雨愁〉、〈米街〉、〈戎克〉的作品中，夜色、月光籠罩下夢境與意識泛流，無依的少年在鳳凰木、榕樹、牛車、砲臺的風景中，走向無邊的前方。孤單的心靈不時遭遇孤寂與死亡威脅，唯有呼救「媽祖啊、九天玄女啊、天公啊」，讓旗幟、紅轎、香爐等民俗意象交織出救贖的安全網。

以現代主義式的視線凝視臺南在地的事物，藉由不連續的詩化語言表現出日常的倦怠，現實意識的飄移——豈不是厭世文青的標準模式？只是這些作品一旦由純熟日語寫成，戎克船、媽祖廟、安平就洋溢一番異國情調。

臺南文青邱炳南，如何成為東京賺錢之神邱永漢？這是臺灣研究者的好奇，更是東亞近代史的主題。

東山彰良小說《流》在二〇一五年獲得直木賞，當代臺灣文學讀者相對陌生的邱永漢、陳舜臣才以日本的「臺灣之光」被再度提起。其實這三位作家與臺灣的關係、國族屬性都有差異，一律貼上臺灣標籤，恐怕只是渴望被世界認同的臺灣社會的自我滿足。戰前是殖民地日本人的邱炳南，戰後轉為被剝奪日本國籍的走私客邱永漢。耽美文青的蛻變過程，正是在血統、土地、身分、族群的種種界限的交錯中，意識到個人在「看不見的國境線」之前，只能積極跨越或墜落的一段旅程。

本書原題「見えない国境線」（看不見的國境線），收錄包括〈偷渡者手記〉、〈濁水溪〉、〈檢察官〉、〈香港〉等讓邱永漢在一九五〇年代日本文壇一舉成名的中篇，主要描寫日本舊殖民地臺灣出身者的戰後人生。這些作品加上〈客死〉、〈看不見的國境線〉、〈刺竹〉裡的角色多有所本，是邱永漢的同時代人。加上〈頭顱〉、〈石頭〉、〈傘中的女人〉等改寫中國南方志異的傳奇故事，以及〈華僑〉、〈惜別亭〉、〈故園〉等華人遷居、離散的短篇。

本書原以日文寫作、在日本出版，故事的重要角色卻都沒有最狹義定義的「日本人」。這看似奇特的現象，如果放在日本大眾文學的脈絡中就並非不可理解。舊殖民地、古典傳奇、大航海時代都是日本大眾文化嗜好的題材。經濟學出身的邱永漢是可以一手寫作、一手下單的天才；他的得獎作品，精準符合戰爭反省風潮與大眾讀者的需求，相當於經過市場調查設計出來的商品。

身為臺北高校、東京帝大畢業的學歷精英，見證同學師友的歷史轉折與個人成敗，由邱永漢記錄「二十世紀臺灣知識分子的悲哀所化成的結晶」（〈序〉），當然有其合法性。只因為出身殖民地，「從來沒有決定自己要怎麼做的權利」（〈香港〉）、「（我的）命運向來掌握在其他人手裡。這種命運遭他人掌控的感覺，總是激發我的反抗心態」、進而向無法理解「像這樣的屈辱」（〈偷渡者手記〉）的日本人控訴，這些任務都符合文學反殖民的後世期待，大多臺灣文學也都出現相似的情節。

然而更重要的是，小說家邱永漢所捕捉到的悲哀，是在無法擺脫的被追趕焦慮下，理想主義者與現實的對峙過程中，臺灣人（華人）對於「國境線」的自覺。

本書首篇〈偷渡者手記〉的主角與其兄皆是畢業於東京大學的臺灣菁英，戰後遭受恐怖迫害，哥哥被殺，因而回到日本求生，卻因為不再具有日本國籍而可能被強制遣返，正向法官主張合法居留的權利。「偷渡者」這種非法身份，正透露臺灣人在戰後東亞情勢中的荒謬處境。原本醉心劇團的文藝青年，察覺「我們臺灣年輕人沒有人能夠避免染上政治色彩」。最尖銳的是他控訴「不想接受政治庇護」，因為政治庇護的是外國的政治犯，而主角原本也是日本人。

畢業於東大、哥哥從法、弟弟學文的一對兄弟是邱永漢作品的常見角色，熟悉近代史的讀者當然可以對號入座，但更重要的是，這滿懷熱忱卻不幸遇害的哥哥，是身處歷史變動關鍵期理想主義者的象徵。〈濁水溪〉中主角的好友德明、〈客死〉中的青年志民也都是這種人格類型。他們不與現實妥協，先是與主角辯論著「臺灣的前途是『階級問題』或是『民族問題』？」以及種種身分選擇行為的理由，試圖釐清「臺灣人昨天還是戰爭的共犯，今天卻躋身勝利者的行列」、「許多違反常識的事情都即將化為現實」（〈濁水溪〉）這一時代的各種荒謬。後來再以落難遇害，提醒主角此地不能再留，引發「他正遭人追捕，逃走是他現在唯一的目的。為何自己會遭人追捕？為什麼只能逃走？……他既沒有殺人，也沒有奪人財物，卻必須不斷逃命，這就是戰後臺灣的現況」（〈香港〉）的危機意識。

〈濁水溪〉的德明是臺日混血，並能看出「日本人不過是阿伊努人、中國人、朝鮮人與南洋原住民的混血人種」這超越日本帝國單一起源說的現實，以及得出「所謂的血緣，其實是一種生活在共同土地上的意識」的共同體觀點。但在容不下德明臺灣獨立理想的險峻情勢中，主角「我」先是選擇走私，「成為金錢的惡鬼，掌握足以撼動政治的龐大財力」，遊走在蘇澳、淡水等沿岸港口，放眼走私中繼站香港，並在二二八事件之後，發出「我好想住在一個沒有國家、民族這些問題的地方」的吶喊，終究出逃。

〈濁水溪〉主角在東京時已經出逃過一次，為了躲避徵兵離開有師友照顧的東京，當他燒掉父母的合照出奔，卻產生「我只要假裝跟他們一樣就行了，一點也不奇怪，絕對不會遭人起疑。我心裡這麼說服自己，心情卻有如失手殺了人，背後永遠有著看不見的影子緊緊跟隨著」的恐懼。無論在有精神支持的東京，或在有親情圍繞的故鄉，所有嚮往自由、獨立的臺灣知識分子，都會在國境線變動的過程中面臨被追趕的惡夢，不得安居。

「或許他真正的祖國，並非如今踩躪著他故鄉的國民黨所統治之國，而應該是一個沒有國境線的國家」。這是給「他」的建議，那麼「我」真正的祖國在哪裡呢？祖國是必需品嗎？邱永漢滑溜溜轉進股市，沒有人能從他的訪問或回憶中獲得答案。

夜晚的臺南街上相當冷清。我獨自走在有著媽祖廟與關帝廟的郊區巷弄之內。不知何處飄來了燒香的氣味。昏暗的街燈下，香腸店裡的老人正忙著將豬肉塞進豬腸裡⋯⋯遠方正不斷傳來悽涼的胡琴聲。

甘蔗葉在南風吹拂下不住搖擺，沒有一刻平靜，有如藍色的海面。大浪剛過，小浪接踵而至。來自頭頂上的陽光將這副景象照得熠熠發亮。乾裂的鄉間小路上有兩道牛車的車輪印，深深地陷入泥土中。到處是碩大的牛糞，上頭飛舞著金頭蒼蠅。

這兩個段落，都是〈濁水溪〉主角出逃之前，對於故鄉臺南的回望。這裡不再是月光下停滯、蒼白的廢港了。乾涸土地上的牛車印承載著苦難，視線的盡頭是通往真實世界的炫亮海洋。

偷渡者手記

親愛的法官大人。

我是個出生於臺灣的年輕人，今年二十九歲，名叫游天德。去年十月，我為了獲得日本居留權，向警方自首了非我本願的違法偷渡罪行。去年十二月，一審宣判強制遣返，我不服判決而上訴，二審的判決卻是維持原判。如果除了日本之外，我還有可容身之處，我根本不會自首。不，應該說我打從一開始就不會犯下違法偷渡進日本的罪行。然而現實卻是除了日本之外，我無處可去，無論如何我必須取得日本的居留權。所以我再次提出了上訴。這次是第三審，也是我的最後一審。這場重要的審判，將決定我會被逐出日本，還是能獲得居留權，從此合法居住在日本。

昨晚我滿腦子想著今天的預審，一整晚難以闔眼。就算我再怎麼拚命辯解，還是有可能被一口駁回。光是想像那情境，我便感覺腳下大地彷彿被掀了起來，澈底失去未來的希望。何況這事態並非僅是空泛的想像，而是最有可能成真的現實。因此今天早上踏進法院時，睡眠不足與神經緊繃幾乎讓我分不清東西南北。

但是當我一站在負責本案的法官大人，也就是您的面前，當我一聽見您的聲音，不知道為什麼，我竟然恢復了冷靜。您有著宛如白雪一般的頭髮，以及散發著暖意的溫厚雙眸。

「你是學生？」您看著過去的調查報告書這麼問我。

「是的。」

「哪間學校？」

「東京大學的研究所，主修東洋史。」

「東洋史……唔……」您摘下眼鏡，目不轉睛地看著我。「所謂的東洋史，指的是中國史吧？日本的東洋史研究勝過了其它國家？」

我還沒回答這個問題，內心已湧起了一股前所未有的安心感。當初的一審及二審，我都遭到了冷眼對待。我心情憂鬱而難以自已，不由得把自己當成了罪人。相較之下，當我見到了您，聽見了您的聲音時，我直覺地感受到了您對我釋出的善意。由於我出生在曾是日本殖民地的臺灣，在我二十九年的生涯裡，命運向來掌握在其他人手裡。這種命運遭他人掌控的感覺，總是激發我的反抗心態，令我陷入對自己更加不利的立場。但我必須說，在所有曾經掌握我命運的人之中，我感覺您是最值得信賴的一位。我打從心底認為能夠把自己的命運交到您的手上。或許那是因為不論是您的年紀，或是您那和藹可親的態度，都與我那如今依然生活在臺灣農村的父親有幾分相彷。

但即便是這樣，如今的我並不打算對您阿諛奉承。既然接下來的命運是由您這樣的人所掌握，就算您琢磨法理後決定依照原判將我強制遣返，我也不會有任何怨言。當然若是這樣的情況，我會盡一切努力，避免讓自己被送回那個當初正因為感到危險才逃離的臺灣。我唯一的選擇，或許只剩下被送往中國共產黨統治的中國大陸，這點我早已有所覺悟。命運說起來真是奇妙，過去我從不曾視中華人民共和國為祖國，甚至不曾踏上中國大陸一步，但多舛的命運卻讓我不得不把那裡喚作自己的國家，而且我將被送回一個全新的祖國。雖然我還年輕，但早已對屈辱習以為常。倘若歷史的變化逼迫我在一生中必須擁有數個祖國，我將無奈地接納命運的安排，且也已經接受過忍耐這一切的訓練。日本人雖然因戰敗而有了慘痛經驗，但絕對不曾承受過像這樣的屈辱。這可說是唯有我們臺灣人打從出生就必須背負的十字架，所以我早已有屈服於命運的覺悟。

當然我的內心深處，也隱隱相信著只要我對您坦誠相告，您一定能對我的立場感同身受，在法律允許的範圍內盡可能對我伸出援手。所以當我離開法院回到家裡，便立即把今天的遭遇一五一十地告訴了妻子，她一聽到關於您的事，登時喜極而泣。

我決定放下內心的矜持，老老實實地寫封信給您。妻子也很贊成我這麼做，於是我立即提起了筆。或許文章粗鄙難通，但希望您能在詳讀之後做出寬大的處置。

我出生於臺灣南部一座名為臺南市的城市，父親是市內數一數二的海產批發商，我在家中排行老二。父親當年白手起家，在別處行號當差了許多年，才自己獨立創業，靠著過人的勤奮與努力才成功，也累積了不少資產。因為這個緣故，父親識得一些字，能夠自行記帳及讀報。而且父親相當看重學問，我的哥哥跟我從小還沒上公學校[1]，父親就將我們送往書房，也就是教育童蒙的私塾裡去求學。教漢文的老師每天上課時手裡總是拿著鞭子。八歲之後，我進入公學校，開始接受日本教育。公學校是專門為本島人[2]設立的初等教育機構，在當時還不是義務教育，只是為了與內地人[3]所就讀的小學校有所區別，才被稱作公學校。大部分本島人從公學校畢業之後，都會進入役所[4]或糖廠做些雜役的工作，但父親要求我哥哥文德繼續就讀中學及高校，我也不例外。父親打從一開始就不打算讓兩個兒子中的任何一個繼承家業，他只希望我們兄弟都能上大學，獲得不被內地人看輕的社會地位。

我的哥哥文德是個一板一眼的人，個性很像父親。高校畢業後，他進入了東大的法學部。有次他放暑假回到臺灣，在父親的命令下參加了一場急就章的相親，然後便結了婚。暑假結束後，他就帶著新婚妻子回東京去了。他是個老實且循規蹈矩的人，讀書總是腳踏實地，在大學畢業的那年就考上了高等文官的司法考試。

「等我畢了業，一定要當上檢察官，給那些蠻橫的警察一點顏色瞧瞧！」

他曾經激昂憤慨地這麼說。當時我們都受到臺灣警察欺壓，所以他認為只要能任職於更高階的司法機關，就能吐一口怨氣，我也相當贊成。他畢業後以「司法官試補」的身分被派往京都，一直到戰爭結束都在那裡擔任實習檢察官。

相較之下，我雖然順利升上了高校，但求學期間迷上了藝術，自詡為才華洋溢的文學青年，有時寫寫小說，有時以辯論社員身分參加全島遊說活動，到處上臺演講，有時則投入於戲劇表演。戲劇表演尤其令我著迷，剛好我父親擁有一家戲院，我在戲院的演員們下鄉演出時跟他們同行，不僅整個暑假都在執導戲劇，有時甚至也上臺表演。當時正值第二次中日戰爭期間，按照總督府的方針，只有皇民化劇才能上演，我於是成了演員們的日語老師，在劇團裡相當受到倚重，還寫了一些如今回想起來實在汗顏的劇本。當時我總覺得鑽研戲劇最符合我的本性。

不過，就像日本人常以「河原乞食」這句話來諷刺演藝人員社會地位卑賤，臺灣社會的情況也差不多，演員在當時被視為一種低賤的工作。連我自己也沒有辦法擺脫這種先入為

---

1 公學校：日治時期政府開設的兒童教育學校，入學對象大多是臺灣人。
2 本島人：指臺灣人。
3 內地人：指日本人。
4 役所：指公家機關。

主的觀念，所以我一直認為自己最終還是會踏上跟哥哥一樣的人生道路，這個志向並沒有改變。然而這個志向卻在一眨眼間就遭遇了挫敗，因為我在報考東大法學部時落榜了。如果是東北帝國大學或臺北帝國大學，只要參加第二階段考試就可以入學，但我心裡抱著與哥哥競爭的想法，決定重考一年，說什麼也要進東大。可惜隔年我報考東大法學部再度落榜，由於實在沒有精力再重考一年，我只好改變志向，進入文學部，攻讀東洋史。

戰爭打得愈來愈激烈，文科生大多遭到徵調，入伍從軍的學生一天比一天多，校園裡顯得冷冷清清。那年秋天，日本政府實施了臺灣學生及朝鮮學生的志願兵制度。名義上是志願兵，實際上卻是強制徵調。我們外地學生都在私下受到警告，如果不志願入伍，就會遭學校退學，而且會被調去服勞役。最陰險的是那些總督府文教局派來東京的公務員，我們的去留全掌控在那些人手裡。我們沒有選擇的自由，只有志願入伍的自由——如果這也算是自由的話。幾乎所有學長及同學中的臺灣學生都無奈地入伍了，但我卻因距離年滿二十歲還差三個月，不符合志願入伍的資格。另外還有一個法學系的學生不肯接受強迫性的志願入伍，他聲稱想要回臺灣之後再入伍，從此沒有再來學校。除此之外的所有臺灣學生都接受了上頭的安排，在盛大的歡送儀式後當兵去了。

然而朝鮮學生卻除了少數幾人之外，全都拒絕接受強迫性的志願入伍。我從他們其中一人口中得知，與其從軍，他們寧願選擇服勞役。後來過了不久，我聽說他們全被送往集中營，每天被迫做著有如地獄般的勞累工作。他們每個人都流下了男兒淚，一同發誓要向日本復仇。聽到這件事後，我嚇得臉色蒼白，心裡不禁猜想日本這個國家恐怕已走到了盡頭。但是另一方面，這也讓我深深體會到臺灣人與朝鮮人之間的民族差異。臺灣學生若有選擇的自由，想必沒有一個人會願意從軍吧。但臺灣人繼承了漢民族的血脈，而漢民族是相當沉得住氣的民族，總是在屈辱與忍耐中獲得最後勝利。因此像這種時候，臺灣人總是比其它民族更能坦然接受屈辱，這是多麼諷刺的一件事。與生俱來的本能在告訴他們……不，應該稱為我們，若以長遠的眼光來看，這是最明哲保身的做法。就這層意義上來看，我們都是貨真價實的阿Q子孫。

如今朝鮮、日本、臺灣的情勢，不正反映了各民族的性格差異？總而言之，處理民族問題若像日本人一樣抱著自以為是的想法，肯定會以失敗收場。最重要的一點，是必須能夠站在對方的立場思考問題。我身為歷史的學徒，不得不說日本人強迫朝鮮人及臺灣人向日本效忠是非常愚蠢的事情。日本人的做法太過瑣碎且一廂情願，在我們看來實在是多管閒事，在外國人眼裡則無疑是一場鬧劇。

路旁的銀杏樹都已掉光了葉子，校園裡寒風刺骨，我的心情也變得愈來愈不安。我心裡已有所覺悟，這個年一過就必須入伍從軍，所以根本無法平心靜氣地念書。最後我寫了一封信給當時在京都的哥哥文德。哥哥立即打了一通電報給我，上頭寫著「有船就快回臺灣」。

到了隔天，我又收到了哥哥的來信。哥哥在信中告訴我，反正明年免不了要當兵，既然非入伍不可，這段期間不如回臺灣好好孝順父親，入伍前好好跟父親道別。對了，有件事我忘了提。我兄弟倆從小喪母，父親娶了一個年輕的妻子，但繼母一心只是覬覦父親的財產，與父親性格不合，家裡經常吵吵鬧鬧，父親的日子過得很寂寞。父親很想念我的生母，也就是從前跟著他同甘共苦的妻子。父親的不幸令我深深同情。我突然好想見父親，於是在那年的年尾離開了東京，先到京都與文德見了一面，接著回到了臺灣。

當時的臺灣是日本往東南亞發展的重要跳板，因此到處都是塗成了卡其色的軍事基地。從基隆到高雄的縱貫鐵路沿線，不管是國民學校還是公會堂，所有大型建築物都被徵用，成了臨時的軍營。原本臺灣是個盛產糧食的島嶼，如今卻陷入糧食危機，就連作為島上特產的稻米及砂糖也供不應求。為了解決日本內地糧食不足的問題，身為生產者的臺灣農民們不知付出了多大的犧牲。但我家是糧食批發商，而且是在鄉下擁有一些土地的地主，所以三餐溫飽不成問題。最讓我感到困擾的一點，是周圍的目光不允許我大學中輟後賦閒在家。不管什麼樣的工作都行，總之我必須有個名義上的正當職業。東奔西走了一陣子，我終於找到了個畜產公司臨時雇員的工作。我穿上卡其色的國民服，腳上纏了綁腿帶，每天到公司上班，途中好幾次因遇上空襲警報而嚇得心驚膽跳。

就在這個時期，我遇上了碧雲，也就是我現在的妻子。她家姓鄭，住在我上班的畜產公司附近。她排行老么，家裡共有十二個兄弟姊妹。鄭家的宅邸老舊卻巨大，外頭的白色圍牆因年代久遠而泛黑。據說鄭家是鄭成功的後代子孫，宅邸的周圍盡是青鴉鴉的魚塭。後來我才知道，她有個就讀美術學校的哥哥回到了家裡，基於跟我一樣的理由而到畜產公司上班。正是這個哥哥帶我回家，將碧雲介紹給我認識。那時碧雲還是個年紀剛滿二十歲的黃花閨女，跟我一樣到東京念書，最近剛輟學回到臺灣。聽說她在東京就讀的是西洋縫紉學校，但畢竟是大小姐做學問，就連她身上穿的衣服也不是自己親手縫製的。不過她的手足當中有人是畫家，有人從音樂學校畢業，家庭頗有藝術氛圍。或許因為這個緣故，她的興趣很廣泛，說起話來簡直像是一流評論家。自從離開東京返回故鄉，農村的單調生活令我感到頗為厭煩，所以我愈來愈常到她家拜訪，與她的交情也愈來愈好。隨著情誼加深，我開始把許多內心話都告訴她。例如我的夢想是從事戲劇工作，等到和平的時代來臨，我想要像從前的小山內薰[5]一樣組織劇團，自己撰寫劇本，而且親自上臺表演。她非常贊成，還說想要助我一臂之力，所以我們經常邀集朋友，一起閱讀契訶夫或易卜生的劇本。但我跟她並沒有發展出更進一步的關係。當初我是抱著遲早得上戰場的覺悟返家，沒想到徵兵制度一公布，竟然是從

5　小山內薰：日本劇作家、導演。一九二四年，小山內薰和土方與志創立「築地小劇場」，這是日本新劇最初的常設劇場。他致力於引進當時歐洲的戲劇，有「新劇之父」的美稱。

比我小一歲的年紀開始徵調。我依舊過著在畜產公司上班的生活，不久之後戰爭就結束了。

戰爭的結束可說是令人難以置信的重大事件。包含我在內，絕大部分臺灣人都喜出望外。事後想想，雖然日本人為臺灣做了很多事，但臺灣人心中都抱有受日本高壓統治的印象，因此每個人都感到終於獲得了解放。戰爭一結束，我立即辭去了畜產公司的工作。我滿心認為現在正是開始組織劇團、創作啟蒙戲劇的最佳時機，因此毫不猶豫地付諸了行動。我邀集了曾經一起閱讀戲曲的同伴，開始排演我自己寫的劇本《寧南門》，準備租下市內的M劇場作為表演舞臺。劇本的內容描述一個接受了日本新式教育的年輕人，念完大學後返回故鄉，拒絕了父母安排的親事，向一個窮人家的女孩求婚。但村裡最有錢的大富翁卻希望把窮人家的女孩納為小妾，女孩的父親認為與其把女兒嫁給一個窮書生，不如嫁給有錢人，於是將窮書生趕了出去，禁止他再登門拜訪。女孩傷心地奪門而出，想要在一處名為寧南門的古城遺跡裡自盡。最後年輕人及時趕到，救了女孩的性命。雖然劇情既通俗又濫情，但當時我們都認為自由戀愛是打破封建思想的必要題材。然而，就在我們租下了M劇場，準備要上演兩週，此時卻發生了一件相當麻煩的事情。那時碧雲負責演劇中的女孩，因為怕她的家人反對，我們在事前一直瞞著她的家人沒說。但不知道為什麼，消息竟然洩漏了出去。有一天，我們正在排演，她的哥哥金城突然出現。碧雲來不及逃走，就這麼被哥哥帶回去，隔天起就沒有來排演了。我跟劇中飾演青年的一個名叫黃秋成的同伴一同前往她家，見了她哥哥，但不管我們怎麼說，她哥哥還是堅持絕對不能讓妹妹演戲。

「你讀過美術學校，我以為你是個懂藝術的人，沒想到你會說出這種話。」最後我嘆了口氣。

「不，這跟那是兩回事。參加戲劇表演會讓我妹妹嫁不出去，我母親也非常反對，我只是代為轉達母親的想法。」金城說。

我聽到嫁不出去這句話，實在無從辯駁。臺灣人有先入為主的觀念，認為女演員都是不檢點的女人，因此良家閨女絕對不會參與戲劇活動。我總不能回答：「假如嫁不出去，只要碧雲小姐點頭，我願意娶她！」於是那天只好默默地離開了。但是距離開演只剩五天，而且我們的劇團本來就很缺女演員，這下子更是不知如何是好。最後我們無計可施，只好趕緊找到代替者，重新加緊訓練，終於讓戲劇順利開演了。

在這齣戲裡，我演的是女孩的年老父親。在我心中，一來對封建思維不滿，二來又對碧雲的毫不反抗感到恚怒，兩種情緒讓我把這個老人演成了人見人厭的角色。我的演技相當受到好評，大家都說我演老人既逼真又滑稽，前來看戲的觀眾相當多，我們順利地演了整整兩週。但門票收入卻不如預期，當時因通貨膨脹的關係，物價每天都在上漲。我們事後一算，不僅沒有賺錢，而且還虧損了將近十萬圓。

我煩惱於該如何償還這筆債。雖然明知道除了自己墊錢之外別無辦法，但我不想向父親求助。父親是個吃過苦的人，雖然擁有一家戲院，卻很瞧不起演員。他對熱衷於戲劇的兒子絲毫不同情，而且打從一開始就警告過我，如果我無論如何都不肯放棄，就必須自己負起責任。以結果來看，全怪我一意孤行地搞戲劇，才會害自己背負債務，還與碧雲決裂。通貨膨脹愈來愈嚴重，加上我父親是個守舊不知變通的人，無法順應社會的變化，導致我家開始沒落，我也不得不重新就業。費了一番苦心，我找到了一份在市內的中學教授歷史的工作。

碧雲自從被母親及哥哥說服後，一直沒再出現在我面前。為了賭一口氣，我也有好一陣子不想去見她。五月的時候，原本在京都擔任副檢察官的文德帶著妻小回到了臺灣。文德滿懷著雄心壯志，認為臺灣終於回歸祖國懷抱，今後就靠我們好好重新建設……但文德從基隆上岸後，在臺北待了一天，才發現不管是朋友轉述，還是親眼所見，都與當初的期望差了十萬八千里。來自中國大陸的那一票官僚抱持淘金心態，滿腦子只想著錢，不僅公然占據官方資源、濫印紙鈔，而且還牽親引戚，將整個官界都納入自己人的掌控之中。另一方面，民眾卻失去了工作，米價連日攀升，過去幾乎看不到的乞丐及扒手，如今一天比一天更多。

「看來我們都錯了。」我說道。

哥哥跟我都是以受過日本教育的眼光來看日本在臺灣的施政，並且對於「日本人」抱持極度的反感，但是當戰爭結束，我們親眼看見前來接收臺灣的國民黨軍人及官僚，才驚覺那原本以為是根源的中國人，與我們臺灣人之間實在有著天壤之別。長達五十年的日治時代，已讓臺灣人變得與中國人截然不同。在我們看來，現在的情況就像是一群擁有高文化水準的人受到低文化水準的強權所統治。我對哥哥舉了一些例子，如前來接收臺灣的士兵把黃奶油當成肥皂洗臉，以及將水龍頭埋進牆裡後吵著問為什麼開了沒有水。

「士兵大多是鄉下人，這也是情有可原。」

文德依然嘴硬，不願意看清事實。

「哥哥，話是這麼說沒錯，但你只要對陳儀的施政仔細觀察一陣子，就會明白了。雖然不知道是真是假，但我聽說陳儀為了將砂糖運往上海，發行了多達四億圓的臺灣銀行券。」

「嗯……」文德也不得不陷入沉思。他待在臺北的時候也曾聽過相同的傳聞。

「看來還是得靠懲處貪官汙吏才行。只要拿兩、三個高官殺雞儆猴，其他官員就不敢這麼放肆了。」

文德在家裡待沒多久，就北上投身政治運動，後來又當上了新竹市的檢察官。

進入六月後，從前的大正町，也就是如今為了紀念孫中山而改名中山路的這條路旁，鳳凰木皆開出了鮮紅的花朵。雖然放眼望去到處是空襲造成的廢墟，不知何時才有重建的一天，但到了這個季節，隔著爭相綻放的花朵與通透明亮的綠葉，可以看見清澈而美麗的深藍色熱帶天空。我每天都走這條路到中學教書，臺南的名勝古蹟雖多，這是我最喜歡的一條路。

有一天，我下了課，正走在路上，忽然聽見背後有人呼喚。一轉頭，竟看見碧雲站在我的面前。她身穿無袖短旗袍，看起來英姿颯爽。

「從那件事之後，你為什麼都不來見我了？」

「…………」

「你還在生我的氣？」

我沉默不語，碧雲老實低頭道歉。

「對不起。當時那麼努力排演，卻沒有辦法上場……別說是你，我心裡也不好受。」

「不用說了，都是過去的事了。」

「我後來偷偷去看了你們的演出。你把那老人詮釋得維妙維肖，既逗趣又可悲，讓我忍不住流下了眼淚……」

我不自覺地與她並肩而行。像這樣走在一起，我感覺心情平復不少，已不想再追究她的臨陣退縮。畢竟女人都是柔弱的，我不該奢望她與眾不同。

「妳要去哪裡？」

「你家。」

「咦？」

「有件事想找你商量，但在路邊談不太方便。」

於是我們走到市內最熱鬧的一條街，走進一家名為「望鄉」的小咖啡店。

「最近我有一門婚事。」

一聽到這句話，我倒抽了一口涼氣。但仔細想想，以碧雲的年紀，婚姻是理所當然的事情。她接著解釋，對方的家在戰爭期間專做皮革買賣，戰後賺了大錢，成為市內的富商。那個家的兒子最近剛從日本回來，透過親戚的介紹，想與碧雲相親。碧雲對這門親事並不感興趣，但不敢違拗，只好與對方相了親。沒想到對方一見之下竟然大為傾心，只要碧雲開口答應，就打算立即訂婚。畢竟對方的家庭是名氣響亮的豪富之家，碧雲的哥哥們及母親都很贊成，只要自己應允，這門婚事馬上就會成立。

「這麼說來，妳已經決定了？」

「如果已經決定了，何必來找你商量。」

她帶著泫然欲泣的表情，嚥了一口唾沫。此時的沉默已勝過千言萬語。聽了碧雲這番話，我甚至不明白這段日子為何自己可以對這件事如此漠不關心。我不再有任何猶豫，當天就向她告白，求她嫁給我。當然這正是她心中期待的結果。

但接下來的事可就沒這麼順遂了。我馬上將這件事告訴了父親，父親認為鄭家的家世足以與我家匹配，所以一口答應了，立即請人前往說媒。但對方一直沒有給予明確的回應，日子一天天過去，不久後街上傳出了碧雲將嫁給皮革商兒子的風聲。父親急忙將媒人找來責問緣由，媒人說對方不滿意我大學中輟及參與戲劇活動。父親氣得火冒三丈，對我說鄭家的兄弟太多，一旦分了家產根本沒什麼大不了，給女兒的嫁妝肯定也不會太多，不如另外找個嫁妝更多、更美貌的女孩結婚。我當然無法接受父親的想法，但與父親爭辯也無濟於事，我只好再次向哥哥求助。

文德是個嚴肅的人，從不曾傳出感情方面的流言蜚語。他與父親不同，雖然在感情方面的觀念同樣趨於保守，但明理得多。他旋即請假返鄉，前往鄭家與碧雲的母親及哥哥談判。剛開始的時候，碧雲的母親及哥哥一直顧左右而言他，不肯給予明確的回應。文德只好說道：

「若不是我弟弟對我說了實話，我也不知道這件事……府上的千金與我弟弟已經私訂終身了。」

碧雲的母親一聽，登時臉色大變。

「不可能，我女兒決不會做那種事。」

「若不相信，可直接詢問令千金。原本我不想說出這個祕密，但任憑我說破了嘴，你們還是無動於衷，我只好據實以告。既然兩人互相愛慕，只要答應讓他們結婚，問題就解決了。現在跟以前那年代已不同了，不講究什麼門當戶對，只要他們兩情相悅，就讓他們結婚又何妨？」

哥哥的策略奏效了。其實那時候我跟碧雲尚無肉體關係，但哥哥事先跟我串通好了。他說如果還是談不攏，可以把這手段當成最後的殺手鐧，只要說出兩人早已私訂終身，這門婚事一定能談成。聽說那天晚上，碧雲的母親不斷逼問她這件事是否屬實，碧雲只是不住流淚，一直到最後都沒有開口回答。哥哥甚至慫恿我事先跟碧雲套好說詞，但似乎沒有這麼做的必要。那一年秋天，我跟碧雲結婚了。

但是在我們結婚之前，哥哥發生了一件事。我在前文便已提過，哥哥在臺灣當上了檢察官。哥哥個性耿直，對任何事情從不睜一隻眼閉一隻眼，而且在工作上相當盡責。他掌握了明確的證據，新竹市長私吞了善後救濟總署準備要發放給民眾的救援物資，於是他舉發了市長。剛開始的時候，他要求市長主動到案說明，但遭到漠視，他便親自攜帶拘票，領著法警衝進市政府。沒想到市長早已接獲消息，下令警察部長派巡查員警前來阻擋，反將文德團團包圍，奪走拘票，揚長返回市長官邸。文德氣得直跳腳，回到法院後立即向上司報告，並主張文明國家無論付出多大的犧牲，都必須捍衛司法權的獨立性。沒想到上司聽了他的報告後，回應卻是檢察官搞丟拘票成何體統，若不能拿回來就該辭職以示負責。哥哥按捺不住，對著上司破口大罵，最後將辭呈扔在上司面前，辭去了檢察官的工作。當時距離他就任檢察官，只過了四個月。就在這一刻，他終於體認到中國的司法權在實質上並未獨立，同時他對中國政府的幻想期待也澈底破滅。接著他認為要建立真正的理想社會，必須訂下長遠計畫，而且首先該從教育著手。於是在辭官返回家鄉後不久，他又將妻子及小孩安置在老家，獨自一人搬到臺北，跟我一樣成了中學教師。與我不同的是他教授英文。

我們年輕人眼前的現實可說是愈來愈嚴苛。那些官僚見我們年輕人不斷反對政府推動的各項政策，竟對外宣稱臺灣青年受日本的奴化教育荼毒太深。但每個人都看得出來國民政府在壓榨臺灣百姓，臺灣人受到奴役的程度甚至比日治時代有過之而無不及。民眾抱怨聲浪與日俱增，沒有人知道明天會是什麼樣的局面。得利者揮霍無度，弱勢者挨餓受凍……我們這些接受日本教育的年輕人目睹此慘況而高喊社會正義，難道可以說日本教育是錯的？不，倘若我們只是忍氣吞聲，甚至像從前的總督府評議員一樣成為政府的走狗，日本的知識分子反而會感嘆從前的殖民地政策相當成功，教育卻是澈底失敗吧。

我見證了這個現實，認為有必要以舞臺劇的方式讓世人看見真相，於是我寫了一個以《壁》為題的劇本。在舞臺正中央擺一面牆壁，右邊是靠著「居奇囤積」過著富裕生活的富商，左邊則是連一日溫飽都難求的人力車伕。這是一個極度追求對比效果的故事。

黃秋成在當時是我最好的朋友，也是我的同志。他在一家總部位於臺南市內的地方報社擔任文藝欄編輯，我有時也會在上頭寫寫散文雜記。他是我劇團成員之一，而且是最優秀的男演員。他的疑心病不像我這麼重，思考模式相當單純，總是能說出乾脆明快的意見。例如在創作《壁》的時候，我本來想要以臺灣人與來自大陸的中國人之間的對立為主軸，但他卻堅持應該把重點放在單純的階級對立上。

「確實，目前阿山[6]的地位在我們之上，所以占盡了便宜，然而只要階級的問題解決，你說的對立也會迎刃而解。罪魁禍首是腐敗的國民黨，我們應該以推翻國民黨政府為優先。」黃秋成對我說。

「不，在我看來，如今臺灣面臨的不是階級問題，而是民族問題。如果可以的話，我也不願這麼想，但是臺灣人在受日本統治的這五十年之間，似乎已轉變為既不像日本人也不像中國人的新民族了。在受到強權逼迫而不得不與中國分開的期間，臺灣人一直認為中國才是自己的真正根源，但實際回歸中國統治之後，才發現一切都跟原本想像的完全不同。光復對臺灣人而言，可說是一種新的自我發現。」

「在某種程度上，我同意你的觀點。但俗話說血濃於水，我們畢竟是中國人，而且是優秀的中國人。我們只能以中國人的身分活下去。因此比起分化中國人與臺灣人，我認為更應該將民眾導向仇視有錢人。現在有很多臺灣人，也趁著局勢混亂之際斂取錢財。這些人整天只想著包養小妾及開著私人汽車到處兜風，連一毛錢也不願意付出給這個社會。他們才應該是攻擊的目標。」

像這樣的辯論永遠不會有結果，到頭來只能說是我與秋成對同樣的臺灣亂象有著不同

6　阿山：當時臺灣人對外省人的代稱，亦稱作「唐山仔」，長居中國的臺灣人則稱作「半山仔」。

的見解。秋成試圖將這視為國內政治問題來解決，而我卻認為這是中國人與臺灣人之間的問題。在前文也提過，我攻讀的是中國歷史，因此對中國歷史相當熟悉。但實際與中國人接觸之後，我才驚覺中國人的世界觀與我們已有著極大的差異。這就像是前往別人家當學徒的弟弟終於回家，才發現自己離家時日夜思念的哥哥竟然是個貪婪之輩，而且還想要占自己的便宜。如果這個弟弟是個懵懵懂懂的孩子，或是懦弱的女人，或許還會忍氣吞聲。但回家後的弟弟已是能夠獨當一面的青年，就算對方是哥哥，也不會輕易屈服。在現實的認知上，秋成並非無法同意我的觀點，只是在思考解決方法時，他不願意像我一樣明快地切割。而我雖然敬佩他的熱情，卻沒辦法沉浸於夢幻般的理想主義而漠視現實。就算國民黨沒落，遭共產黨取代，只要臺灣的問題是民族間的對立問題，就沒辦法靠政權輪替來解決。我認為即使掌權者不同，臺灣人的不幸還是會持續下去。

不過《壁》這齣戲的主旨是民主，因此我跟秋成各退了一步。我接納秋成的意見，將富商設定為臺灣人，另外再安插一個中國人，作為與臺灣富商互相勾結營利的官僚。在這齣戲裡，秋成飾演貧窮的車伕，我則因為還得到學校教書，時間上安排不來，只好做些幕後的指導工作。我們租下了市內的公會堂來上演這齣戲，或許是因為內容在觀眾眼裡帶有強烈訴求，開演後竟然頗受好評，每天都座無虛席。

由於場場客滿，我們打算要加演十天，沒想到就在這時，當局突然下令「禁演」，理由是有煽動民眾作亂的嫌疑。不過政府當局的禁令下得太慢，大部分民眾都已進場看過了。這齣戲讓我跟秋成一時之間聲名大噪，但以結果來看，這對我反而是場悲劇。

民眾愈來愈貧苦窮困，來自中國大陸的新為政者卻是愈來愈暴虐不仁，最後終於爆發了有名的二二八事件。肇因是專賣局的查緝員在街上查緝私菸時，沒收了一個在路旁賣私菸的女人所持有的香菸，此時有個男人自附近屋子的二樓窗邊看見了這一幕，出言勸查緝員手下留情，沒想到查緝員竟然掏出手槍，將男人射殺了。那遭殺害的男人剛好是臺北一帶的黑道角頭，到了隔天，一大群黑道流氓帶著祭典用的舞獅，組隊衝進了專賣局。他們要求與專賣局長見面，但專賣局長早已嚇得躲了起來。黑道隊伍只好轉為前往行政長官公署，要求行政長官陳儀將射殺無辜百姓的查緝員槍決，並且撤換專賣局長。沒想到陳儀的回應卻是派人持機關槍站上長官公署的陽臺，朝著廣場上聚集的民眾掃射，造成數十人死亡。憤怒的民眾開始暴動，燒毀了專賣局，此時只要是來自大陸的中國人皆遭到暴徒毆打，甚至是殺害。轉眼間全市除了長官公署之外的區域幾乎全遭臺灣人占領，這股風潮接著又像傳染病一樣不斷蔓延，不久後全島都在臺灣人的掌控之中。陳儀見形勢不利，態度開始軟化，不僅完全接納臺灣人組成的二二八事件處理委員會所提出的條件，而且答應讓臺灣省的自治市縣鎮長改為民選。但在這段期間，陳儀卻暗中向蔣介石請求援軍。

臺灣人完全被蒙在鼓裡，還以為行政長官真的答應實施省政自治。正在得意洋洋的時候，國民黨軍隊突然從基隆登陸，轉眼間讓臺灣人陷入了苦戰。只要有人試圖反抗軍隊，都會遭到射殺。尤其是與委員會或學生隊扯上關係的人，全都遭逮捕後處刑。這段期間遭蔣介石的軍隊殺害的臺灣人多達五千人。

這起事件發生於二月二十八日，所以被稱為二二八事件。到了隔天，我們馬上就接到了消息。有一群臺灣人占領了臺北的廣播電臺，開始發送訊息，各地民眾皆受到煽動，俘虜了地方官廳的外省人。在我上課的中學，也發生了學生衝進教師休息室，一群人對著來不及逃走的外省教師拳打腳踢的事件。

「快來！幹大事的時機成熟了！」

那天下午，我臨時停課回到家中，忽然看見秋成衝進來對我這麼說。

「聽說臺北的市政府及長官公署都已經被臺灣人占領了。沒想到竟然能贏得這麼漂亮。我們臺南也必須立即組織學生維持治安，希望你也能盡一份心力，拜託你了。」

秋成身上穿著青褐色的軍官制服，腰間掛著不知從哪裡弄來的日本刀，儼然是個日本將校級軍人。

「組織學生？要做什麼？」

「今天傍晚六點之前，把學生集合到警察局前面。阿山的那些警察早就逃走了，警察局裡只剩下一些臺灣人的巡查，單憑那些人沒有辦法維持治安，我想讓學生來幫忙，分頭維護交通秩序。還有，聽說航空隊攜械在機場負隅頑抗，包含警察局長在內，許多阿山都逃到那裡去了，我想在今晚邀集同志發動夜襲。」

「你希望我怎麼做？」

「請你立刻到附近的貨運行借一輛卡車，帶著擴音器到街上把看到的學生都聚集起來。」

「沒問題，這種小事就交給我吧。」

我立刻前往雙親經營貨運業的學生家裡交涉，成功借得了一輛卡車，到處召集走在街上的學生。到了傍晚的時候，人數已超過一百人。秋成從這些人之中招募志願者，當天夜裡帶著警察局內的刺刀及手榴彈襲擊機場，成功俘虜了包含航空隊長在內的數百人，解除武裝後高唱凱歌。我則是為學生們排定了夜哨的時間，直到深夜才回家。

走在沒有半點燈火的圓環，我感覺自己好像正在做著一場夢。我幾乎無法相信這天發生的事情都是真的。簡直像是天上突然掉下了寶物一樣，原本不抱期待的夢想突然化成了現實。但我卻不禁懷疑這可能是不祥的徵兆。

臺灣雖屬南方島嶼，三月初的氣溫畢竟有些寒意。我忽然感到好奇，如果東京的那些朋友們聽到今天嘉義廣播電臺的廣播內容，不知做何感想。

然而臺灣人打下的江山不過一轉眼功夫便又拱手讓人了。國民黨的援軍自基隆及高雄登陸，交通網澈底癱瘓，到處流傳著真偽難辨的謠言。總而言之，可以確定的是局勢正轉為對我們不利。我趕緊前往報社，見了正在監製號外版報紙的秋成，他也緊張得臉色蒼白。

「國民黨軍隊要是攻打過來，該如何是好？」

「只能拚死一戰了。」

「但對方可是擁有最新式武器的精銳部隊，我們只有日軍留下的老舊武器，怎麼可能打得贏？」

「總得試試看。如果真的打不贏，就找處深山躲起來，等待反攻的時機。我擁有二十個願意跟我同生共死的同志，只要跟他們一起逃進山裡，不久後解放軍就會來解放臺灣了。」

秋成似乎打從心底相信著解放軍。但這個夢想還沒有實現，他就已經戰死了。國民黨軍攻進市內時，他與數十名青年撤退至機場，在那裡堅守了兩天，最後還是寡不敵眾。正如同兩星期前他們攻陷了機場，兩星期後他們在機場遭攻陷。

國民黨軍進入市內後，聽說到處捕捉臺灣人的領袖人物。我做的事情只是邀集學生維持治安而已，原本滿心以為他們不會找上我，直到我得知任職於同一中學的教師有兩人已遭逮捕，我才倉皇離家，逃到臺南郊外安平港附近的妻子親戚家避風頭。

聽說我離開後不久，憲兵就衝進了教師休息室，把我辦公桌裡的東西全翻出來仔細檢查，但後來他們並沒有找上我家。

然而這起事件卻奪走了我哥哥的性命。由於局勢混亂，有好一陣子無法與臺北取得聯繫，但聽說臺北也發生了大屠殺，我們都非常擔心。不過我們心裡仍抱著一絲希望。有一天，大嫂說她忽然胸口煩悶，壓抑不了心中的不安，竟不顧我們的阻止，搭火車前往了臺北。大嫂雖然平安歸來，但沒有見到文德。根據文德租屋處的大嬸轉述，文德在陳儀開始屠殺臺灣人的時候，還一副彷彿事不關己的悠哉態度。後來文德在路上遇到一個熟知局勢的美國籍友人，對方急忙警告文德快逃，別繼續待在臺北閒晃。文德心想確實有道理，這才回家收拾了行李。當來到大馬路上時，文德想起忘記拿錢，又趕緊回到租屋處。沒想到就在這時，手持機關槍的警察衝了進來，把文德帶走了。

不過當時並非所有落入國民黨手中的人都會遭處刑，有些人只是被關進了某處的監獄。我們無從得知這些人的下落，只能以「哥哥一定沒死，不用擔心」之類的話來安慰大嫂。大嫂只要一聽到哪裡又找到了屍體，就會帶著兩個孩子急忙前往察看，但是到頭來還是沒有找到哥哥的下落。我們曾到媽祖廟求籤，也曾問過占卜師，得到的答案都是哥哥還活著。但他從前曾經試圖逮捕新竹市長，對方一定會趁混亂時期向他報仇。聽說有不少遭槍殺的屍體都被挖洞塞進石頭，扔入淡水河，或許哥哥此時也已長眠在淡水河底了。我心裡早就認定哥哥已經死了，但大嫂除非親眼見到屍體，否則絕不肯相信丈夫已死，因此直到今天依然沒有舉行葬禮。

後來我一直躲在鄉下，滿心期待風雨歸於平靜。不久之後，政府公布了自首辦法，所有事件相關人士只要出面自首就能減輕刑責。父親透過我的妻子傳話，再三勸我自首，但我自認為一身清白，堅持不肯答應。我開始覺得只要蔣介石的軍隊在臺灣一天，臺灣人就不可能有前途，與其自首不如設法逃到外國過日子。

到了夏天，我終於下定決心要逃離臺灣。雖然會擔心一旦被逮住的下場，但我已沒有其它路可走。我喬裝打扮之後，從臺南搭上飛往香港的班機。沒有人來機場為我送行，我登機時一顆心七上八下，直到機門關閉，螺旋槳開始旋轉，我才鬆了一口氣。飛機在途中經過廈門及汕頭，三小時後平安抵達香港。

香港不愧是自由之都，對於剛逃離臺灣悲慘生活的我而言，就像是來到了新世界。當時的香港聚集了來自國民黨、共產黨及其它各國的亡命之徒，整座城市儼然是亡命之都。我投靠住在香港的朋友好一陣子，內心卻嚮往著日本。雖然對於過去的「帝國主義日本」依然抱持憎恨與厭惡，但日本有著許多我個人十分景仰且敬愛的恩師及朋友。我可以想像從臺灣撤離的日本人一定是過著窮困生活，但我相信他們一定會熱情地接納我。我把這個想法告訴朋友，他立刻幫我安排了一艘前往日本的船。我喬裝成船員，搭上載運鐵礦的貨船，來到了神戶，那剛好是距今五年前的事了。

上了岸之後，由於我能說流暢的日語，偽裝成日本人完全沒有任何問題。我前往東京投靠親戚，過著幫忙雜務的日子，但經過一個年頭之後，我改變了想法，決定回大學念書。所幸親戚願意資助我學費及生活費，而且大學依然保留著我的學籍，我向老師尋求協助，獲得了重新入學許可。

去年春天，我的妻子為了見我，帶著我離開臺灣後才出生的女兒，搭飛機抵達了羽田機場。她是以觀光的名義來到日本，可停留兩個月，我們在鐵路東橫線沿線的小車站附近租了一間小房子，一家三口享受著天倫之樂。我想要重新學習戲劇，因此經常拜訪日本的知名劇團，雖然自知文筆拙劣，也開始偶爾寫起劇本。然而時間無情飛逝，兩個月一轉眼就過了。居留期限屆滿後，我的妻子又申請延長居留兩個月，前後共申請了兩次。但延長的期限不知不覺也過了，沒有辦法再次延長，我的妻子將被迫離開日本。

我對妻子說，我們夫妻倆都平安活著，而且還一起生活了六個月，該知足了，快回故鄉去吧。但妻子卻不肯答應，哭著說如果要她回去，她寧願死在這裡。接著她對我說，即使日本再怎麼狹窄，只要老實說出我們一家三口的困境，日本人一定會答應讓我們留下來的。何況我們能夠自力更生，並不打算仰賴日本政府的救濟。我煩惱了許久，但我心想，倘若自首之後順利取得居留權，妻子及女兒的居留問題當然也能迎刃而解。因此或許可以說我的自首是打著如意算盤，動機並不單純。

但是我這場爭取居留權的行動，在一審及二審都遭到駁回。這讓我面臨了完全沒有預料到的狀況，那就是一旦在三審也遭到駁回，我就必須離開日本。問題是我能上哪裡去？基於上述的理由，我不希望被遣返回臺灣。如果去了香港，我語言不通，沒有自信能夠養活自己。而且更重要的一點，香港政府不見得願意接納我這種不速之客。

想來想去，如果我遭逐出日本，我只能選擇前往中國大陸。那裡的社會是什麼樣的狀況，我沒有親眼見過，因此到目前為止我自認為對中國大陸並不帶任何偏見。但如果可以的話，我不想前往中國大陸，我想留在日本好好鑽研學問。

今年春天，我終於從大學畢了業。原本我打算從事我最喜歡的戲劇工作來餬口，但由於二審也得到了強制遣返的判決，我很擔心戲劇工作無法被認定為正當的研究或職業，於是我再次參加考試，進入了新制的研究所。

基於這樣的來龍去脈，我整整花了十年的歲月才從大學畢業。現在我是一位歷史研究所學生，正在攻讀碩士。在我自首之前，我曾與我的指導教授桑田博士談過，他也贊成我這麼做，我才下定了決心。因此桑田博士願意當我的保證人。

以上就是我到目前為止的經歷。針對這件案子，我主要陳述的是我自認為多少具有參考價值的詳情。或許法官大人會認為我這個人帶有太濃厚的政治色彩，但我們臺灣年輕人沒有人能夠避免染上政治色彩，就這層意義上而言，可說是真正的不幸之人。我只是個對戲劇有興趣的東洋史研究者，與一切思想上的問題都沒有任何瓜葛。有朋友建議我主張政治庇護，但我不是什麼名聲響亮的人物，如果將我的情況視為政治庇護，戰後偷渡到日本或是過了居留期限卻滯留不歸的臺灣人，都必須視為政治庇護了。就某種意義上來說，這也是事實。

還有一點，我的妻子現在懷孕了。如果我的國籍問題不解決，生下來的孩子也無法確定國籍。這個煩惱日夜困擾著我們夫妻，甚至讓我們考慮要將孩子拿掉。法官大人，我知道這麼問相當失禮，但能不能請您開導我，到底該怎麼做才好？

為了讓法官大人瞭解整件事的前因後果，我今天忍不住寫了這麼長的一封信。天已經快亮了。寫到這裡，我感覺心情輕鬆了不少。如今我只能期待您作出仁慈的判斷。

（初發表於一九五四年一月）

華僑

一

當年（其實也不過六、七年前）的我，居住在香港島對岸的九龍城。

九龍城正如其名，是九龍半島依然是清朝領土的時代曾經存在的一座城。九龍半島在《北京條約》中割讓給了英國，九龍城卻沒有一併成為英國的領地，這是因為清朝官僚注重面子，堅持「失地不失城」，而英國人予以尊重的結果。當時唯獨這座受城牆包圍的彈丸之城，以及從城邊通往海岸的一條道路，依然歸清朝所有。

除了能為清朝爭一口氣之外，這座城事實上沒有任何價值，因此在清朝滅亡後，城牆便逐漸崩塌，無法維持城的形狀。甚至其存在也遭人遺忘，只在城鎮的名稱上留下了一點痕跡。就連城鎮也是新建於靠近海岸的位置，遠離了原本的城址。

城鎮前方不遠處就是啟德機場，後方則是一座座光禿禿的低矮石坡，上頭連一棵樹也找不到。二戰結束之後，由於大陸內部一直處於紛紛擾擾的狀態，大量難民為了避禍而逃至此地，沿著石坡建了一棟又一棟的簡陋營房。住在九龍城的原本就不是什麼上流居民，難民湧入之後情況更是惡化，城鎮中央的鬧區不分晝夜都擠滿了小販、無業遊民及乞丐。

我也是這群人其中之一，但我的情況比他們好一些，至少我有一個免費的棲身之所。而且手邊的錢雖然不多，但只要過著節儉的生活，大概還可以勉強撐過一年。

來到香港已過了半年以上，卻遲遲找不到工作。而且我有一種感覺，就算真的找到了工作，在這寸草不生的石地上要落地生根，恐怕也不是件容易的事。

如果可以的話，我想要到一塊沒有人願意前往的遙遠土地。例如渡海前往婆羅洲島，在砂勞越的沿岸經營漁業。擁有兩艘約一百噸重的漁船，並且雇用琉球人當船員。聽說在那片海域裡沉睡著不少珍珠貝，但我對珍珠沒有多大興趣。我只想採集一些牛蹄鐘螺，賣給日本的鈕扣商人，製作成美麗的鈕扣，在巴黎的時裝秀上亮相。由於我滿腦子想著這些事，所以在閱讀時裝雜誌時，目光總是不禁被鈕扣吸引。躲在光鮮亮麗的事物背後，過著低調平淡的人生，是我最低限度的夢想。就像鈕扣一樣，沒什麼人會注意，卻不可或缺。

然而現實別說兩艘漁船，我就連買一雙襪子也得考慮再三。而且在如今這個時代，天然的貝殼鈕扣早已被塑膠製品取代，唯有高級西裝店的最高等級洋裝才會使用傳統的天然貝殼鈕扣。

於是我試著將目標改為前往帝汶島。這座島的西半部為印尼領地，但我感興趣的是東半部的葡萄牙領地。這裡一年到頭都是炎熱而沒有變化的熱帶氣候，適合栽種咖啡豆或可可豆。也可以栽種木瓜，生產木瓜蛋白酶。但這些事業都必須投注資本，而且必須經過很長的時間才能獲利，能不能撐得下來是個大問題。

不，在思考這個問題之前，該煩惱的是如何進入那些地區。英國政府擔心婆羅洲島會成為第二個馬來半島，因此嚴格限制中國人進入。至於帝汶島，則是葡萄牙政府流放罪犯的土地，如果我真的想要去那裡，只要到澳門去殺個人就能達成目的。但以這種方式踏上帝汶島，將面臨的是一個沒有咖啡也沒有可可的黑暗世界。

真是的，戰後的東南亞彷彿每個地方都築起了高牆。

「天底下還有無數的朝聖先輩[1]，卻已不存在新天地。」

我一邊咕噥，一邊在九龍城內閒晃。由於無事可做，每天到了下午，我常會出去喝杯茶。最常光顧的茶樓名叫「杏花村」，位於九龍城的郊區。走上一排鑲嵌著花玻璃的樓梯，在塗著綠色油漆的窗邊坐下，機場、大海及對岸的香港島盡入眼底。

那機場只是一排被山巒與大海夾在中間的細長帶狀平地，但報紙上說這裡的飛機進出量

1　朝聖先輩（Pilgrim Fathers）：指美國麻薩諸塞州普利茅斯的早期歐洲移民。

是世界第二。要確認這報導誇不誇張，一點也不困難。屋頂上才剛響起螺旋槳的聲音，一架飛機正朝著滑行跑道降落，另一架飛機已在上空盤旋等待了。因此只要不討厭螺旋槳的聲音及震動，可以在這裡呆坐到夕陽下山，絕對不會感到無聊。

然而在這偏僻茶樓的二樓，竟然有人做著跟我相同的事。那是個看起來六十五、六歲的老人，不，或許年紀更大。頭上戴著圓形軍帽，身上穿著雖然有些破損但看得出來相當高級的絲綢棉襖。他坐在這座茶樓的特等席，也就是最深處的窗邊座位，氣定神閒地捧著向報紙小販租借來的報紙，細細閱讀上頭的每一則報導。每當我走近，他就會抬起頭，揚起眼睛瞥我一眼，但馬上又將視線移回報紙上，不會向我打招呼。他可以維持相同的坐姿好幾個小時，如果看膩了報紙，就會轉頭看著不斷起降的飛機發楞。

在我眼裡，那是一個透著幾分邪門氣息的古怪老人，但或許對方也覺得我是個古怪的年輕人。

某天下午，我一如往常坐在宛如成了我的專屬座位的窗邊，翻開了剛剛從舊書攤買來的書。那是一本馬來半島的嚮導手冊，書名是《馬來指南》。

事實上我對馬來半島本沒有太大興趣，但既然去不成婆羅洲島，也去不成帝汶島，馬來半島也就變得頗令我心動。而且我有個同窗好友住在麻六甲，或許真的能成行。

那本《馬來指南》是我向路旁舊書攤以三十分錢買來的舊書，內頁早已七零八落，但地圖似乎仍維持完整。

我將書翻開時，老人瞄了我一眼。他先是低下頭，半晌後突然又抬起頭，彷彿想到了什麼，大踏步朝我走來。

「你去過馬來半島？」

「沒有。」

我回答。老人頓時皺起眉頭，顯得有些失望。我趕緊又說道：

「沒去過，但很想去。」

「原來如此。」老人深深點頭。「這時候去馬來半島做什麼？」

「這個嘛……」

我一時不知該如何回答。我只是想要到一個遙遠的地方，但到了那裡能做什麼，老實說我自己也不知道。

「馬來半島以前是個好地方。」老人感慨萬千地說道。「對了，你聽過龍福嗎？號稱『馬來之龍』，還是『龍之馬來』的那個龍福。」

老人掏出一管竹根製的菸管，塞入菸草，以火柴點燃。驟然冒出的火光微微顫抖著。

「那個人不是已經死了嗎？」

老人聽我這麼一說，雙眸綻放出精光。

「沒錯，他在戰爭結束的隔年就死了，算起來已過了六個年頭。一槍轟在腦門，死狀可說是相當悽慘。」

經老人這麼一說，我才想起確實有這麼一件事。龍福是個在馬來半島靠錫礦致富的男人，但名頭沒有老人形容的那麼響亮，而且因為在戰爭期間協助日軍，戰後遭英國政府追究責任。但在落入英國政府手中之前，簡直像是事先安排好了一般，龍福遭游擊隊槍殺身亡。

我會記得這件事，完全只是一場偶然，但老人卻顯得喜上眉梢。他命伙計將自己的茶杯移到我的桌上，對我說道：「反正閒來無事，讓我們聊聊馬來這個地方發生過的事情吧。」

接著他對我侃侃說出了以下這個故事。

二

距今大約半個世紀以前，龍福原本只是個基層船員，任職於往來東南亞小港口的英籍商船公司。他所搭乘的千噸級汽船平均每個月會在新加坡停靠一次。

距離丹戎巴葛碼頭不遠處，有一家辦館。所謂的辦館，是為客人提供各種必要物資的商行，說穿了就像是雜貨店。雖然是雜貨店，但新加坡的辦館除了販賣麵包、奶油、罐頭等物資之外，還能讓客人喝上一杯，並且兼具廉價食堂的機能。每當龍福工作的船在新加坡靠岸，龍福就會跟其他船員一同到這家店光顧。

店老闆是個頭頂禿得發亮的老爺爺，看起來和藹可親。雖然有一對大耳朵，卻有著嚴重的重聽，尤其會把批評自己的話全都當成耳邊風，船員們都管他叫聾叔。

當人失去了一種器官時，似乎就會以其它器官來取代，因此聾叔的嗅覺相當靈敏。他能夠靠氣味分辨每個進出他的店的客人。當時的龍福還是個二十二、三歲的青年，雖然身材魁梧，卻沉默寡言，不愛與他人往來交流。同伴們都叫他阿福，這綽號帶有傻里傻氣的意思。

聾叔一見到龍福，就知道他是個老實人。每當聾叔聽說龍福搭乘的船要前往香港，就會交給龍福一些榴槤餅，以及少許的金錢，請龍福代為轉交給聾叔住在香港的家人。每次龍福都照辦了。

委託了三、四次之後，有一天龍福突然告訴聾叔，自己想辭去船員工作，在新加坡定居，希望聾叔能夠代為介紹一份工作。

龍福扯開嗓門把這番話說完了，原本沉吟不語的聾叔突然開口問道：

「你姓什麼？哪裡人？」

「我姓龍，關平縣人。」

「原來你跟我同姓？」

「噢，大叔也姓龍？我聽大家叫你聾叔，還以為是因為你耳朵不好。」

一問之下，才知道兩人不僅同姓而且同鄉，頓時增加了幾分好感。

「你有家人嗎？」

「呃，我老婆跟剛滿兩歲的女兒住在廣州。」

「既然有家人，為什麼要跑船？」

「呃，這說來話長。」

龍福呢喃訴說起了自己的生平經歷。

在成為船員前，龍福在廣州某洋行工作了十二年之久。所謂的洋行，指的是將當地特產銷往外國，並且進口外國商品的貿易商。龍福任職的洋行是一家規模很大的老字號店鋪，雇用許多員工。年輕的龍福由於說話耿直且工作勤快，相當受到老爺及夫人疼愛。老爺的宅邸與店鋪之間頗有距離，龍福經常被差遣往來於宅邸與店鋪之間。宅邸裡有好幾個幫傭的老婆婆及婢仔（奴婢），其中有個叫阿梅的婢仔暗戀著龍福，每當遇到龍福來宅邸辦事情，阿梅就會幫龍福張羅飯菜，給龍福添上一大碗飯。不僅如此，阿梅還告訴龍福，可以將髒衣服交給她洗。由於兩人都正值青春年少，感情愈來愈好，終於發展出了親密關係。

儘管再怎麼掩飾，畢竟紙包不住火。有一天，夫人將龍福叫到了面前。

「我叫你來不為別的，是為了阿梅的事……」

龍福一聽，登時臉色蒼白。平常龍福是個沉著穩重的人，但一想到十年的努力將化為烏有，實在無法保持冷靜。

沒想到接下來夫人說出口的話，竟是詢問龍福願不願意娶阿梅為妻。

「夫人是說真的嗎？」

龍福依然半信半疑。

「這種事怎麼能開玩笑？」

龍福見夫人的表情非常認真，臉上反而浮現了困惑之色。

「怎麼，你不願意？」

「不，絕對沒那回事。」龍福急忙解釋。「我是求之不得，只是來得太突然……而且我很窮，實在沒辦法養家活口。」

「這點不用擔心，我會幫你跟老爺說。」夫人面露微笑。「阿梅說跟你結了婚之後，還是想在我這裡工作。所以若你不反對，可以在附近租間小房間，每天就從那裡走到店鋪。你已做了十年，可以升總管了。」

阿梅是夫人相當中意的婢仔，一般被主人發現私情，大多會遭到解雇，龍福可說是因禍得福。在夫人的安排下，龍福與阿梅結婚後搬出宅邸，在外頭租了間房間。每天早上男的進店鋪，女的則進宅邸。

龍福不僅從原本的雜役店員躍升為總管，而且還肩負起掌管金庫鑰匙的重責大任。如此快速的升遷，全是因為夫人在背後協助。

當時距離鴉片戰爭約莫過了五十年，清朝在廣州的影響力逐漸式微，導致社會秩序大亂，軍閥四起，幫派橫行，各勢力在廣州城下互不相讓，幾乎每天都有人死傷。雖然商人只忙著賺錢，並不參與政治，但常常會有流氓混混來到店裡，以「保護費」、「祭典費」之類的名目強索金錢。龍福工作的店裡，偶爾也得應付這種人。

有一次，店裡來了一個特別蠻橫的流氓，拿了錢之後還繼續索討酒錢，龍福不肯再給，對方便開始威脅恫嚇。龍福也是年輕氣盛，竟然一時惱怒，將那流氓轟了出去。

沒想到這件事竟引來軒然大波。不久後十多個無賴漢衝進店裡，嚷嚷著龍福不給老大面子，要求店家交出龍福，否則說什麼也不肯離開。龍福見苗頭不對，早就躲了起來。此時老爺剛好從外頭走進來，得知此事後不敢讓事情鬧大，趕緊拿一些錢交給另一名老總管，要他去向老大求情。

「這次的事情，我那小弟也有不是之處，這件事我不會再追究。但他們年輕人在街上遇到時會不會鬧出事情，我可不敢保證。」

老總管帶回了老大的回應。

如此一來，龍福別說是無法繼續在店裡工作，就連待在廣州也會惹出禍端。老爺及夫人皆天性溫厚，不願招惹事非，決定將龍福送到香港避避風頭。

「我們會好好照顧阿梅，你不用擔心。」

龍福帶著這句安慰之詞及二十兩銀子逃離了廣州。

來到香港後，龍福在老爺介紹的商家借住了一陣子，但一直找不到適當的工作，隨著每日的生活開銷，手邊的錢一天一天減少。即使是生性樂觀的龍福，也不禁開始擔憂。於是他趁自己還未落得身無分文之前，以手上僅存的錢支付了高額的斡旋費，終於覓得了一份船員的工作。

但是龍福的性格並不適合當船員。新加坡是個枯燥無趣的地方，與其它土地並無多大差異，但由於橡膠的大量需求，城鎮相當熱絡。龍福希望在這塊土地上認真工作。

在龍福述說著自身經歷的時候，龍叔只是看著天花板發楞，也不知是否把這些話聽了進去。半晌之後，龍叔才開口說道：

「你的情況我都明白了。但這年頭突然要幫你找工作，一時之間我也沒有門路。你也看得出來，我這間店就這麼大，給不了多高的薪水，但如果你不嫌棄，願不願意在我這裡工作？」

「這是我求之不得的事情。」

「但我使喚人可不會客客氣氣，而且這裡的工作比你想像的還要忙得多，你可別事後抱怨。」

「不用擔心。」

龍叔聽他說得斬釘截鐵，顯得相當開心。

大約一個月後，龍福正式告別船員生活，再度來到了新加坡。

三

龍叔的辦館不僅是專做船員生意的廉價食堂，同時也負責將日用品送往附近的洋館。龍福再度當起了雜役店員，除了店內的工作之外，還得負責到客戶府上拜訪。

龍福每天早上都必須前往某住宅區，那裡每一棟宅邸皆有著華美的外觀及寬廣的草坪。那一帶是統治新加坡的英國高官官邸，屋舍受到細心維護，看起來彷彿是皇宮殿堂。其中一座宅子裡，住著一名美麗的中國女人。

那是一座有著架高地板的熱帶白堊式建築，主人為高等法院的法官，那是個白髮蒼蒼、身材高眺的年老英國人，在華僑之間被稱為皇家大狀師。走進圍牆後側木門，首先映入眼簾的會是一大片網球場。龍福曾在星期日看見屋主跟同為英國人的男男女女揮汗打著網球。

當時那中國女人沒有加入打網球的行列，而是在廚房準備飲料，因此龍福將這女人誤以為是女傭，也是情有可原。由於龍福從不曾見過一群年紀老大不小的外國人打網球打得汗水淋漓的景象，剛開始還曾問那中國女人：「他們工作得這麼認真，能賺多少錢？」鬧了個大笑話。但那個叫阿嬌的女人並不像一般在西洋人家裡幫傭的女人那麼高傲，與龍福這個辦館跑腿店員說起話來也相當和善，有時龍福在大熱天送貨品過去，阿嬌還會特地倒一杯水給龍福喝。

「龍叔能找到你這麼一個得力助手，想必輕鬆了不少吧。」

兩人年紀相仿，但女人說起話來卻像個年長者。

「你在故鄉有老婆孩子？」

「是啊，我太不成器，把妻小託給了別人照顧。」

「這麼說來，你在這裡是單身？」

兩人天南地北閒聊，龍福的心逐漸被女人吸引。但龍福很清楚兩人不可能發展出什麼關係，反而是女人似乎對龍福頗為中意。

「別看我過這樣的生活，其實我是個不幸的女人。幸好現在有哈里遜可以依靠，才能過不愁吃穿的日子。」

兩人有了些交情後，阿嬌對龍福說道。

「哈里遜看起來很兇。」

在龍福眼裡，屋主不僅極少說話且眼神冷漠。

「其實他是個挺溫柔的人，不過年紀很大了，兒子女兒都住在倫敦，關於我的事情也不敢在他人面前太過招搖。他活著的時候，我還能過好日子，但他一死，我的人生也完了。」

「妳會煩惱這麼久以後的事？」

「畢竟我在世上可是無依無靠，何況哈里遜無論如何不可能活得比我久。」

女人說完這句話，輕輕將手放在龍福的肩膀上。龍福吃了一驚，一抬起頭，鼻頭前方竟撲來一股灼熱的女人氣息。龍福霎時感覺全身發麻。

龍福急忙抓住送貨籠，心驚膽顫地朝阿嬌瞥了一眼，靜悄悄地走出後門。一將木門掩上，旋即拔腿狂奔。長時間累積與壓抑的慾望在體內有如一把火在燒。

「混蛋！混蛋！想害死我嗎？」

龍福一邊奔跑，一邊在心中吶喊。

龍福雖然天不怕地不怕，卻也知道染指這個女人會有什麼下場。但這樣的恐懼也意味著自己確實被這個女人深深吸引。

雖然第一次平安逃過了危機，但隨著第二次、第三次的攻防，龍福還是輸給了心中的慾火。

大狀師宅邸裡的房間相當多，而且為了通風，天花板皆蓋得極高。房間裡的家具都屬於維多利亞風格，雖然看起來美觀，但坐起來並不舒服。每當哈里遜出門前往行政機關，龍福就成了這個家的主人。

「聽說西洋人晚上都很行，是真的嗎？」

棉被裡從大白天就飄著一股濃郁的香水味。熱帶的明亮陽光自窗外透入，阿嬌卻毫不羞赧地露出豐腴肉體，宛如西洋畫中的裸女。這畫面更讓龍福覺得她是「哈里遜的女人」，一股接近忌妒的衝動慾火油然而生，態度也變得執著而不肯罷休。

「傻子。」

阿嬌瞇起了雙眼，彷彿是嫌陽光太刺眼。

「哈里遜可是個老爺爺。」

「老爺爺沒有辦法滿足妳？」

「不知道。」

「不過哈里遜是愛著我的。」

阿嬌語氣微嗔，嘴角卻帶著笑意。

「比我還愛？」

「你愛的只是我的肉體而已。」

「混帳！」

「我沒說錯吧？全寫在你臉上了。」

「好，那我走了。」

龍福想要離開，阿嬌拉住了他的手腕。

「我不是在抱怨，你應該明白。」

「反正我只是妳的玩物。」

「你不也一樣嗎？如果老婆在這裡，你肯定對我不屑一顧。」

龍福一聽，將女人推了出去，說道：

「妳就這麼不信任我？雖然我現在只是個微不足道的打雜店員，但我可不會永遠都是打雜店員，哈里遜太太！」

「這我相信。」

女人立刻坐了起來。

「否則的話，我也不會允許你碰我。好了，別在這裡摸魚太久，免得遭人起疑，快回店裡去吧。」

雖然心懷不滿，但龍福已離不開這個女人。

四

兩年的歲月就這麼過去了。這段期間龍福曾向女人提議私奔，女人每次都溫言婉拒，卻又不肯切斷與龍福的關係。不僅如此，女人還經常會感嘆起自己的不幸遭遇。此時兩人的關係已失去了當初的刺激感，但龍福依然對女人的來歷一無所知。

某一天，突然有一名身穿白色制服的官廳雜役踏進龍叔的辦館。

「龍福在嗎？」

「來了。」

龍福剛好在店裡，見了這不尋常的訪客，心中隱隱察覺不妙。

「你就是龍福？」

「不，龍福剛剛出去了，請問有什麼事嗎？」

龍福情急之下撒了個謊。

「你告訴他，明天早上十點到高等法院候命，皇家大狀師有話問他，聽清楚了嗎？」

龍福一聽到大狀師這名頭，頓時臉無血色。

「請問龍福那小子是不是幹了什麼壞事？」

「我也不知道，明天去了就明白。」

龍福的腦海霎時浮現阿嬌的事。差使一離開，龍福立即走進店內深處，收拾起了行李。沒錯，一定是自己跟阿嬌的私情曝了光。自己明明非常謹慎小心，卻還是被發現了。雖然完全是自己的錯，但好不容易才習慣了這塊土地，如今又得一切從頭來過，還是感到相當無奈。

但不管怎麼說，重新打拚總比被關進牢裡好得多。

收拾完了行李，龍福才察覺龍叔並不在店內。最近龍叔經常出去聽說書，把店務全交給了龍福打理。那老爺爺幫了自己不少忙，如果可以的話，龍福想向他說明原委後再逃走。

龍福打定了主意，急忙奔到街上尋找龍叔。

原來龍叔正在鬧區裡看人力車的車伕下將棋。

「大事不好了，你快回店裡！」

龍福拉扯龍叔的袖子，龍叔問道：

「怎麼，失火了？」

「不是失火，總之發生大事了。」

「什麼事？什麼事？」

龍福將法院傳喚自己的事情說了出來，龍叔一聽，竟放慢了腳步，表情也放鬆了不少。

「大叔，謝謝你這幾年的照顧，很遺憾沒能報答你，但我可得逃了。」

「逃？為什麼要逃？」

龍叔說得氣定神閒，彷彿事不關己。

龍福不禁感到心焦如焚。

「難不成你幹了什麼壞事？」

「沒有。」

「既然沒幹壞事，何必要逃？」

龍福正想找個理由搪塞，龍叔突然又說道：

「我想起來了，你上次跟我提過，皇家大狀師包養了一個女人……」

他凝視著龍福的臉，接著說道：

「你跟那個女人搞上了，對吧？」

「沒那回事，你誤會了。」

「到了這節骨眼，你還不給我從實招來。就算你跟女人搞七捻三，我也不會責怪你。畢竟像你這樣的年輕小伙子，如果沒有一、兩個女人，那也太不中用了。」

龍福一聽，只好低聲說道：

「剛開始，我也不願意……」

「你說什麼？」老爺爺將手掌放在耳邊。「說話大聲點。那種像蚊子一樣的聲音，我根本聽不見。」

龍福皺著眉頭扯開喉嚨說道：

「剛開始我也不願意，是那女的硬來誘惑我。明知道不可以，但畢竟太年輕，犯了一、兩次錯……」

「原來如此。好、好，這下謎底揭曉了。」

老爺爺突然賊兮兮地笑了起來。

「偷一次是賊，偷一百次也是賊。一旦被抓到，不管幾次都一樣。話說回來，你這小子似乎運氣不錯。」

龍福一臉茫然，老爺爺又溫言說道：

「明天你就依吩咐的時間到法院報到吧。店我來顧就行了，你回家後先去理個頭髮。」

「請別開玩笑了。」

龍福幾乎快哭了出來。

「你在咕噥什麼？難道還不懂嗎？我有預感，今天這件事是吉非兇。不，搞不好還是大吉呢。」

兩人回到店內，龍福依然驚魂不定，龍叔說道：

「去把今天的報紙拿來。」

龍福取來華字報紙，龍叔一手搶過，攤開社會版。

「你說的皇家大狀師，指的是哈里遜吧？」

一看紙面，上頭刊登著哈里遜最近就會退休回英國，因而舉辦了送別會。

龍叔轉頭對龍福說道：

「第一，那女人在名義上只是皇家大狀師家裡的幫傭，雖然像我們這種明眼人一看就知道他們的關係，但那些西洋人多半還不知道真相。你害怕跟那女人的關係曝光，哈里遜比你更害怕。第二，如果哈里遜得知你們的私情，多半會直接派警察把你五花大綁，何必繞圈子先找人傳喚你。第三，如果是跟那女人無關的事情，大狀師都要退休了，不會由他出面審理。總而言之，我猜想這件事不會有危險，你不用杞人憂天。明天你就照我說的，先好好梳理一番再去報到吧。」

龍福聽了心裡半信半疑。

隔天早上，龍福依照指定的時間來到高等法院。出來帶領龍福的侍從身穿制服，令人望之生畏。龍福跟隨在後，穿過一條長走廊，直接走進了皇家大狀師的辦公室。

辦公室相當寬敞，門邊有一排摩洛哥皮革的扶手椅。辦公室深處則是擺滿了書的大書架，前方有一張書桌，桌邊坐著一個滿頭白髮、身材修長的老人，正是曾經見過數面的哈里遜。

「原來你就是龍福？」

哈里遜似乎認得龍福的臉，帶著微笑起身走到龍福身旁，對著龍福伸出毛茸茸的大手。龍福這輩子第一次與西洋人握手，手掌不由得微微發麻。但哈里遜的態度意外友善，他先要龍福坐在扶手椅上，接著透過口譯員說道：

「要你百忙中來這裡一趟，是有件事想跟你商量。原本應該由我登門拜訪才對，但你也知道，我最近要退休回國，必須處理的事情堆積如山。對於我的失禮，希望你不要計較。」

哈里遜先客客氣氣地致了歉，接著說道：

「是這樣的，我在此地任職期間，請了一名婦人幫我處理家務。她叫阿嬌，想必你也認識？」

龍福點了點頭，哈里遜接著說道：

「阿嬌是個既貼心又有魅力的婦人，我很想把她帶回英國，可惜我不能這麼做。她對我可說是盡心盡力，我現在要回英國了，對於她的將來實在有些放心不下。她是個孤兒，在這世上無依無靠，因此我打從以前就很希望幫她找一位好伴侶。兩、三天前，我跟她談這件事，她提起了你。她說願意跟你在一起，但不知道你怎麼想。我對她說，既然有心儀的對象，為什麼不早點說出來？如今時間緊迫，不曉得來不來得及，但我決定找你商量看看。今天一見到你，我對你的印象就跟阿嬌一樣，我相信你是個能讓阿嬌託付終身的人。如何，你願不願意跟她結婚？」

哈里遜這番話完全出乎龍福的意料之外，令龍福一時不知如何應答。但細細想來，此時還是拒絕為妙，於是一邊窺探對方的臉色，一邊坦承自己已有妻室。沒想到皇家大狀師聽了一點也不驚訝，反而說道：

「這我也聽說了，但你們中國人可以娶三妻四妾，不是嗎？身邊沒有妻子照顧，生活應該不太方便吧？」

「話是這麼說沒錯……」

哈里遜見龍福欲言又止，說道：

「若有什麼困難，儘管說出來吧。」

「是，說起來丟臉，您也知道我只是個小商店的店員，連自己的妻小都養不活，更何況是阿嬌這種能夠打理那麼大屋子的人，我實在是高攀不上。」

「你別看阿嬌那樣，其實她是個很節儉的婦人，這點我可以跟你保證。而且她為我工作了這麼久，我會給她一筆謝禮。等你們當了夫妻，可以拿這筆錢當資本，經營一些小本生意。」

龍福聽哈里遜這麼說，已找不到理由拒絕。

「我想先回去跟叔叔商量，再給您答覆。」

龍福當下給了這個回答後，便離開了法院。此時龍福感覺身心輕盈，與當初剛進法院時完全不同。但龍福還是不禁暗罵阿嬌沒有事先知會，害自己嚇得半死。

一回到店裡，便看見龍叔面帶憂色，正在等著自己。於是龍福將事情一五一十地說了。

「如何，我果然沒有說錯吧。這下子你也時來運轉了。」

龍叔得知自己料事如神，登時眉開眼笑。

「我真的可以娶阿嬌嗎？」

龍福依然有些放心不下，龍叔對他說道：

「到了嘴邊的肥肉，怎麼能不吃？雖然你已有妻小，但對方也是個吃過牛排的女人，可不是什麼良家閨女，你不必覺得糟蹋了人家。」

於是龍福隔天便前往皇家大狀師的宅邸，打算答應迎娶阿嬌。

阿嬌走了出來，臉上表情與平常並無不同。

「喂，妳別再捉弄我了。」

「怎麼說我捉弄你？」

龍福忍不住咂了個嘴，阿嬌嗤嗤一笑。

「哈里遜現在心情很好。」

「再過兩星期就要拋棄妳的男人，妳討好他做什麼？」

「笨蛋，當然是為了錢。」

龍福錯愕地張大了嘴，好一陣子不知該作何反應。

五

雖然雙方都稱不上是新婚，但畢竟成了名正言順的夫妻，心情也為之煥然一新。趁著這個契機，龍福決定獨立經商，不再繼續為龍叔工作。

哈里遜給了阿嬌一千元（當時的新加坡幣）[2]，阿嬌自己的積蓄也有超過一千元以上，她把這些錢全拿了出來，在巷弄裡買了一間小屋子，經營起了麵包店。

實際一起生活之後，龍福才察覺阿嬌這個女人比自己原本所預期的還要更加刻苦耐勞。經營麵包店必須在別人還在睡覺時起床製作麵包，並在天剛亮時將剛出爐的熱騰騰麵包配送給每個客人。這比辦館的工作還要辛苦，阿嬌卻從不曾有半句怨言。

在阿嬌的努力下，麵包店的生意愈做愈大，數年之後，已成為雇用將近十名店員的大型

2 關於貨幣，本書中各作品使用的單位不同，有的用「円」，有的用「元」，但日治到戰後初期使用的貨幣有很多種，包含日幣、臺灣銀元券、舊臺幣、新臺幣等等，非專業人士恐怕不容易釐清作品中指的是哪種貨幣，因此在翻譯上統一沿用原文的貨幣單位，唯將「円」改成「圓」。

另外，〈香港〉、〈毛澤西〉中的「ドル」指的應該是港幣（香港ドル）而非美金，港幣的舊制單位為「圓、仙（一百仙為一圓）」，故將「ドル」譯為「圓」，「セント」譯為「仙」。

〈惜別亭〉的舞臺為新加坡，新幣的單位為「元、角（十角為一元）」，故將「ドル」譯為「元」，並以「十セント」為「一角」。

店鋪了。

此時龍福的身分儼然已成為老爺，但在夫人的面前實在有些抬不起頭。龍福並不是個會在意這種事的神經質男人，但他並不滿足於只當個麵包店老闆。每當存下一些錢，龍福就會把這些錢拿去投資其它事業。

阿嬌只希望讓自己的麵包店成為新加坡首屈一指的大店鋪，龍福卻三番兩次不顧她的反對，做起其它生意，而且最後總是以失敗收場。夫妻兩人經常為此吵得不可開交。

阿嬌逐漸不再把錢交給龍福運用，龍福也逐漸不再相信自己的事業運。而且在這段日子裡，龍福逐漸有了尋花問柳的習慣。

龍福雖不至於為了女人而荒廢工作，卻是愈陷愈深，不僅身邊的女人換了一個又一個，而且花錢有如流水。

阿嬌對這樣的行為只是默不做聲，視若無睹。

就算龍福每天從賣麵包的利潤中毫無節制地取走金錢，阿嬌也從不說閒言閒語，因為她知道抱怨了也沒用。而且阿嬌認為與其讓龍福又起投資事業的念頭，掏空麵包店的資本，不如讓他像這樣遊手好閒。

此時兩人的年紀都是三十五歲。就在這一年，龍福在茶樓裡認識了一名歌伎。那歌伎的年紀只有十七歲，連龍福的一半也不到。歌伎跟隨在一個從中國大陸輾轉來到新加坡的失明老人身旁，名叫玉鳳，在老人的胡弓伴奏下，她將《陳世美不認妻》唱得婉轉悠揚。

老人除了能拉胡弓之外，還以看相為業。由於雙眼失明，老人只能以雙手觸摸對方的臉孔，為其占卜吉凶。謝禮的金額並不在一開始告知，而是在摸了臉之後，以受占卜之人的福分大小來決定。如果福分淺薄，就算客人想付錢，老人也會斷然拒絕，因此名聲逐漸傳了開來。

龍福立即在老人面前坐了下來。老人雖然瘦弱且滿臉皺紋，手掌卻有如少女一般柔軟。那柔軟的指尖摸了龍福的眉毛上方，摸了鼻樑，接著又摸了嘴角。老人摸了好一會功夫，才開口說道：

「你這相，我得收一百元。」

「什麼？」

過去老人從不曾索取如此高額的費用，龍福當然感到錯愕不已。但老人堅稱龍福的面相值一百元。以看相的謝禮而言，一百元在當時可說是高得不合常理，但既然老人這麼說了，龍福也只能咬牙付了錢。

老人收了錢後，竟拉起站在一旁的玉鳳的手，說道：

「我想把這丫頭送給你。」

「送給我？」

「是啊，她現在雖然還是個孩子，但總有一天會幫上你的大忙。」

轉頭一看，那少女一臉嬌怯神情，雖稱不上美女，但聲音有種成熟韻味，與其年紀頗不相稱，龍福相當中意。而且仔細一看，少女的嘴角正漾著價值千金的微笑。那是一種足以令男人心癢難搔的笑容。

「你開的價碼，我可不見得付得出來。」龍福說道。

從剛剛的看相費用來推測，龍福以為老人一定會索取一筆驚人的謝禮，但老人的回答卻讓龍福大為意外。

「我打算要回國去了，以我這把年紀，要那麼多錢也沒用。只要在我斷氣之前，每年寄給我一筆讓我餓不死的小錢就行了。」

「若是如此，我很想接受你的好意，但我家那黃臉婆恐怕不會答應。」

「你可以回家問了再回答我也不遲。」

龍福於是回到了家中，向阿嬌說道：

「過一陣子，妳會有個妹妹。」

阿嬌抬頭望著丈夫的臉。龍福那表情訴說著這個自私的要求任誰也無法阻止。

「隨便你吧。」

「真的嗎？」

龍福原本以為阿嬌會大吵大鬧，此時反而有些不知如何應對。

「但我有個條件，那就是你不准對麵包店的經營指指點點。我會把你當員工使喚。」

龍福將雙手交叉在胸前，正沉吟不決，阿嬌又說道：

「你不用擔心我的事。就算你再怎麼花心，也不會讓我的立場變得更糟。但只要我還有一口氣在，你就必須遵守這個家的規矩。」

六

自從家裡有了新歡之後，龍福就變得不再一天到晚往外跑。

阿嬌還是跟以前一樣住在麵包工廠的二樓，龍福又在後院蓋了另一間房，供玉鳳居住。剛開始的時候，龍福基於歉疚之心，總是輪流前往兩個女人的房間。但久而久之，後院那間房逐漸成了龍福生活起居的中心。

由於阿嬌與玉鳳的年紀相差太大，兩人並不曾吵架。阿嬌依然以老闆娘身分管理麵包店，玉鳳則負責煮飯及洗衣，在家裡身分卑微。

這樣的生活維持了數年之久。

但沉睡在玉鳳心裡的妖婦逐漸顯露出了本性。雖然她的年紀比阿嬌小得多，但她在成為龍福的女人之前，曾有一段出賣身體的日子，因此比阿嬌更懂得操控男人的心。

阿嬌不希望龍福有太強的事業心，玉鳳卻剛好相反。在新加坡及馬來半島，永遠不缺一夜致富的傳聞。每當龍福聽見有人成為暴發戶，總是會躍躍欲試，這時玉鳳就會在旁邊慫恿他不要一輩子只滿足於開麵包店。

「只要有錢，沒有什麼事情辦不到。這世上的有錢人，哪個不黑心？」

言下之意，似乎是暗示龍福幹違法勾當賺錢。正好，龍福的心態也是只要不被逮捕，什麼壞事都願意試試看。因此有些事會找玉鳳商議，卻不願告訴阿嬌。

「希望你趕快賺大錢，蓋一間大宅邸。到時候麵包店就交給阿嬌姊負責，我們搬到大宅邸去吧。反正阿嬌姊就只適合當個麵包店的老闆娘。」

「話不是這麼說，我們能過這種生活，全多虧了阿嬌。」

「這種話我聽膩了。」

玉鳳一聲冷笑。

「唉，到底要到哪一天，我才能對著太陽哈哈大笑？」

龍福的內心也抱著相同的心願。他勉強湊得了一大筆錢，開始做起橡膠的買賣，但畢竟是門外漢，最後竟落得血本無歸，連麵包店也差點拱手讓人。從此之後，阿嬌便把玉鳳當成了眼中釘。阿嬌揭穿了玉鳳與一名店員有曖昧關係，但是當龍福想要開除那名店員時，阿嬌卻又極力阻止。每天晚上，玉鳳都慫恿龍福與阿嬌分居，龍福卻又捨不得拋下阿嬌。為了兩個妻子之間的明爭暗鬥，龍福每天都頭疼不已。

就在某一天夜裡，龍福突然被吵吵鬧鬧的聲音驚醒。

原來發生了火災。火頭延燒到了眼前，與主屋相連的屋簷已遭大火吞沒。龍福立即跳起，卻不見原本應該睡在身邊的玉鳳。龍福就這麼穿著睡衣自後門奔出了外頭。

仔細一瞧，猛烈的火勢已包覆了主屋的屋頂。遠方不斷響起刺耳的銅鑼聲，警告著發生了火災。

「阿嬌！阿嬌！」

龍福一邊吶喊，一邊想要衝入火中，此時有人抓住了他的袖子。

轉頭一看，原來是玉鳳，她身上也穿著睡衣。

「混蛋！」

龍福將玉鳳推開，繼續大喊：

「阿嬌！阿嬌在哪裡！」

但是下一瞬間，龍福不禁跪倒在地。因為兩層樓的屋子就在他的注視之下崩塌了。

人力灑水器發揮了效果，火勢沒有繼續延燒，但龍福的麵包工廠已付之一炬。

清晨的時候，人員從依然冒著煙的廢墟中挖出了燒得焦黑的阿嬌屍首。

龍福一看，原本支撐著內心的支柱瞬間折斷，精神澈底崩潰。

「阿嬌！阿嬌！」

龍福喊得喉嚨都啞了，卻不肯停止。實際失去了阿嬌，龍福才驚覺她在自己心中占有多大的份量。但一切都太遲了。

欠債與火災幾乎讓龍福失去所有資產，但龍福為了過世的愛妻舉辦了不符合其身分的盛大葬禮。即使如此，龍福心中還是殘留著難以言喻的痛苦。

不久之後，不知從何處開始傳出這場火災是故意縱火的謠言。龍福的兩個妻子不合是眾所皆知的事，大家都懷疑是玉鳳放火將阿嬌燒死了。有些人甚至認為龍福也是縱火的主嫌之一。一來龍福曾因投資橡膠而虧了一大筆錢，二來遭焚毀的麵包工廠所投保的火災保險保額高達三萬元，這筆錢是房舍實際價值的數倍。這些因素都讓縱火的謠言變得更加繪聲繪影。

謠言傳了開來，保險公司以此為理由拒絕支付保險金。阿嬌的死對龍福造成的打擊太大，他實在沒有力氣重新整頓麵包店，因此，若領不到保險金，將無法維持生計。龍福只好勉強振奮起沮喪的心情，跑遍了整個新加坡，雇用有名氣的律師，與保險公司對簿公堂。但官司纏訟許久，龍福過了一年不事生產的生活，不僅朋友全都與他斷絕往來，而且信用也一落千丈。

這一天，龍福攤開報紙，偶然看見了一則廣告。那是一則開業廣告，刊登者是最近才剛從英國搬來新加坡的一名英籍律師，旁邊的小字寫著可免費提供法律諮詢服務。龍福立即前往該律師的辦公室，請求與律師見面。

那是個三十多歲的年輕律師，由於龍福是他的第一個客戶，他對龍福的態度相當客氣。當地的報紙曾經爭相報導龍福的縱火案，因此雖然律師對這起案子並不瞭解，中國口譯員卻相當清楚這段期間傳出的案情。大致聽完了來龍去脈之後，律師說道：

「原來如此，雖然無法證明沒有人縱火，卻也無法證明有人縱火是吧。這是最重要的一點了。我一定會幫你打贏官司的，請放心交給我吧。」

「請問要支付多少費用？」

此時龍福的穿著已變得落魄寒酸，律師朝龍福上下打量了一眼，說道：

「你只要付得出印花稅就行了。」

「那真是太感謝你了。老實說，到目前為止的訴訟耗盡了我的財產，我已經拿不出錢來了。不過我向你保證，若能領到保險金，我願意支付你一萬元當謝禮，如何？」

「很好，就這麼說定了。」

由於才剛開業，律師認為這是打響名氣的好機會，因此打從一開始就不在乎報酬多寡。

這起官司，過去令好幾名老練律師皆束手無策，但這位年輕的律師竟然真的一舉獲得了勝利。龍福依照約定支付了一萬元，自己的手邊還有兩萬元。過去龍福的身上從不曾持有這麼大一筆錢，龍福緊緊握著鈔票，眼淚卻撲簌簌地不斷滑落。

七

龍福帶著兩萬元渡過了海峽，進入馬來半島。

此舉並非有著明確的目標，也沒有任何創業的計畫。龍福只是想要逃離任何會讓他想起阿嬌的景色。

阿嬌葬身火窟完全是場意外，並非自己刻意害死了她。龍福不斷如此說服自己，但每當看見那些鈔票，總是忍不住認為那是拿阿嬌的性命換來的錢。

龍福沿著半島的西海岸不斷上行，最後在一處名為怡保的鄉下城鎮定居。雖然這裡沒有一張熟面孔，但此時的龍福已認為工作打拚是一件愚蠢的事，因此整天不是喝酒就是在麻將館內賭博，簡直像變了一個人。

每當龍福心情鬱悶的時候，就會回到家中對玉鳳拳打腳踢。明知道就算從玉鳳口中問出真相，也不可能讓阿嬌死而復活，但發生火災那天玉鳳竟不在房間裡，這個事實深深烙印在龍福心中。一想到正是這個女人毀了自己的人生，揮出的拳頭也不禁多加了幾分力道。

玉鳳每次都是一邊慘叫一邊奪門而出，逃到這城鎮的新朋友家裡躲藏。龍福總以為玉鳳不會再回來，但就在龍福幾乎快要忘了這個女人的時候，她又會一聲不響地回到家中。每當龍福踏進屋裡，發現屋內被清掃得乾乾淨淨，龍福就會產生「即便身旁是這個女人，總比孤單一人好得多」的想法。此時龍福會倒頭就睡，一覺醒來，兩人便又恢復原本的夫妻關係。

有一天，龍福難得賭博贏了錢，得意洋洋地回到家中，竟發現家裡來了個陌生男人。那男人約莫五十五、六歲，不僅骨瘦如柴，而且身上的衣服也破舊不堪。玉鳳向龍福介紹，這男人是在距離怡保城鎮約數十里的山中開採礦石的人物。

當時馬來半島的叢林中到處是抱持著淘金夢的人。這些人認為與其慢慢工作賺錢，不如到山裡尋找礦脈。而且實際因此致富的人時有所聞，每次都讓這些淘金者燃起莫大希望，同時也吸引更多淘金者自全世界湧入此地。有英國人、日本人，當然也有中國人。雖然好運挖到礦脈的人能夠一夜致富，但這些美夢的背後卻有著數不盡的悲劇。在山上散盡家財卻得不到財神爺眷顧的人，將淪為苦力或乞丐。酒、女人、鴉片、賭博、詐欺、自殺，以及其它種種人性之惡，竟在這遠離文明的叢林裡俯拾即是。

王金虎也是像這樣的採礦人之一。他自五年前開始在這座城鎮附近的山中尋找錫礦，但失敗了好幾次，耗盡了所有財產，卻沒有獲得任何成果。不僅如此，原本深深信賴的伙伴最近竟然還逃跑了，就此斷了資金來源。王金虎於是來到城鎮裡，尋找有錢人投資自己的採礦事業，就在這時碰巧遇到了玉鳳。雖然兩人沒有明說，但龍福看得出來，他們一定是在玉鳳往來於各海港靠賣身討生活時認識的。

「你我素昧平生，我卻向你提出這樣的請求，我知道很荒唐。但尊夫人說，你可能會對我的事業感興趣。」

老王接著介紹起了自己所持有的礦山。

「到目前為止，我已經在這座山上投資了三萬元。我想你應該也很清楚，錫礦俗稱錫米，那是因為錫的礦脈非常紮實，就像是米倉一樣。雖然要找到米倉的牆壁並不容易，但只要找著了，要從中把米搬出來可說是輕而易舉。自從雇用了新的技術人員之後，我們發現過去的計算都有些許誤差。但就在我們即將確認礦脈位置的時候，資金全部耗盡了。」

龍福在聽對方解釋的過程中，一直緊盯著對方的眼睛。那死中求活的表情讓老王看起來一副窮途潦倒的模樣，但他仍一直正面承受著龍福的視線。龍福與生俱來的直覺在告訴著自己，這個男人並非拿著礦山當幌子的騙徒。

但龍福畢竟也是經歷過不少大風大浪的男人，於是說道：

「老實說，我不是在懷疑你，但我們畢竟從未見過面，如果要一同打拚，我需要一些保證，也就是保障出資者安全的一些措施……」

「這是理所當然的事。」老王說著從懷裡掏出了一大疊皺巴巴的紙張。

「若你願意出資，我想請你親自到礦山裡監督挖掘工作。這些文件請你過目一下。除了權利書之外，到目前為止的各種明細資料也全部交給你保管。至於今後的經營方針，則是你我一起討論，找出兩人都滿意的做法。如此一來，你可以清楚知道自己投下的資金運用在什麼樣的地方，也能夠更放心地投入經營工作。」

「你需要多少資金？」

「這個嘛，差不多五千元吧。」

夫婦兩人對望一眼，各自在心中撥起了算盤。

「總而言之，請你先到我的礦山來瞧瞧。只要能挖到錫礦，利潤就你我五五分帳。男子漢大丈夫，說話絕對算話，我認為是不需要簽什麼契約書，不過如果你想簽，我也可以配合。」

龍福心想，這男人若是採礦人，肯定是這方面的天才。自己跟他無冤無仇，他的目的不可能是為了讓自己敗光財產。既然如此，這可說是身為男人一生中最大的賭注，是死是活全看這一次了。

雖然還沒實際到礦山看過，龍福的心裡已是躍躍欲試。老王似乎看出了龍福的心情，面露微笑說道：

「發財人人都想，但到了我這個地步，我更愛的是礦山本身。說起來丟臉，我為了這個事業，連老婆也棄我而去。但我不僅沒有放棄，反而更加深了對礦山的執著，不，或者該說是狂熱吧。我這麼說或許會招來恥笑，但如今只有礦山是我的心靈依靠，就只有礦山而已。你若願意跟我一起打拚，不久之後你就會明白我的心情……」

那一晚，龍福因過於興奮，整夜輾轉難眠。玉鳳也受了感染，兩人聊起了那些成功挖到礦脈的幸運兒的傳聞，一直到三更半夜。

天還未亮，玉鳳便起床點著油燈做了早飯。龍福吃完早飯時，王金虎剛好前來迎接。兩人於是在城鎮郊外坐上臺車，前往山中部落，再徒步走上目的地的礦山。

從那天起，龍福就深深迷上了礦山。山上彷彿有一種魔力，但凡在山上過起日子之後，就會喪失一切身為人應有的七情六慾。有時龍福會為了取錢、購買器具或雇用礦工而下山回到城鎮，但對待玉鳳卻是比以前更加冷淡。

五千元轉眼之間就已用罄，龍福補了五千元還是不夠，又再補了五千元，銀行存款瞬間銳減。

玉鳳深深後悔帶王金虎回來與龍福見面。這個老王不僅奪走了她的丈夫，還將她視之如命的金錢吸得幾乎一乾二淨。

「求求你放棄吧。你這麼做就像是把錢扔進溝裡。」

「女人別多嘴。」

龍福甩開玉鳳的手。

「要是沒有了錢，我們該怎麼過日子？我可不想當乞丐！」

「妳要做什麼都可以，我可沒有逼妳。」

「好，那我要回新加坡去了。」

「我曾經阻止過妳嗎？」

龍福扔下這句話，便回山上去了。

兩個男人在花盡最後的五千元之前，終於挖到了夢寐以求的錫礦礦脈。

龍福與王金虎這兩個沒沒無聞的採礦人從幾乎快要餓死，一夕之間成為馬來半島屈指可數的大富豪。

「我果然沒有看走眼，你擁有成為大企業家的資質。」

龍福聽玉鳳這麼說，不由得哈哈大笑，說道：

「真是個傻女人。但不管是禍是福，我的命運似乎開始於這女人的掌心，也結束於這女人的掌心。」

八

接下來的龍福可說是一帆風順。

龍福原本就是個頗有創業野心的男人，手邊有了錢之後，他開始跨足礦山以外的其它事業。買橡膠園、劇院、舞廳及投資茶樓，讓龍福的資產如滾雪球般愈滾愈大。賺錢賺得快，花錢也如流水。他在吉隆坡砸下大筆資金建設了壯觀的宅邸，宛如中世歐洲封建君主的居城。宅邸受高聳的石牆包圍，眺望樓上設有槍眼，寬廣的庭院裡有私人游泳池。此外，龍福明白積極參與社會建設有助於提升自己的名聲，因此每當政府須要造橋鋪路，或是蓋孤兒院、養老院的時候，龍福總是在捐贈者中名列第一。只要政府舉辦各式活動，龍福就會收到海峽殖民地總督親自發出的燙金字招待函。

龍福抱持的觀念是「第一朵插下的花最美」。

相較之下，王金虎的生活方式卻恰恰相反。

老王即使成了與龍福不遑多讓的大富豪，生活模式卻幾乎沒有改變。他身上依舊穿著棉衫，而且不管龍福怎麼勸說，他就是不肯穿皮鞋，總是赤著雙腳坐上龍福的新型汽車，打扮得像個工人。

龍福夫婦勸這個老富翁再婚，他卻對此絲毫不感興趣。他說當初窮途潦倒的時候看盡了世態炎涼，再加上這把年紀娶妻，太有錢反而互相無法真誠相待。

他住在郊外的小屋子裡，平日只跟寥寥數人往來，一有空就會到龍福的宅邸串門子。

世人都說他是一毛不拔的守財奴，但他心裡卻認為當初辛苦賺錢時沒有人願意幫助自己，現在終於有了錢，吝嗇也是合情合理。

不過老王是個知恩圖報的男人，對龍福相當敬重。雖然龍福比他小了十多歲，但只要龍福說一句話，不管要拿出多少錢，他通常都會允諾。此外他還感謝玉鳳在自己最落魄的時候介紹龍福給自己認識，因此更是將玉鳳像女兒一般疼愛。

在玉鳳的眼裡，老王也與其他人有所不同。雖然兩人曾經有過肉體關係，但畢竟年齡相差有如父女，這個差距足以令他們忘懷過去的一切。玉鳳只要一拿到稀奇古怪的玩意，就會興沖沖地拿給金虎叔叔看；金虎叔叔若是身體微恙，玉鳳更是會義不容辭地前往照顧。

「我有個叫茉莉的女兒，若是還活著，年紀應該跟妳差不多。」

「不如我派人到金虎叔叔的故鄉去找找吧？」

玉鳳說道。老人搖了搖頭，回答：

「不必，找了也沒用。當初是她們拋棄了我……」

「那是你老婆的決定，女兒是無辜的。」

「不管怎麼說，總之她們都把我遺忘了。若是因為我變有錢才想起我，我一點也不開心。」

老王在致富前有著很長的窮困時期，因此棄他而去的女人也不止一、兩個。有些女人在得知老王飛黃騰達後回來找他，但老王完全沒有與她們復合的打算。

「大家都說親人是唯一的依靠，但我不這麼認為。比起血親，我覺得妳更像是我真正的女兒。」

「我也有這種感覺。」

玉鳳感慨萬千地說道：

「如果有我幫得上忙的地方，請你儘管說，就把我當成真正的女兒吧。」

「真的嗎？那真是太好了。」

老王喜孜孜地說道：

「其實我一直有個心願，那就是收妳當契女（乾女兒）。」

「真的嗎？」

玉鳳忍不住握住了老人的手。

「這麼一來，我們就是親戚了。」

王金虎挑了個黃道吉日，以純金手環及絲綢衣物、腰帶等貴重禮物堆滿紅色籃子，派人送到龍福的家。玉鳳給契爺的回禮，則是酒、海產、豬肉等物。兩家的關係變得比以前更親近，龍福也跟著玉鳳改口稱呼王金虎為「契爺」（乾爹）。

王金虎過世時，龍福以女婿的身分參加葬禮，金虎的龐大遺產全都轉到了玉鳳的名下。原本龍福就是馬來半島首屈一指的富豪，如今更成為整個南洋數一數二的大財閥。任何人若沒聽過「馬來之龍」的名頭，就會被當作鄉巴佬。

大約一年之後，有一對男女自廣東的鄉下來到了馬來半島。他們拜訪了龍福位於吉隆坡的宅邸，自稱是王金虎的女兒及女婿。

當時龍福到近打城[3]去了，並不在家，由玉鳳會見了兩人。

女人的年紀約莫三十多歲，身上穿得花枝招展，看起來就像個煙花女子。那歷盡風霜的豐腴臉孔，說起來確實與王金虎有三分神似。至於那男人則臭著一張臉，一看就知道是個遊手好閒之輩。

「兩位有什麼事嗎？」玉鳳問。

「來給去世的爸爸掃墓。」

「墳墓就在華人公墓裡，最大、最氣派的那個就是了，絕對不會搞錯。」

「這不用妳說，我也知道。聽說岳父的遺產，全到了妳的名下？」男人問道。

「是又怎麼樣？」

「她才是遺產的繼承人，請妳把遺產交出來。」男人指著女人說道。

「我不管這種事，你該找我的顧問律師。」

3　近打（Kinta）：地名，現為馬來西亞霹靂州東部的縣。位於該地的近打河流域之河谷地區，曾以盛產錫礦著稱。

「別裝高尚了。」男人突然惡狠狠地說道：「我很清楚妳是個什麼樣的女人。聽說妳曾經縱火，把人活活燒死。」

「你說什麼？」

玉鳳臉色大變，霍然站了起來，一腳踏在呼喚鈴上。

數名手持槍械的印度籍守衛立刻奔了進來。

「真是個霸道的女人，我記住妳的臉了。」

男人或許是見寡不敵眾，扔下這句話後便帶著女人離開了。

兩、三天後，顧問律師前來拜訪。他說上次那對夫婦手中確實握有女方是王金虎直系血親的證據，如果對簿公堂，恐怕會相當麻煩。

「不能給他們一點錢，把他們打發走嗎？」

「我原本也是這麼打算，但對方卻獅子大開口。」

「他們要多少？」

「一百萬元。」

「……？」

玉鳳一聽，登時打消了與他們談判的念頭。

「看來只好把我丈夫叫回來了，他很擅長跟那種人交涉。」

龍福自近打歸來，得知了來龍去脈，派人將那對夫婦叫到辦公室裡。

「你們兩個不認真工作，卻厚著臉皮來討錢。如果想要錢，就應該自己賺。」

「怎麼賺？故意把家燒掉？還是搶走別人的遺產？」

男人原本以為龍福會勃然大怒，沒想到龍福竟然呵呵一笑，說道：

「你懂這些旁門左道，看來資質不錯。如何，願不願意為我工作？」

男人愣住了，一時之間不知該如何回應。龍福立即叫人備車，帶這對夫婦前往高級餐廳，以酒宴款待他們，接著將他們送進了最近在近打附近試掘的礦山。玉鳳問起，龍福只說給了他們一千元，把他們趕回廣東去了。

九

太平洋戰爭爆發時，龍福選擇閉門不出，打算隔岸觀火，直到局勢恢復穩定為止。

日軍席捲整個馬來半島，一轉眼間連新加坡也落入了日軍的掌控中。

對於日軍勢如破竹般的進軍速度，龍福感到咋舌不已。

龍福的眼中向來只有馬來半島，這塊土地到底是由英國統治還是由日本統治，對龍福而言一點也不重要。但日本人把敵人跟朋友分得清清楚楚，只要不是朋友就是敵人，而且日本人不管是摧毀敵人還是保護朋友都不遺餘力。

像龍福這樣投資事業橫跨整座半島的大財閥，為了保護自身財產及事業的安全，與日軍站在同一陣線已是顯而易見的唯一選擇。

龍福於是將自己的大宅邸送給了日軍的司令官，自己則搬進當年王金虎所住的小屋子裡。

而且為了取悅那些新來的統治者，龍福天天款待日軍的高級參謀及憲兵隊長，安排女人供他們淫樂。

日本人對龍福相當信任，自暹羅輸入稻米及徵調軍需物資等工作大多交由龍福負責。百姓苦不堪言，龍福的財產卻是與日俱增。

戰爭快結束的時候，龍福帶著玉鳳到怡保郊外的打捫溫泉住了一段日子。

某一天，玉鳳散步歸來，竟然雙唇慘無血色，全身不住打顫。

「我……看到了……啊啊……好可怕……」

「妳怎麼了？」

「我看到了阿嬌姊，她就蹲在瀑布的旁邊……」

「別胡說，死人怎麼可能復活。」

「不，我真的看到了，她的半張臉上帶著燒傷的疤痕，而且她還轉頭對我笑了一下。」

從這天起，玉鳳經常在三更半夜發出不明原因的詭異尖叫聲。請了醫生來看，卻沒有發現精神病的徵兆。

玉鳳變得極度害怕龍福出遠門。當時因宵禁的關係，晚上會管制燈火，窗戶必須罩上黑色布簾，玉鳳卻將屋子裡點得燈火通明，有如白天一般，而且還派衛兵在床邊輪班站哨。

此時的龍福正有如熱鍋上的螞蟻。他暗中聯繫好一陣子拒絕往來的游擊隊及祕密情報隊勢力，想要與同盟軍建立關係，卻不得其門而入。

英軍登陸馬來半島之後，龍福躲進了打撈溫泉的別墅裡，一步也不敢外出。英軍忙著接管政務，一時之間也沒空找龍福的麻煩。過了一個年之後，不利於龍福的消息更是接踵而至。

龍福想盡各種手段要討好英軍，卻沒有收到任何成效。

於是龍福決定逃亡，並且已安排了逃亡用的機帆船。

但就在某天早上，龍福正在陽臺吃著早餐時，突然從樹叢裡竄出數名男人，轉眼間便將龍福圍住。

「龍先生，我們是游擊隊的人，想來討一點軍費。」

站在正面的一個貌似首領的男人說道。

「你說什麼？」

「我們要的不多，只要一百萬元。」

「你們是什麼來頭？」

「我說過了，我們是游擊隊的人。」

首領粗聲粗氣地說道。

「我不管你們是游擊隊還是共產黨，總之是來討錢的，對吧？」

龍福說得泰然自若。

「既然是討錢，不該是這樣的態度。討錢也有討錢的規矩。」

「少廢話！」男人怒吼：「若不乖乖把錢交出來，就別怪我心狠手辣！」

低頭一瞧，男人手上的手槍正散發出令人毛骨悚然的光澤。

「你們這是在威脅我？」

「沒錯，你若不給錢，就陪我們到山中走一趟。」

「王八蛋！」

龍福破口大罵。

「你們以為我是誰？我龍福能有今天，靠的可不是運氣！我所賺的每一分錢，都沾滿了汗水與鮮血！」

龍福捲起了袖子。

「看看我的身體，難道像個沒有骨氣的孬種？你們快給我滾……」

龍福一番話還沒說完，砰砰砰的數聲巨響，手槍冒出了火光。

他頓時癱倒在地上，鮮血染紅了地面的大理石。

家人們聽到槍聲趕來，已不見游擊隊的蹤影。

龍福身中十多槍，雖然都沒打中要害，但失血過多，情況十分危險。他被送進醫院後，立即找來了顧問律師，確認之前吩咐的財產轉移手續已確實完成。直到確認英國政府連一毛錢的遺產稅也拿不到，才安心地斷氣。

當時雖處於戰後的混亂時期，家人還是為龍福舉行了盛大的葬禮。在擁有國家的人眼裡，龍福只不過是個不值一哂的守財奴，但在這馬來半島，有數百萬人的立場與他相同，因此龍福直到今天依然是大家心目中的英雄。

放置了龍福屍首的紅漆棺桶，在排成了蜿蜒隊伍的送行者注視之下，被埋進了吉隆坡的華人公墓。

華人公墓的入口有一座牌坊，上頭寫著大大的一排金字「一將功成萬骨枯」，那正是龍福在公墓落成時捐贈之物。

十

老人說完了故事，在菸管裡塞入新的菸草。

店外天色已黑，大海及飛機都隱沒在夜色之中。宛如點點星辰般的對岸燈火映入了我的眼簾。

與老人道別之後，我一個人走在夜晚的街道上。排滿了攤販的路旁，不少勞工正津津有味地吃著麵。

我一面走著，一面從頭細細回想剛剛聽到的這個故事。但比起這個故事本身，更令我在意的是那個說故事的老人。那有如勞動者的厚實手掌、粗大的脖子，以及雖然磨損嚴重但看得出來價格不菲的杭州絲綢棉襖……由於想得太入神，我的腦袋差點撞上騎樓的柱子。

就在那一瞬間，我才想起我把《馬來指南》忘在茶樓裡了。匆忙回到茶樓一問，伙計從櫃檯底下取出書，說道：「是這一本吧？」此時茶樓裡已不見老人的蹤影。

隔天我一如往常時間走進了「杏花村」。

老人坐在與昨天相同的座位，正攤開了報紙。他以藏在眼鏡後頭的雙眸看見了我，對我微微頷首示意。

我筆直走向老人的桌邊，說道：

「昨天你說的那個故事，應該還沒完吧？」

老人摘下眼鏡，愣愣地看著我的臉，問道：

「為何這麼說？」

「只是有這種感覺。龍福應該沒死，對吧？」

老人似乎沒料到我會這麼問，也或許是沒料到我會問得這麼直接了當，不禁呵呵笑了起來。

「龍福已經死了。不僅報紙上刊登了他的訃聞，馬來亞聯邦的死亡登記署也收到了死亡申告書。」

「我問的不是這種掩人耳目的假象，而是沒有人知道的真相。」

「龍福確實已經死了。」

老人呢喃低語：

「一旦遭人遺忘，就不能算是還活著。話說回來，你的腦袋裡怎麼會有如此荒唐的想法？」

「我總覺得最後結束得太乾淨俐落了，有點像是編造出來的故事情節。」

「原來如此。」

老人點了點頭。

我察覺老人的茶杯空了，於是拿起伙計剛送上來的「六安茶」，在杯裡倒了一些。

老人一邊啜著，一邊侃侃說道：

「你猜得沒錯，龍福並沒有死。遭游擊隊襲擊是事實，但他成功將一百萬元殺價至五十萬元。而且當時他靈機一動，為了逃避英國人對他追究責任，於是安排了一場這輩子最大的騙局。棺桶內放進替身的病死屍體之後，他就搭乘特製的快艇抵達了曼谷，接著他從曼谷轉搭汽船前往香港，最後經由香港回到了廣州。四十年後終於踏上了故土的他，絲毫沒有回歸故鄉的感覺。那個叫阿梅的元配妻子已去世了，他在廣州的親人只有女兒及幾個孫子。但當初跟女兒分開時，女兒還是個小嬰兒，因此感覺不到骨肉之情。幸好當初家財萬貫的時候，龍福曾寄了些錢，在廣州買了些房地產，因此維持生計並不成問題。可惜龍福失算了一件事，我說到這裡，相信你已經明白了。沒錯，就是三太（三夫人）玉鳳的問題。

龍福剛開始能出人頭地，完全是仰賴了老婆的能力，因此他總是把老婆當成自己的銀行。他認為把錢交由老婆持有，比放在銀行保管箱安全得多，所以他事先把所有財產都轉移到了老婆的名下。

但是玉鳳自從去了打捫溫泉之後，就有些不太對勁。昨天我也說過了，她變得膽小如鼠，不論白天黑夜都必須把整個家裡的電燈都點亮才安心。還有更麻煩的一點，當她的恐懼症開始發作時，只有一個辦法能讓她恢復冷靜，那就是讓一個男人在她的背上用力踩踏。

龍福潛逃了之後，她便獨自搬回吉隆坡那棟有如城堡一般的大宅邸居住。畢竟她名下財產太多，許多想要「淘古井」（引申為向富翁的遺孀騙取金錢）的男人都聚集在她的身旁。這些男人簡直把玉鳳當成了老佛爺看待，玉鳳要不被花言巧語騙倒也難。果不其然，她被灌了迷湯，開始跟一個小白臉同居。聽說那小白臉是個在各地巡迴演出的劇團演員。以龍福的度量，這種小事當然不會放在心上，但龍福擔心的是玉鳳是否能守住財產直到自己安然返回馬來半島。果然不出所料，玉鳳那個傻女人！只要安分點，別輕舉妄動，那些財產她一輩子也花不完，但她卻受了男人慫恿，開始投資事業，最後竟落得破產的下場！

在龍福眼裡，不僅女的見識淺薄，那男的也是愚蠢至極。生孩子跟生金子，是女人與生俱來的能力。你應該也曾聽過會生金蛋的金雞母。女人就是金雞母，只要飼養方式得當，就能生出許多金蛋。若要打個有哲理的比方，女人就像白菜，不管是配雞肉煮還是配豬肉煮，都能夠互相入味，產生遠遠超越原本味道的美妙滋味。沒有了龍福，單有玉鳳也是無用武之地，哈哈哈……」

「後來龍福又做了些什麼事？」我問。

「我剛剛不是說過，龍福已經死了嗎？」

老人滿臉苦澀地說道。

我察覺自己這麼問太不得體，趕緊換了個問題。

「為什麼龍福要來到香港？」

「說實在的，他還能去哪裡？」

老人反問的口氣中帶著不自然的感慨。

「這世間雖然日新月異，能住人的地方卻是愈來愈狹窄。什麼民主主義，什麼共產主義，到頭來總是恃劍者因劍而亡，恃才者因才而死。既然走到了人生的終點，置身何處有什麼分別？」

我再次往老人的茶杯裡倒入熱茶。

那茶略帶黴味與苦味，老人喝得陶醉不已。

我觀察著那接近無欲無求的表情，鼓起了勇氣問道：

「你叫什麼名字？」

「我嗎？」

老人故意露出了驚訝的表情。不用十秒鐘，我已明白那舉動只帶有單純的象徵性意義。

「我叫阿福（傻里傻氣之意），你一定也是吧？」

老人強忍著笑意，雙眸綻放出年輕人般的戲謔神采。

（初發表於一九五四年五月）

客死

一

二月，某個下著大雪的寒冷夜晚，謝老人在屋子的邊廊上失足滑了一跤，造成鎖骨骨折。

這天下午，他的姪婿[1]林千里即將搭隔天的飛機返回臺灣，前來向謝老人道別。林千里在東京待了大約一個月，這趟旅行的真正目的是勸三年前逃亡至東京的謝老人返臺。國際情勢不斷惡化，國民黨政權岌岌可危，為了討得臺灣人的歡心，不得不利用像謝老人這樣的元

1　譯注：「姪婿」的「姪」字在日文中並不見得一定是姪女，也可能指外甥女，必須視實際親戚關係才能譯得正確，但文中並未交代林千里與謝萬傳的詳細關係，也無從查證林千里是否根植於現實人物（目前僅能推敲謝萬傳的原型為林獻堂、蔡志民原型為莊要傳、劉文成原型為廖文毅），所以只能姑且以原漢字「姪婿」譯之。

老級政治家。但公開延攬無異於自曝弱點，而且身為統治者的面子也掛不住，因此國民黨派出某要人K將軍，以私人名義與林千里商議，還說只要謝萬傳願意回臺灣與國民黨攜手合作，國民黨將委由他擔任省主席。

有能力的領袖人物及高知識分子都已拋棄故鄉，逃到了日本或香港。在如今的臺灣，千里自認為在阿諛趨奉國民黨的人物之中，自己還算是多少有點骨氣的。但他一聽到省主席這三字，還是欣喜若狂。由臺灣人擔任這個職位，可說是全臺灣人自光復以來的心願。在一九四七年的二二八事件中，臺灣人為了反抗國民黨的獨裁專制而犧牲了五千人，最後還是沒有實現這個願望。這次他帶著這個好消息飛往東京，心情上可說是志得意滿。

但謝老人的反應卻與他的預期截然不同。老人只是默默聽著，從頭到尾一句話也沒說，當然更沒有表現出願意返臺的態度。

「K將軍並非心口不一的男人，我想他既然這麼答應，應該可以信任。他還說能保證你回臺後的生命安全。」

「我在意的不是這個。」謝老人回答。「我年紀大了，不想再呼吸政治界的險惡空氣，只想靜靜過著隱居生活。」

嘴上雖這麼說，但這並非謝老人的真意。謝老人今年已七十二歲，對政治的關心卻絲毫沒有減退，這三年來反而捨棄了過去的妥協態度，表現出堅定的反抗立場，令熟悉他過去作風的人都感到錯愕不已。他甚至公開說出只要蔣介石不下臺，就絕不回臺灣這種話。

至於擔任省主席一事，謝老人的想法如下。就算國民黨讓他擔任省主席，也會在其周圍安排大量國民黨的心腹，使他陷入處處掣肘的窘境。這是顯而易見的結果，卻不是謝老人心中的隱憂。更重要的問題，在於原本執迷不悟的國民黨為何願意做出這麼大的讓步。每當美、英、法諸國召開國際會議，國民政府便只能任憑宰割，那些國民黨要人相當注意國際情勢，對此可說是比誰都心知肚明。為了讓韓戰畫下句點，國民政府很可能得面臨從地球上遭抹殺的命運，這股不安彷彿亡靈般纏繞著那些要人。千里也曾說過，未來的臺灣可能會轉交聯合國託管，這多半是轉述了那些要人的話。倘若發生那樣的狀況，國民政府搞不好會霸占財政與軍權，拱自己作為省主席，建立起有名無實的獨立國家。說穿了，這顯然是國民黨的垂死掙扎。

在謝老人漫長的政治生涯中，早已歷經過類似的狀況。大正年間，臺灣受總督府統治，謝老人曾代表臺灣百姓，向帝國議會請願設置臺灣議會。這很明顯是一場政治運動，但由於總督府嚴格禁止臺灣人從事政治運動，因此這場運動被冠上了「文化運動」這個奇怪的稱呼。當時謝萬傳被總督府的官員視為眼中釘，但謝萬傳出生的家庭，可是早在臺灣割讓給日本以前，便在臺中一帶擁有王侯般勢力的望族。雖然其家族在日治時代已失去了絕大部分的政治實權，但在臺灣人之間還是有著難以撼動的影響力，加上謝萬傳與帝國議會的議員們都有深厚交情，就連歷代總督也不敢不對他另眼看待。日本仗恃著強大的國家權力及近代資本主義，在此攻勢之下，謝萬傳所代表的傳統組織遲早將面臨瓦解與滅亡的命運，然而，其受到頑強抵抗的群眾力量支持，因而維持屹立不倒。受欺侮的民族對現實不滿，又抱有緬懷傳統臺灣的鄉愁，兩股情緒合而為一，立足於其上的謝萬傳則在不知不覺中成為悲劇的領袖，化作民眾心中的精神象徵。

許多反對日本帝國主義的臺灣人都加入了他的陣營。除了頗具名望及出手大方的性格之外，令他聲名遠播的最大原因在於全臺灣人被迫面臨的悲慘環境。文化運動只能走上既定的結局，這可說是必然的命運。總督府的權謀人士採取了射將先射馬的策略，雖放過了謝萬傳本人，但其黨羽只要稍微有偏向左翼的言行舉止，就會遭逮捕入獄。請願最後以失敗收場，謝萬傳原本以為臺灣人的聲音再也沒有受重視的一天，沒想到就在太平洋戰爭結束的前一年，謝萬傳與其他幾名受當局青睞的臺灣人突然獲任命為貴族院議員。帝國議會裡多了臺灣人及朝鮮人的代表。這其實是小磯內閣精心安排的策略，目的是為了展現日本諸民族的共存共榮，但不久後，日本就無條件投降了。

謝老人不禁有種感覺，彷彿自己不在野之日，便是亡國之時。當時謝老人找不到藉口可以辭去貴族院議員的職務。因為這個緣故，戰後當謝老人參選省參議員時，曾遭年輕人斥罵是伺候過清朝、日本及國民黨的三朝元老。但現在的狀況已與當年不同。至少現在自己並不住在臺灣，就算拒絕與國民黨合作，大不了只是繼續過流亡生活而已。當然謝老人打從一開始就不打算接受，因此甚至沒有將千里的來意告知其他同志。

千里很清楚謝老人的個性，既然見謝老人並無意願，也不敢多說什麼，只是在臨走前咕噥了一句：

「真是太可惜了，這可是千載難逢的好機會。今後或許無法再遇上這樣的好運了。」

千里的弦外之意像是在說，老人可能會就這樣死在東京，埋骨他鄉。

「你是住在那塊土地上的人，在你的眼裡，這或許是個機會，但在我看來卻並非如此。距離拉遠了之後，比較能客觀觀察事情，見解當然也會有所不同。」

謝老人嘴上這麼說，卻不禁擔心對方會認為自己只是死鴨子嘴硬。畢竟謝老人年事已高，想在臨死前轟轟烈烈幹一場是不爭的事實，何況當初雖是自願離開故鄉，但對於故鄉的執著卻遠遠超越其他任何一切。

「你就對K先生說，我健康狀況不佳，無法擔此重責大任。對於你的努力，我表達尊敬之意。」

謝老人站在門口，直到千里的身影完全消失才轉身進屋。一走進燒著暖爐的和式房間，突然覺得全身疲累。雖然早已過了平常午睡的時間，卻一點也沒有睡意。

謝老人一邊啜著阿菊端來的熱茶，一邊思考著林千里這個人。如今在他眼裡，千里怎麼看都像是國民黨的走狗。若是在臺灣吃苦受罪的時間較短的其他年輕亡命客，抱持這樣的觀感可說是理所當然，但他其實不願意自己也抱持相同的看法。正好比當年文化運動解散之後，有一些人逃往大陸，自己在那些人眼裡成了總督府的御用紳士，也是合情合理的事情。基於這樣的親身經歷，謝老人很清楚無法離開那塊土地的人有多麼悲哀。謝老人很想對千里展現同情心，但不知為何就是無法湧起這樣的心情。千里就跟謝老人一樣，是個含著金湯匙出生的人。他就讀日本的大學時中途輟學，其後轉往美國留學。據說當移民官問千里有多少可運用的經費時，千里從口袋掏出了一張兩萬美元的支票，移民官驚呼一聲，誤以為他是臺灣的王子。千里是埔里大地主的獨生子，即使是在日治時代，也過著不愁吃穿的生活，但這幾年卻變得相當貧窮，就連這趟來到日本的機票錢，也是那位委託他的將軍幫忙出的。國民黨不僅徵收高額稅金，而且以土地重新分配為藉口，沒收地主的土地，導致林家幾乎一蹶不振。但千里完全沒有反抗，國民黨給了他一個閒職，讓他當省政府顧問，他反而還為此沾沾自喜。若說心態幼稚並不算是他的錯，但為何他在自己眼裡竟成了國民黨的走狗？就從來沒吃過苦這點而言，自己跟他並無不同。為何看自己是場悲劇，看他卻是場滑稽劇？難道是因為年紀大了的關係嗎？不，絕對不是。

謝老人細細回想平日進出自己住處的那些年輕人。經歷的時代不同，價值觀及想法也會大相逕庭，但這些年輕人的性格只令人感到悲壯，卻一點也不滑稽。

隨著年紀愈大，謝老人愈不肯相信年齡造成的差異。謝老人甚至覺得自己年紀增加，心態反而變年輕了。沒錯，資質比年紀重要得多。只要擁有資質，就不必擔心年紀變老。謝老人認為自己不僅跟年紀五十多歲的人合得來，而且跟三十多歲年輕人也相處無礙。每個人都親切地喊自己一聲老先生，謝老人自認那並非因為自己擁有歷史性的經歷，而是因為自己擁有掌握趨勢變化的資質。

但一想到明天傍晚就要回臺灣的千里，謝老人便感到胸口一陣鬱悶。就連那杯正在啜飲的鐵觀音，也散發著故鄉的香氣。到底要到何年何月，自己才能重新踏上臺灣的故土？

（別想這些無謂的事了。）

為了驅散凝聚於腦中的鄉愁，謝老人讀起了《古文觀止》。

不知不覺，謝老人睡著了。

「謝先生，吃飯了。」

被阿菊的聲音喚醒時，天色已經暗了。

暖爐正燒得通紅，整個房間有如蒸籠一般溫暖。

謝老人突然有了尿意，於是自沙發上站起，來到昏暗的走廊上。

就在這時，驀然一聲巨響，謝老人摔倒在地上。

二

阿菊聽見聲音，驚愕地奔跑過來時，只見謝老人坐在地板上，按著左側的腰際。或許是摔得太重的關係，竟然毫無知覺，一點也不疼痛。

「是不是跌傷了？」

「嗯，這附近。」

謝老人想要移動左手，竟發現左手動彈不得。原本以為只傷了腰，但如此看來連肩膀也受傷了。

在阿菊的攙扶下，謝老人勉強回到了房內，卻已說不出一個字。

「很痛嗎？我馬上叫醫生。」

阿菊打給了平日常為謝老人看診的醫生，請他立即過來一趟。

謝老人癱倒在沙發上，強忍著痛楚。這時謝老人才察覺褲檔濕了一片，似乎是剛剛摔倒時，尿液漏了出來。

阿菊取來了替換的褲子，要為謝老人換上，但謝老人叫阿菊先離開房間，以單手拉著褲子，抬起劇痛的腰部，費了好大一番功夫才換上新褲子。

醫生來到家中檢查謝老人的傷勢。他一舉起謝老人的左手，謝老人頓時哀嚎。

「可能骨折了，必須交給專科醫生診斷，拍攝X光照。」

阿菊叫了計程車，將謝老人送往附近的國立醫院。那是個下著雪的寒冷夜晚，診所醫生知道謝萬傳是個名人，特地陪同前往。

醫院立即動員所有人力，為謝老人拍攝X光照，並打電話給住在附近的外科部長，要他立即回來一趟。

「鎖骨似乎裂開了。」

「要不要緊？」阿菊憂心忡忡地問。

「不至於有生命危險，但畢竟年紀大了，可能得花不少時間才能痊癒。」

「必須住院嗎？」

「能住院最好。雖說只要沒有併發症就不必擔心，但摔倒時的衝擊有可能導致舊病復發。」部長回答。

第一個趕來探望的人物是蔡志民。他一接到阿菊的電話，立刻從位於駒込的住處趕往醫院。但是當抵達位於玉川電鐵沿線的這家醫院時，已過了晚上十點。

阿菊一看見志民，登時鬆了口氣。

「情況還好嗎？」

志民的視線越過阿菊的肩膀上方，投向睡在床上的謝老人。由於剛注射了麻醉藥，謝老人雙目緊閉。沒有一根毛髮的頭頂在燈光照耀下特別明亮。

「聽說得住院，我必須回家拿換洗衣物才行。」

「一個人沒問題嗎？」

「嗯，請你幫我守在謝先生旁邊。還有，今晚我得睡在這裡，但我擔心家裡一個人也沒有……」

「不如我去睡在你們家吧？」年輕人說。

「真的嗎？那就拜託你了。」

阿菊說完便奔出了病房。

志民獨自留在病房裡。他拉來病床邊的椅子，坐了下來，凝視著昏睡中的謝老人。套了白色被套的棉被，直蓋到老人的脖子。老人一動也不動地躺著，望著那張平和的臉孔，令他聯想起了「死亡」。

他忽然有股錯覺，彷彿自己正在為在無親無故的異鄉，孤伶伶斷氣的老人守靈。常有人說，要評斷一個人，必須等到蓋上棺材蓋的那一刻。如果老人真的就這麼死了，他應該得到什麼樣的評斷？各式各樣的複雜情感，影響著志民對老人的「蓋棺之論」。

志民與老人第一次見面，是在三年前的夏天，老人剛離開臺灣來到東京的不久之後。身為獨立運動的年輕鬥士，志民有著年輕人的通病，那就是把老人當成了過去的遺物。

志民在日治時代曾是東京的大報社A社的海外特派員。戰後他回到臺灣，在某報社擔任記者。一九四六年，臺灣成立省參議會，謝老人在臺中縣獲遴選為議員，搬遷至臺北。在三十多名議員之中，若依過去經歷及領袖魅力來判斷，任何人都猜得出來謝老人肯定會在全場一致的贊成聲浪中獲選為議長。

但是某個從中國大陸回來的議員卻暗中布局，讓謝萬傳在選舉前夕遭警備司令部逮捕，罪名是謝萬傳涉嫌在戰爭剛結束時協助日本人在臺灣策動獨立運動。當時確實有這樣的運動，但與謝老人全無瓜葛，調查的結果也與他的供詞完全一致。謝老人雖然獲釋，司令部卻主張這個人並不適合擔任議長。謝老人只好把議長寶座讓給了那個使了詭計的議員，屈就於副議長職位。

當時還是新聞記者的志民得知了這個內幕，除了對司令部的卑劣手段感到義憤填膺之外，也對於愛慕虛榮、願意屈就副議長頭銜的謝老人感到澈底失望。原來文化運動的推動者到頭來不過是地主階級的代言人。原本謝老人在志民心中的形象為偉大的臺灣元老，就連國民政府派遣來臺的行政長官陳儀，也得前往位於臺中的坐漁莊（謝老人的宅邸）向他求教治民之道。但經過這次的事件之後，志民對謝老人的幻想可說是澈底破滅。此時在志民眼裡，謝萬傳這個老人可說是極盡庸俗之能事。

志民厭倦了記者工作，轉職為月薪最高的某銀行行員，但後來發生了二二八事件，志民憤怒於國民政府的慘無人道，這才恍然大悟，體認到唯有將臺灣與大陸切割，臺灣人才能得到幸福。於是他拋下了家人與工作，先逃亡至香港，再由香港偷渡至日本，邀集了數十名同志，成立臺灣獨立聯盟，不斷向聯合國成員請願，並且訴諸輿論力量。

志民是個天不怕地不怕的男人，為了貫徹信念可以挺身對抗一切，他打從心底瞧不起那些信奉牆頭草主義的商人，以及那些滿腦子只想著息事寧人的老人。

但是大約過了一年之後，謝老人竟突然隻身來到東京。當時謝老人的身分是某商業銀行的董事長，表面上的訪日目的是為了解決臺日銀行之間的債權債務問題。但志民輾轉由他人口中得知，謝老人不打算再回臺灣了。對志民而言，這意味著戰後為了盡可能讓臺灣人立場好轉而強自忍耐的謝老人，終於也對臺灣的政治不再抱有任何希望了。志民的內心，至今都難以相信那個削瘦的光頭老人竟會下這樣的決心，但卻也忍不住暗自竊笑老人早知如此又何必當初。雖然增加了一個同志，但志民心中總是難以忘記當年省參議會的那副景象，因此不管同伴們如何勸說，他就是不想前往拜訪謝老人。最後是一個對志民照顧有加的前輩說「無論如何總該見上一面」，才硬拉著他前往謝老人當時位於鎌倉的住處。

在日本見到的謝老人，與當年在省參議會見到時頗為不同。志民原本以為謝老人有太多訪客，絕對不會記得自己，沒想到謝老人記得一清二楚。

謝老人以真誠的口吻對志民過去的種種作為讚譽有加。拉志民前往拜會謝老人的前輩隨口抱怨起志民的個性太頑固，協調性太差，沒想到謝老人卻當著志民的面說道：

「現在你抱怨的這些，正是這個人最可貴的地方。」

志民不禁心想，這個老人畢竟多少有看人的眼光。就連志民自己也認為若少了這股橫衝直撞的蠻幹性格，自己可說是個毫無優點的人。

「雖然我花了很長的時間才跟你們有了相同的想法，但今後我們就是同志了。」

謝老人說得斬釘截鐵。

能與謝萬傳這樣的人物成為同志，其意義甚至遠大於與所有旅日臺灣人成為同志。他不僅是老一輩臺灣知識分子的代表性人物，而且確實擁有過人的領導才能。

從那天起，志民對謝老人的觀感有了一百八十度的轉變。雖然志民平日很少拜訪謝老人的家，但已能夠安心地將老一輩的人物視為自己人。

三年的時間，謝老人從原本幕後推手的立場逐漸浮上了檯面。獨立聯盟與來自香港、由劉文成一派所建立的再解放同盟合併，共組臺灣獨立黨，由劉文成擔任黨主席。謝老人作為這個運動的核心人物，已是公開的祕密。

要是謝老人在此刻倒下，獨立黨可能會再度分裂。文成與志民在各方面皆意見相左，是謝老人發揮了凝聚向心力的作用。

若老人此時死了，除了獨立運動的前途堪憂之外，老人的一生又該如何論斷？日治時代雖與日本抗爭，卻又就任貴族院議員；國民黨時代加入由國民黨掌控的省參議會，卻與國民黨決裂，只能藉由逃到東京的一隅來結束其不如意的生活……乍看之下，老人在數朝政權內都是重臣，但細細審視，又會發現那其實是一連串的反抗歷史。或許這樣的命運只能算是甲午戰爭及太平洋戰爭下微不足道的波折，但對臺灣人而言卻是避無可避的悲劇。

志民聽著老人的平穩鼾聲，感覺自己彷彿正在探頭望著臺灣人眼前的無底深淵。謝萬傳的死或許既是國民黨的凱歌，也是國民黨的輓歌。

三

透入眼皮的亮光，讓老人睜開了雙眼。阿菊就坐在身旁。

「你醒了？」

「嗯。」老人想要挪動身體，卻因石膏而難以如願。仔細一瞧，自己原來睡在陌生的地方，老人這才想起昨天的事。

「我睡了很久？」

「是啊。」阿菊露出燦爛的微笑。「身體還疼嗎？」

經阿菊這麼一問，老人試著動動身體，感覺左側肩膀又痛又麻。

「昨晚蔡先生來了，我請他幫我看家，或許等等會進來。」

「嗯。」老人點了點頭。

庭院的積雪反射了陽光，使房內異常明亮。

「真抱歉，讓妳擔心了。」老人勉強擠出笑容，轉頭對著阿菊說道。

阿菊是老人好友的姪女[2]，在戰爭期間結了婚，婚後丈夫卻戰死了。後來有一段期間，阿菊住在叔叔的家中幫忙打理家務。老人搬到東京後，想要找個人照顧自己的生活起居，阿菊便在老人好友的介紹下搬入了老人的住處。兩人已一起生活了三年。阿菊是個美麗、潔淨且心思細膩的女人。

「我想抽根菸。」

「好。」

阿菊從放在抽屜裡的行李中掏出 Peace 牌香菸遞到老人面前，以火柴點著。老人一臉陶醉地吐了一口煙霧。

既然會想抽菸，應該是沒有大礙才對。只要稍有不舒服，老人根本不會碰菸。

「除了志民，妳還通知了誰？」

2　姪女：同前述，「姪」字在日文中可能是姪女，也可能指外甥女，

「都還沒通知。」

「那就別通知了，反正沒什麼大礙。」

老人低聲咕噥，彷彿這句話是說給自己聽的。

快到中午的時候，志民來到了醫院。

「聽說你昨晚來過？若不是阿菊跟我說，我可不知道。」

老人的眼神中帶著三分謝意。

「看你這麼有精神，讓我放心不少。」

「我還有太多事情沒做，可不能就這麼死了。」老人笑著說道。「不過就算在這時死了，也好過在死時對這世間不抱任何期待。」

「聽說林千里昨天來拜訪過你？」

「是啊，現在飛機應該飛到沖繩一帶了吧。」

「談了什麼特別的話題嗎？」

「唔……」老人沉吟了半晌。原本不打算說實話，但不知為何就是無法對志民隱瞞。「他問我要不要當省主席。」

就在這一瞬間，志民的雙眸射出異樣的神采。陰鬱的沉默籠罩整間病房。老人感受到一股無形的壓力，不禁有些慌了，趕緊說道：「我當然沒有答應他。原本我不打算對你們說，反正沒有說的必要。」

志民這才大大鬆了一口氣。每當遇上類似的事，志民最擔心的便是老人敗給了誘惑。畢竟過去的經歷顯示他是個禁不起誘惑的人。如果老人成了省主席，那可是天大的恥辱。與其那樣，倒不如就這麼死在東京。

「你跟劉先生說過了嗎？」

「還沒。」老人趕緊澄清。

「為什麼不說？」

「文成不會在意這種事。」

「劉先生跟王將軍要是知道了，不知作何感想。」

老人當然聽得出來志民的口氣帶了三分譏諷。

「你一定也反對吧？」

「那當然。」

「反對的理由是什麼？」

「那還用說嗎？這是節操的問題。要是老先生這時屈服了，我們可就成了全世界的笑柄。」

「你沒聽過火燒連環船的故事嗎？為了達到目的，有時必須自我犧牲。」

「我只聽過不飲盜泉[3]的故事。」

「我明白你的意思，但我們走到這個地步，有什麼泉水沒喝過？要是不喝，我們恐怕無法活到今天。」

志民聽老人這麼反駁，忽然抬起了頭，無禮地喊道：

「從前吃的苦頭，沒能讓你記取教訓嗎？」

此時老人的心情，就像被志民以短劍抵住了脖子。但正是這份純真，令老人對這年輕人鍾愛有加。

「這次的事情，我的結論剛好跟你相同，但推導出結論的過程卻跟你截然不同。我是根據局勢判斷出這個結論，你卻是站在道德的立場。到底哪一邊正確，只能交由後世的史家來下定論了。」

志民臉色一沉，將頭轉向旁邊，避開了老人的視線。庭院裡的梅樹樹枝依然掛著積雪。

志民不禁回想起了自己剛到東京時的狀況。戰爭剛結束時，臺灣人成了所謂的「第三國人」，每個在日本的臺灣人都忙著向ＯＳＳ（美國戰略情報處）購買物資，賣給日本人。他卻組成了獨立聯盟，一方面拉攏臺灣人，一方面向盟軍總司令部請求援助獨立運動。美其名為聯盟，其實成員只有三、四人，志民雖為盟主，但生活貧困，得靠翻譯及家教工作餬口。半夜忙著撰寫向聯合國提出的請願書，白天則到處拜訪臺灣友人，募款來支付請願書的郵寄費用。同鄉人皆對他投以冷笑及懷疑的目光，但他的行動受到當時外國記者的注意，這些外國記者對局勢變化極度敏感，他們於是透過AP（美聯社）及UP（合眾通訊社）向諸國廣加報導。

機運促成了臺灣獨立黨的誕生，但志民太過年輕且沒有名氣，只能將主席位置讓給留學美國、英文流利的劉文成博士，並賦予謝老人一個總顧問的榮譽頭銜。但其後的局勢開始對獨立黨不利。聯合國大會上的臺灣議題因韓戰爆發而無限期延後，原本在背後推動臺灣託管的美國依然持續對國民黨政府提供武力支援，臺灣問題彷彿再也沒有重見天日的一天。

只要艱困的生活沒有改變，即便眾人之間有再多齟齬，還是能維持團結。然而一旦遭誘之以利，便難以保證眾人還能齊聚一心。每當想到這一點，志民便感覺心中充滿了無助與無奈。

「志民。」老人以安慰的語氣呢喃說道：「你放心，你擔憂的事情都不會發生。我不會死，也不會擔任省主席。」

但老人這番話在志民心中卻產生了反效果。志民更加擔心老人死期已不遠，而且是真心想就任臺灣省主席。就像當日本政府的大藏大臣[4]聲明不會讓日幣貶值時，就是日幣貶值的

3　不飲盜泉：比喻為人清高，有骨氣。典故出自《論語撰考讖》：「水名盜泉，仲尼不漱。」

4　大藏大臣：主管日本財政、金融、稅收等，相當於財政部長。

前兆。同樣的，或許老人心中正焦急不安，才會說出反話！

自己今年三十五歲，就算再熬個十年、二十年也不成問題，但老人是否還能活五年都是個問題。自己出生於大正年間，受的是日本教育，而老人卻是出生於清朝，受的是漢籍教育，兩人對中國的感情可說有著天壤之別。自己對中國並無任何歸屬感，但老人對中國的思慕之情想必相當強烈，這也讓老人最後決定妥協的可能性大增。

志民有種預感，自己與老人決裂的日子可能近了。

看著坐在床上的老人，他不禁心想老人死了反而好。面對世間的閒言閒語，老人唯有一死才能獲得救贖。

「謝先生得多休息，不能再說話了。」

經阿菊提醒，志民才從椅子上站起。

「請保重。」

志民刻意避開老人的視線，禮貌性地行了一禮，快步離開病房。

四

走廊上，阿菊從後頭追上了志明。

「我也剛好要回家一趟。」

「把謝先生獨自留在病房嗎？」

「別擔心，我馬上就回來。」

兩人並肩走在由醫院通往電車道的柏油路上。

志民很少與女人走在一起，一來生活貧困，二來滿腦子只想著政治。

阿菊問：「蔡先生，你在臺灣有妻子嗎？」

「有啊。」

「她是什麼樣的人？」

「我太太嗎？」志民想要擠出笑容，表情卻異常僵硬。「她是個很神經質的人，非常反對我參與政治。不過似乎每個女人都不喜歡男人從政，她只是其中之一……」

「是這樣嗎？」

「我也不知道，至少我太太是這樣。她甚至警告過我，如果我不放棄政治，她就要上警察局檢舉我。所以我不論做任何事，全都是瞞著她進行。就連離開臺北逃往香港的那天，我也是裝成要到銀行上班的樣子。」

「哇……」阿菊露出了誇張的表情。

「我知道我對她做了很過分的事，但除此之外別無辦法。當初結婚的時候，我根本沒料想到會演變成今天這個局面。」

要是二二八事件提早半年發生，想必志民根本不會結婚。在那之前，志民一直相信統治戰後臺灣的陳儀一派即便再怎麼貪腐，也應該作為國內政治問題來解決，因此對政治並沒有多大的興趣。但想要麵包卻得到石頭[5]的慘痛經驗與怒火卻令他搖身一變，成了澈澈底底的叛逆份子。希望為臺灣人建設臺灣的熱情，令他不得不犧牲家庭幸福。當時他跟妻子之間已育有一女，卻還是忍痛揮淚離開了臺灣。至少在妻子的眼裡，他是全天下最冷酷無情之人。

「妻子常寄信來嗎？」

「完全沒有。她恨死我了。」

「我想應該不會吧。」

「會的，我可以拍胸脯保證。」

「你怎麼會在這種奇怪的事情上這麼有自信，呵呵……」

阿菊笑了起來。

志民完全沒將阿菊的笑聲放在心上，甚至早已忘了阿菊也是個女人。

「既然要走上這條路，有家室只會綁手綁腳。自從我逃走之後，我太太才終於看開了，聽說現在在國小教書。雖然可憐，但這是她活下去的唯一辦法。」

志民的臉上充滿著苦澀與無奈。

阿菊偷偷抬頭望向志民。那對熱衷於某事物的雙眸，散發著渾然忘我的魅力。志民的妻子為何沒能感受到這股魅力，阿菊實在百思不得其解。

「我得回住處一趟，有篇翻譯的稿子得趕完才行。」

「什麼時候再過來？」

「很快。」

「那我燒熱水讓你洗澡。」

「什麼？不用了啦。」

「天氣冷，還是洗個澡比較好。你可得快來，免得熱水涼了。」

「好吧，那就謝謝妳了。」

融雪的路面因反射了陽光而熠熠發亮。開往澀谷的電車剛好進站，志民趕緊跳了進去。阿菊默默站在路旁目送志民離開，但志民似乎沒有察覺，甚至不曾回頭看一眼。

之後大約有一星期的時間，志民待在謝老人的家裡幫忙看家，順便將區公所委託的英文文件翻譯成日文。

每天上午，志民都會請鄰居代為保管鑰匙，到醫院探望一次。

5 想要麵包卻得到石頭：典出《聖經．馬太福音》，意指尋求協助卻受到冷酷對待。

謝老人的狀況一天比一天改善，絲毫沒有陽壽已盡的徵兆。許多人得知老人受傷都趕來探望，其中也包含劉文成博士與王忠鳴將軍。

為了避開那些探望的客人，志民大多選在清晨前往醫院。對於老人的「死」，志民心中五味雜陳，如今見老人逐漸恢復健康，志民心中更是百感交集。但更重要的一點，是志民不希望讓別人以為自己是老人的祕書或門生。志民過去雖曾遇過數次經濟上的困境，但從不曾向老人尋求援助。志民不僅早已過慣了貧窮的日子，而且天生就是個恬淡寡欲的人。絲毫不重視穿著打扮，在飲食方面也不講究，卻極度厭惡在生活上給他人添麻煩。

「如果有一天大家凱旋歸臺，你希望什麼職位？」

有一天，老人半開玩笑地問志民。

「我想當駐日大使。」

志民在日治時代曾考上外交官考試，若他是內地人，早已進外務省工作了。可惜他是臺灣人，別說飛黃騰達，連當外交官都當不了。最後他只能接受現實，當了新聞記者。老人聽了只是面露微笑，什麼話也沒有說。

「這願望太奢求了嗎？」

「不，沒那回事。我相信日本人應該能理解你的特質……不過我覺得你適合當的並不是外交官。」

「不然我適合當什麼？」

「我說實話，你可別生氣。」

老人將醜話說在前頭。

「在我看來，你適合當警務處長。你是我心目中最理想的警務處長人選。」

志民流露出明顯的不悅，說：

「職位還有適合與不適合的分別？」

「當然有。」

「那劉博士又適合當什麼？」

「唔……」

謝老人沉吟片刻，凝視著志民的雙眸說：

「說起來應該是外交官吧。」

「只要會說英文，就能當外交官？」

志民的嗓音異常尖銳。

老人吃驚得瞪大了雙眼，說：

「聽你這麼說，你似乎對劉博士頗不以為然？」

志民正要答話，老人已搶著說：

「你別激動，我知道你想說什麼，但在你說出那些話之前，我希望你能好好思考臺灣的現況。臺灣的人才乍看之下似乎很多，其實少得可憐，尤其是外交方面更是寥寥可數，這是一件相當悲哀的事情。我們不能以國際的水準來評論臺灣人。好的廚師必須能利用手邊僅有的材料，盡可能做出美味的料理，這跟看著食譜做料理完全是兩回事。就算心中有什麼不滿，也必須互相包容才行。」

任何人都很清楚這個大原則。「團結就是力量」並非共產黨專用的術語。志民最感到扼腕的一點，是超過五十歲的那些人總是把臺灣獨立當成了最終目標，樂觀地以為獨立後什麼問題都能迎刃而解。在志民看來，獨立只不過是最初的目標而已，真正的挑戰是從獨立之後才開始。除了獨立後的政策方針之外，不論是立法、行政、司法等各方面，都需要先進行研究，將來才能立即派上用場。但那些老一輩的卻只關心獨立後由誰當總統，或是由誰當總理。光是想到這一點，志民便不由得感到前途堪慮。

過去志民曾數次在會議上提議設立研究機構，因為這份努力，他被任命為研究會的負責人。但所謂的研究會只是徒具形式而已，不僅拿不到預算，而且絲毫不受重視。雖然黨的資金太少是事實，但研究會的地位不管怎麼說都太低了。志民決定不再與那些老人多費唇舌，只召集年輕同志每個月召開兩次會議。志民心中暗自盤算，獨立之前或許必須仰賴那些老人的幫助，但獨立之後就是年輕人的天下了。

所有老一輩人物之中，只有謝老人願意聆聽志民的想法。其他老人只把志民當成一個說起話來得理不饒人、不知天高地厚的年輕小伙子。志民對那些老人也相當輕蔑，認為他們愛慕虛榮卻無真才實學。相較之下，謝老人總是讓志民暢所欲言。雖然對事情沒有實質幫助，但至少是個發洩悶氣的管道，因此謝老人讓志民感覺比其他老人多了幾分親切感。

每當志民離開後，謝老人總是不由得感到萬分沮喪。劉文成、王忠鳴、蔡志民這些人雖然與自己各維持著某種形式的往來，但彼此幾乎沒有交集。明明這些人都深愛著臺灣，然而一旦自己放開手中的韁繩，這些人會各自往完全不同的方向前進。

「我還不能死，絕對不能。」

每當這種時候，謝老人就會在心中如此提醒自己。

五

由於醫院的暖氣設備並不完善，謝老人只住了一個星期便決定出院，回到位於櫻新町的住處。

今年的冬天格外寒冷。

謝老人請人把會客室內的桌椅組搬到邊廊上，並在暖爐旁鋪了棉被，自己躺在裡頭。

這一天，劉文成前來拜訪。

「身體好點了嗎？」

「託福，好多了。」

文成被帶到向陽的邊廊上，與謝老人相對而坐。

「兩、三天前的傍晚，有個我不認識的男人找上我的住處，詢問劉文成在不在家。」

「喔？」

「那時我剛好出門了，聽大嬸轉述，那是個過去從不曾來拜訪過的男人。大嬸問他有何貴幹，他只說下次再來，連名片也沒留就離開了。我怎麼想都想不出這個人會是誰，心裡實在有些發毛。」

「那可得小心才行。」

「我也是這麼想，所以昨天搬到逗子[6]了。當時我要是在家，傻傻地開了門，搞不好對方會掏出手槍，將我強押上車，那可就一去不回了。」

「沒錯，你要是被帶走，那可糟糕了，哈哈哈……」

老人哈哈大笑。

天底下最讓人厭惡的事情，莫過於陌生人來訪。尤其是像文成這種已經拋頭露面的臺獨鬥士，光是聽見黑暗角落有人喊自己的名字恐怕都會嚇得直打哆嗦。以他的身分，極有可能遭國民黨派人暗算。

「聽說國民黨延攬老先生當省主席？」

「這消息是志民跟你說的？」

「不是，上次在銀座碰巧遇上林千里，他隨口提起了這件事。前陣子老先生身體欠安，所以我才沒問。」

「沒錯，是真的。」

「老先生您怎麼回答？」

「我拒絕了。」

「拒絕不見得是最好的做法。」

老人聽了只是沉默不語，文成接著說道：

「連那個林千里，也對我說臺灣遲早會受聯合國託管。數年前我曾在香港見過他一面，當時他還笑我在幹傻事呢。」

「千里是個沒有主見的人，他會這麼說，一定是拾了國民黨的牙慧。」

「既然如此，那更不能輕易拒絕了。」

6　逗子：神奈川縣的海邊城鎮。

文成對局勢的判斷與老人相去不遠，但戰略上的見解卻大相逕庭。當聯合國決議要對臺灣進行託管時，國民政府很可能會假借臺灣人的名義，建立獨立政權。與其讓國民黨安插個真魁儡當魁儡政權首腦，不如給他們一個假魁儡。

「前幾天，我才跟忠鳴談過。不論是老先生或是忠鳴，都不曾正面反抗國民黨，兩位很適合偽裝成國民黨的忠實朋友，深入國民黨內部，等到時機成熟再與我們來個裡應外合。忠鳴也很贊成我這個想法。」

老人靜靜聽著，連眼睛也沒有眨一下。文成的年紀比老人小了二十歲，卻比老人更擅長於權謀詐術。像他這種即使置身在中國社會也能游刃有餘的男人，卻毅然決然起身反抗國民政府，令人有些百思不得其解。事實上那完全是基於一次的因緣際會。

劉文成在日本讀完中學後，便搬到上海，後來又以中國留學生的身分前往美國留學，在當地與美國人結了婚。畢了業，他回到南京某大學任教，中日戰爭爆發之後，他並沒有逃往後方，而是在遭到占領的上海過著低調的生活。戰爭結束，他便回到臺灣，在省政府擔任公職。向來喜歡政治運動的他，在一九四六年出馬角逐參政員。

參政員是由省參議員投票選出。文成在演講時打出「省政自治」口號，頗受年輕人支持。國民黨擔心他在當選後會被青年黨或其它政黨拉攏，因此事先逼迫他加入國民黨。一直到投票之前，文成都沒有屈服。開票的結果，文成得了十五票。該次選舉只要得票超過十四票就能當選，民政處長卻將劉文成的票一張張拿起來仔細查看，挑出一張「成」字寫得不清楚，以及一張「劉」字墨色暈染，宣布這兩張票無效。任何人都看得出來這是嚴重干預選舉的行為，省參議員們卻唯唯諾諾不敢反抗。

謝老人還記得當時自己是副議長，因感覺劉文成這個人過於年輕氣盛，所以沒有把票投給他。

選舉結束後，國民黨再次力勸劉文成入黨，文成斷然拒絕，並且離開臺灣，前往上海。後來發生二二八事件，長官公署發布的通緝令上竟然將劉文成誣指為暴動的首謀者，令他感到錯愕不已。如果他當時選擇乖乖加入國民黨，非但不會被列入首謀者名單，而且此時多半已是政府內部的高官。

一票之差，令文成的命運有了一百八十度的轉變。後來他又從上海轉移至香港，並在香港組織再解放同盟，推動臺灣的第二次光復。所謂的再解放，指的是臺灣雖從日本的掌控中獲得解放，但想要真正得到自由，就必須再一次從國民黨的掌控中解放。這與共產黨所稱的解放並無任何關聯。

劉文成待在香港的那段期間，蔡志民曾試圖投靠他。但兩人在淺水灣飯店的大廳進行了一場激辯，最後還是沒有達成共識。志民主張獨立是唯一的活路，文成卻認為時機尚未成熟。文成的想法，是主張站在外交的立場上，應積極推動「公民投票」。雖然獨立確實是最終目標，而且顯然大多數臺灣人都贊成獨立，但對全世界發出聲明時，還是應該以公民投票為口號。大西洋憲章明文記載著不允許任何與人民意志不符合的領土變更，但卻全盤接納美、英、中三國在開羅會議中檯面下的利益交換，這是不合理的決策。文成認為真正的民主，應該是透過公民投票決定臺灣的未來。兩人最後分道揚鑣，志民離開了香港，將據點轉移至東京。

後來中國大陸的戰局底定，國民政府遷都至偏遠的臺灣，雙方僵持不下。香港原本為東洋的政治中心，但在國民黨革命委員會的政客們投入北京的懷抱後，香港迅速失去其地位，政治中心轉移至盟軍總司令部駐紮的東京。

文成向國民政府的外交部買得假護照，搭乘美籍船隻來到了東京。他立刻召開新聞記者會，積極打起宣傳戰。國民黨要求盟軍總司令部將劉文成引渡，總司令部起初不肯配合，但國民黨指稱劉文成是偷渡入境日本，總司令部無可辯解，只好逮捕劉文成，將他關進了日本的巢鴨監獄。

文成就這麼在監獄裡待了半年。裡頭關了不少因偷渡及走私而遭逮捕的臺灣人，令文成頗感意外。但細細聆聽那些臺灣人的遭遇，才知道他們都背負了殖民地出生者的悲慘命運。文成愈來愈相信唯有政治才是解決一切問題的關鍵。

雖然是受刑人身分，但文成在獄中卻受到禮遇，不僅飲食及各方面物資都相當充足，而且行動也較自由。文成每天會邀集低學歷的臺灣人，為他們上一小時的英文課。

六個月後，文成以政治庇護的名義在日本獲得居留權，離開了巢鴨監獄。他讓擁有美國國籍的妻子及小孩搬至紐約，但他自己沒有護照，只能繼續留在日本與國民政府進行長期抗戰。

自從來到了東京後，文成與謝老人的關係迅速變得親近。逃亡、入獄、貧困、孤獨與辛勞的多重打擊之下，讓文成不再像以前那樣盛氣凌人，那滿面風霜的形象與謝老人的心情可說是不謀而合。不論是看經歷還是看能力，文成都是擔任黨主席的最佳人選。

如今謝老人聽了文成的策略，心想確實有些道理。但老人已厭倦當魁儡，何況現在的國民政府猶如風前殘燭，此時當省主席可說是有害無益。

「忠鳴還說，如果老先生願意回臺，他願意一起回去。」

文成積極勸進。

「喔？」老人瞪大了眼。

王忠鳴從很久以前就想要讓妻小來到身邊同住，但國民政府扣留了其妻小作為人質，不肯核發出境許可。他在日治時代曾擔任華北政府的憲兵司令官，且是日本陸軍士官學校出身，在國民政府的軍官中擁有許多好友，然而仇敵卻也不少。尤其他與當前的行政院長陳誠之間互有嫌隙，戰爭剛結束時，陳誠進駐華北，將他軟禁於北京長達數年之久。在共軍即將進入北京的不久前，王忠鳴賄賂獄卒，趁亂潛逃至香港。如果當時沒有成功逃走，此時恐怕還被關在牢裡。

忠鳴有個相當年輕的妻子，且在同伴之間是有名的鶼鰈情深。有一次他接到妻子從臺灣寄來的信，竟然當著眾人的面潸然落淚。從那天起，大家都戲稱他為人情將軍。

「忠鳴只是想見他太太吧？」老人說道。

「這我就不清楚了。」

對於老人這沒來由的一句話，文成一時不知如何回應。

「忠鳴可是我們這群人之中最專情的一個。」老人說道。

「這是不相關的兩件事吧？」

「不，當然相關。忠鳴可是人情將軍，當然相關。」

老人哈哈大笑。文成知道老人只是顧左右而言他，不肯正面回應，所以也就沒有繼續說下去了。

六

老骨頭的痊癒速度一如預期的緩慢，但到了四月已完全康復，能夠在庭院裡整理花草，或是在家門前散步了。

路旁的櫻花樹同時了綻放美麗花朵。

老人走在鄉間的田埂上，享受著春天的溫暖日光浴。小麥在田畝上整齊排列，麥穗呈現耀眼的青綠色。晴朗的天空雖不若南方島嶼那麼明亮，卻是萬里無雲。

這天早上，老人剛起床拿起報紙一看，上頭寫著斗大標題：「臺灣恐將受聯合國託管」。老人吃了一驚，趕緊詳看內文。原來是杜勒斯[7]昨晚舉行記者餐會，在會上偶然說出了這個消息。雖然報紙上只說是某要人，但想來除了杜勒斯之外不會有別人。

這可是個不得了的消息。

老人的腦海裡驀然浮現了自己受延攬擔任省主席的理由。國民黨一定事先得知了這消息。否則的話，絕對不會願意大方地讓出省主席職位。

既然如此，己方在這時候當然也不能保持沉默。就在老人盤算著這件事時，電話響起，來電的是王忠鳴。

「喂？啊，老先生，看了今天的報紙了嗎？真是個大消息。我沒料到會是這種情況，著實嚇了一跳呢。我想我們也得趕快發出聲明才行……」

「我也正這麼想，你聯絡得上文成嗎？」

7　杜勒斯（John Foster Dulles）：時任美國國務卿。

「這個嘛，沒有電話，實在有點棘手。我發個電報過去，應該今天之內能聯絡上。」

「還有，草稿我想交給志民寫，你能順便把他叫來嗎？」

「沒問題，我立刻去找他。」

「好，我等你。」

接近十二點時，王忠鳴獨自一人回來了。

「老先生，看來回臺灣的日子近了。」

今天的忠鳴顯得意氣風發。

「其他人呢？」

「志民說他馬上就來。至於劉博士，我剛剛給他發了電報，但他住得較遠，不知來不來得及。」

忠鳴一邊回答，一邊露出若有深意的微笑。

「對了，聽說他在逗子有了紅粉知己？」

「老先生聽誰說的？」

「我的消息可靈通了，任何事情都瞞不了我。聽說他搬到逗子去，主要原因也不是大森的住處有可疑人物登門拜訪，而是為了跟女人同居。」

「這倒也不是不可能。」

「對方是個什麼樣的女人？」

「是個出版業的女老闆，自己擁有一家印刷廠，生計方面不用仰賴文成。」

「搞不好文成還能仰賴她呢。日本像這樣的女人似乎不少，這可真是一石二鳥的好主意啊。哈哈哈……」

老人開懷地笑了起來。

「老先生，你還記得我們曾在南京見過一面嗎？哪是幾年前的事了？那陣子老先生還摔傷了腿呢。」

忠嗚忽然想起了往事。

「當然記得。」

謝老人一邊回答，一邊撫摸著左側臉頰。

當時是中日開戰的前一年，也就是昭和十一年。老人在從日本返臺的路上，忽然心血來潮，自長崎搭船到上海玩了一趟。後來當他從上海搭火車前往南京時，在飯店大廳遭數名記者包圍。記者問他這趟旅行的感想，他老實回答：

「感覺好懷念，彷彿回到祖國的懷抱。」

沒想到這時從人群中走出一名日本記者，氣勢洶洶地來到老人面前，當著眾人的面大喊一聲「混帳東西」，接著朝老人的臉頰上狠狠打了一拳。

隔天的華文報紙爭相報導這起事件。

老人從南京回到臺灣後，辭去了所有總督府硬掛在他身上的榮譽職位，獨自搬到了東京，整整兩年沒有回故鄉。

某年夏天，他剛離開輕井澤，在銀座某地下餐廳與來自臺灣的友人聚餐。就在走上地下室的階梯時，失足跌了一跤，造成腿部骨折。

「我記得過了不久之後，臺灣總督換人，老先生就回臺灣去了……」

「嗯，確實發生過這樣的事。」

「雖然不信什麼怪力亂神，但老先生今年摔傷肩膀，或許又是個預兆呢。畢竟人家說禍兮福之所倚。」

老人心想，這麼解釋或許也有些道理。

自從得知今早的新聞後，老人便得意得像個孩子，彷彿馬上就要回臺灣了似的。

「忠鳴，你太太一定在臺灣等你等得心焦吧？」

「老先生的家人不也是嗎？」

「不，臺灣已經沒有人在等我了。命活得愈長，人生愈無趣。」

就在這時，劉文成與蔡志民同時趕到。據說他們兩人恰巧在電車中遇上了。

「我們正擔心你在逗子分不開身，今天沒辦法趕來呢。」老人一看到文成，就取笑了他一番。

「這麼重要的事，我當然非到不可。」文成靦腆地笑了。

眾人立即圍著老人談起了正題。

「為什麼到了這個時期，杜勒斯才突然隨口洩漏這麼重大的消息？我總認為他不正式宣布，卻在記者餐會上放出消息，內情並不單純。」老人說道。

「我想只是時機成熟了而已。」文成說道。「這原本是數年前就該討論的議題，只是因為爆發了韓戰才延期，現在既然停戰了，臺灣問題當然會被重新提出來。我上次就提醒過，一旦這件事即將成真，國民政府很可能會拱出省參議會的現任議長當總統，建立起臺灣共和國。所以我們臺灣獨立黨一定要立即發表聲明，除了表達全面支持杜勒斯的立場，並且要讓世人知道，只有我們才真正代表了臺灣的民意。」

「將軍，你的看法如何？」老人問道。

「我贊成劉博士說的。最好今天就寫好稿子，盡快召開記者招待會。」

老人轉頭望向志民。還沒詢問，志民已侃侃而談。

他的想法與兩個前輩不同。

「就像老先生說的，他沒有正式發表，只是在宴席上放出風聲，這點必須特別注意。這關係到一個國家，甚至是整個世界的政局，任何一個有責任感的政治人物都不可能胡言亂語。既然如此，杜勒斯在說這些話時，想必早已算準了後果。問題就在於我們該如何解讀他這麼做的理由。在我看來，杜勒斯根本不打算真的對臺灣進行託管。他這次放出風聲，只是想試試水溫，觀察輿論反應而已。大家都知道，美國支持國民黨的聲浪依然不小，尤其是院外援華組織在上下議院皆擁有龐大勢力。對於杜勒斯放出的消息，美國國內恐怕會出現反彈的聲音。畢竟是政治人物說的話，可不能囫圇吞棗地信以為真。」

文成立即表達反對意見：

「志民，我覺得你有些太鑽牛角尖了。或許因為你曾當過記者，才會有這樣的想法。我認為杜勒斯這麼說只是想營造出氣氛，逐漸往實現的方向推進。」

「這當然也有可能。我只是提出了自己的感覺，並非反對劉先生所說的發出聲明及舉辦記者招待會。不管怎麼說，我們確實有必要採取這些行動。」

「既然如此，老先生，我們就按照預定計畫，開始研擬草稿吧。」

四個同志花了兩小時的時間，討論出了聲明稿的草稿。

志民當晚回到住處後，將草稿整理成簡潔的文章，隔天在約定的地點將草稿交給文成，由文成翻譯成英文。

一星期後，劉博士在六本木某高級餐廳舉辦海內外記者招待會。文成、忠鳴、志民及其他數名年輕人代表獨立黨出席招待會。

七

過了一陣子，大家漸漸察覺杜勒斯放出的消息只是空歡喜一場。在時局緊張的時候，同志們士氣高昂，幾乎每天都會舉辦聚會。但是當氣氛開始降溫後，大家心灰意冷，往往數個月也見不上一次面。畢竟每個人都得為了自己的生計而奔走打拚。

王將軍開始玩起了股票。由於他在華北的時候曾幫助過一些日本商人，在退役軍人之中也有不少好友，因此在眾同志之間是最「有辦法」的一個。不僅有人會拿著大把鈔票資助他，甚至還有人將辦公室免費借給他使用。雖然他自認為風光大不如前，但已足以讓同伴們羨慕不已。

他經常想起從前跟北京出生的妻子一起住在北京豪宅裡的日子。雖然短暫，卻是極度奢華。大食堂裡每天都準備了三桌的美食，還雇用樂團來當跳舞的伴奏。蒙古的德王曾想聘用他為軍事顧問，但他因不想離開北京而拒絕了。戰爭快結束的時候，他在宅邸的地底下埋了三貫金條，如今那些金條不知還在不在。據說那棟宅邸已遭共產黨沒收，作為幹部的官舍，妻子一家也四散了，不可能挖出那些長眠於地底下的黃金。他常想著若能挖出那些金條，就不必過如此窮酸的生活，可惜再怎麼割捨不下，也無濟於事。

劉博士的情況則最為悲慘，與王忠鳴形成了對比。劉文成是臺南大地主的兒子，在逃亡之前可說是過著嬌生慣養的生活。但三七五減租及土地改革幾乎讓故鄉老家失去所有財產，這陣子已無法再送錢給他。再加上他沒有經商的天分，而且身為黨魁，不可能做出違法勾當或是淪落當上班族。妻子及小孩都在美國，文成已有半年沒有送錢給他們了。聽說妻子已開始出去工作，但紐約的物價太高，實在無法獨立扶養四個孩子。文成從小就是個不服輸、好面子的人，從不曾在同伴面前唉聲嘆氣，但畢竟這輩子從不曾經歷過如此窮困的生活。一想到這些都得怪那可惡的國民黨，更是令他恨入骨髓。

至於蔡志民則雖然貧窮，卻始終如一。打從出生時，他就過著貧困生活，靠著苦讀才畢業自東京的大學，一輩子從不曾有過物質的享受。他平日靠家教及翻譯餬口，只是為了在白天能有自由運用的時間，如果日子真的過不下去，也可以當起上班族。至少到目前為止，他自認為生計上並沒有陷入困境。有一次，他的朋友看不下去，將一件舊大衣送了給他，他相當開心，每天都穿在身上。看著他的生活，不禁讓人重新省思幸福的定義是什麼。

經濟基礎上的劇變，就連謝老人也難以置身事外。即便是從前號稱臺灣第一大地主的謝家，也得與全臺灣所有地主階級同生共死。政府實施的土地政策美其名為土地改革，說穿了就是沒收土地。政府雖會發給土地債券，卻是分成十年攤還，此外土地價格的百分之二十五還以股票代替，但那些股票的脫手價格卻只有面額的三分之一。大部分地主只是無能的寄生階級，還來不及想出因應策略便已家道中落。相較之下，老人的處理方式則相當果斷。他要留在臺灣鄉下的兒子立刻以面額三分之一的市價將股票賣掉，把錢寄到東京來給他。

接著老人以這筆錢投資了一家公司。那是一家不動產金融公司，換句話說，老人當起了高利貸。他處理得相當隱密，盡量不讓任何人知道。在臺灣遭國民黨奪走的現在，老人只能以這種方式謀求生存之道。

老人盡量不去思考過去的事情及生計上的問題。然而老人的記憶力絲毫沒有減退，即使是微不足道的小事也能記得一清二楚，宛如昨天才剛發生。

老人很想把自己的年紀也忘了。既然很想，這意味著他做不到。自從今年年初受了傷之後，年紀的問題就在老人的腦中揮之不去。有時老人會幻想自己將老死在東京，並為此戰慄不已。

唯有一種娛樂，可以讓老人暫時忘記這些人生煩惱。每當有遠道而來的客人，老人就會邀對方上新宿看脫衣舞秀。

若是來到東京這個花花世界旅行的臺灣鄉下人，對脫衣舞秀感興趣也是合情合理，但謝老人已年過七旬，竟然有這樣的興趣，實在讓人啞口無言。面對友人的苦笑，老人總是泰然自若。

肉體已失去了滿足慾望的能力，只剩下精神還能感受得到。要滿足眼睛的慾望，脫衣舞秀是最佳選擇。比起以老態龍鍾的身體抱女人，還不如自遠處觀賞，不會產生悲哀的心情，更能樂在其中。

文成、忠鳴、志民這些人都曾跟著老人進過脫衣舞秀場。但年輕人不像老年人一樣能從遠方享受裸體之美，因此都是沒過多久便失去了興致。由於最近來自臺灣的訪客不多，老人有時會帶阿菊一起去看。剛開始的時候，阿菊覺得很尷尬，自己身為女人卻看女人的裸體。但這陣子阿菊已習慣了，有趣的是這幾年脫衣舞秀場內的女觀眾有增加的趨勢。

或許是有人看見老人跟阿菊一起走在街上的關係，臺灣人之間竟傳出謠言，說謝老人在日本有了女人。而且這謠言還輾轉傳入了老人的耳中。

來到日本的臺灣男人與日本女人交往並不是什麼稀奇的事。女人有時會被形容為米飯，臺灣人常常戲稱日本米比臺灣米更黏，一旦沾上了就分不開。

「我是無所謂，倒是對阿菊不好意思。」

「我也無所謂。」阿菊笑著說。

「妳還年輕，怕妳嫁不出去。」

「只要常來家裡的客人別誤會就行了。」

「這點倒是不用擔心。」

阿菊口中所說的客人，指的當然是志民。只要志民不誤會，她並不在乎那些流言蜚語。雖然阿菊苦苦暗戀著志民，志民卻是渾然不覺。阿菊的年紀也不小了，實在不好意思告白，何況就算告白了也沒有自信能讓對方喜歡自己。

志民已經超過一個月沒來了。櫻花早已謝光了，行道樹上已滿是綠葉。有天早上，老人打開郵箱，赫然看見林千里的來信。拆開一看，信中內容大致如下。

聽說前陣子敝人前往拜訪後，老先生就受了傷，誠心祝禱早日康復。關於上次那件事，敝人將老先生的想法轉達將軍，將軍表示想親自赴日與老先生詳談。下星期敝人與將軍會一起抵達羽田機場，懇請再次考慮。

讀完信的瞬間，老人猛然感到一陣強烈的鄉愁。兒子及女兒都已邁入中年，各自有了家庭，如今臺灣根本沒有人在等著自己回家，為何會如此歸心似箭？就連老人自己也無法說出個所以然來。

老人實在拿不定主意，決定在會見K將軍之前與同志們好好商量一番。

八

會客室裡傳出的激烈爭辯聲，連坐在四疊半[8]小房間裡的阿菊也聽得一清二楚。嗓音最

8　四疊半：疊為日本房屋面積單位，指一個榻榻米的大小，換算約為一點六二平方公尺。兩疊約為一坪。

尖銳、情緒最激動的是志民的聲音。雖然聽不清楚爭辯的內容，但顯然正為了重要問題而僵持不下。

「阿菊！」老人低聲呼喚。

阿菊輕輕拉開拉門。

「茶。」

「好，馬上來。」

阿菊走到廚房，換了茶葉後帶著茶來到會客室。

四個男人默默坐在裡頭，氣氛異常凝重。老人的禿頭上滿是油光，志民的臉也脹得通紅。

阿菊一闔上門，志民立即開口說道：

「我不明白，為什麼我們會為了當不當省主席而爭執不休。明明知道這是對方設下的計謀，還要裝作若無其事地回去受騙上當？想要在關鍵時刻反將他們一軍？這種事談何容易！這不是自投羅網嗎？老先生，你說這叫障眼法，難道你搞了一輩子的障眼法還不夠嗎？還是省主席的地位已經迷惑了你的良知？」

「喂，你這麼說太失禮了。」文成指責。

「沒關係，讓他說下去。」老人制止文成。

「老先生，我明白你急著想回臺灣的心情，我們每個人都一樣。但是在蔣介石掌權的時候回臺灣，只是重蹈貴族院議員的覆轍而已。我懇求你別這麼做，這也是為了你自己。」

整個會客室陷入一片死寂。半晌之後，老人開口說道：

「志民，我懂你的意思，我會把你這些話牢記在心。但我必須告訴你，政治沒辦法只靠正義及感情來推動。這世上一切事情，都只是利害關係所引發的結果。政治不容許意氣用事，我相信這點你也能認同。像我們這樣的弱小民族，不可能憑藉自己的武力將國民黨趕出臺灣。既然如此，我們唯一的可趁之機，就是藉由國際局勢的變化來消滅國民政府。換句話說，就是美國為了恢復與共產黨的外交關係，必須實現臺灣中立化的時候。我相信這一天遲早會到來，只是時間早晚的問題。到那時候，若有一個人能盡量減少臺灣人與國民黨之間的摩擦，你不認為這對雙方都是一件好事嗎？」

「我不認為。至少這個人不應該是老先生你。」

「為什麼不應該是我？」

「一旦你做了這種事，便象徵獨立黨無條件投降。世人會說我們獨立黨都是一些權勢薰心的人，為了地位可以不顧操守。別說是世人，連我自己也會這麼想。」

「我說你啊，正義可不能解決這世上的一切問題。」文成插嘴說道。「雖然正義很重要，但政治要實現正義，就必須施一些權謀詭計。為了達成目的，不管是繞遠路還是深陷敵陣都是無可逃避的事情。讓謝老先生與王先生潛入國民政府之中，你跟我則留在這裡繼續鬥爭，雙方雖然表裡有別，卻一樣是為了獨立黨而奮戰。這對我們獨立黨而言不是壞事。」

「我實在不懂老先生的想法。既然打從一開始就決定返臺，何必問我的意見？」

「老先生還沒有決定。」王將軍也打起圓場。「現在我們應該先將討論的重點放在要不要見K將軍。我認為只是見面談一談並無不妥，倘若對方開的條件不符合我們的期待，大不了拒絕就是了。況且K將軍跟我是陸士時期的同窗，不管什麼話都可以挑明了說。」

這場討論很快便有了結論。或者應該說，結論打從一開始便呼之欲出。

外頭天色早已暗了。走出謝家時，下起了毛毛細雨。志民邁步而行，毫不理會雨滴打在頭上及衣服上。

坐在乘客寥寥無幾的電車內，任憑身體隨著車廂搖擺，胸口燃燒著悲憤的火焰。志民只能兩眼茫然地凝視著映照在玻璃窗上的自己。

在志民的心裡，自己辛苦經營了六年的獨立運動即將因老人那短視近利的功名心而一敗塗地。老人或許因出生於殖民地，早已習慣了屈服，竟然打算做出這種掩耳盜鈴的行徑。那一些大道理，都只是為了將其行為合理化的藉口。早知道會演變成這樣的局面，當初實在不應該與老人攜手合作。到頭來自己只是被他利用了而已。

志民愈想愈憤恨難平，愈想愈咬牙切齒。此時志民的腦海浮現了一個念頭。與其讓老人返臺，不如……

對叛徒的恨意總是遠勝於敵人。此時他終於能理解為何有人會殺死心愛之人後自殺。

這股念頭逐漸膨脹，轉變為非這麼做不可的堅定信念。這股惡魔般的邪念到底來自何方？

「殺！殺！殺！該殺！」

走回租屋處的一路上，志民不斷對著夜色大喊。

隔天早上，他在凌亂不堪的房間裡醒了過來。過了一晚，情緒已不像昨天那麼亢奮，但無論如何不能讓老人返臺的心情，卻絲毫沒有減弱。

「再努力一次看看吧。如果他還是執迷不悟的話……」

志民自那從來不曾收拾過的被鋪內跳起，就這麼奔出了家門。

此刻還是清晨，志民在澀谷換了電車，在櫻新町下車時，周圍仍是一片靜謐。

「你今天來得真早！」

阿菊開門看見志民，顯得頗為驚訝。

「有幾句話想對老先生說。」

「他還沒起床，你先進來吧。」

阿菊一面這麼說，一面惴惴不安地望著志民那僵硬的表情。

「是不是發生什麼不好的事了？」

「沒有，只是有件事想拜託老先生。」志民勉強擠出笑容。

那表情令阿菊感到恐懼。

一抹不祥的預感湧現在心頭。

「我還以為是誰呢。志民，原來是你。」老人穿著睡袍走了出來。

志民一臉嚴肅地仰望老人，那眼神令老人也感到心裡發毛。老人淡淡一笑，說道：

「早餐吃了嗎？」

「還沒。」

「來跟我一起吃粥吧。」

「不用了，我不吃。」

「別這麼客氣，就當是陪我。」老人牽著志民的手走進食堂。

桌上擺著豬肉鬆、鹹蛋、花生及鹹魚，令人不禁懷念起故鄉。

「昨晚我一直睡不著，你一定也是吧？」老人問道。

「不，我馬上就睡著了。每當遇到沒辦法解決的問題時，我就會睡覺。」

「你睡得著？」

「是啊，睡覺可以忘記一切。」

「若你做得到這點，相信你一定能長命百歲。從你的面相看來，你確實很長壽。我記得你今年是三十五歲？看來你今年還有發財運。」

「我沒有賺錢的才能，要怎麼發財？」

「命運是相當奇妙的東西，只要有富貴之相，即使不去追求，富貴也會找上門來。雖然你不賺錢，卻可能交個替你賺錢的朋友。」

兩人吃完了早飯，回到客廳。

「其實我早就料到你會回來找我。」老人先起了話頭。

「那你知道我來訪的理由嗎？」

「猜得出來。」

「既然如此，你願意答應嗎？」

志民的口氣已接近哀求。

老人一句話也沒說。

「求求你，不要回臺灣。」

「我能體會你的心情。」

過了好一會，老人才以諄諄教誨的口吻說道：

「這次的事情真的讓我非常煩惱。或許你會笑我年紀大了卻這麼不中用，但這是事實。

我的理性要我別回臺灣，但我對臺灣土地的思念之深，你們肯定難以想像。如果我死期已近，不管會有什麼下場，我都會選擇死在故鄉。既然已沒多久好活，我想趁這次的機會回去。」

「如果可以回去，誰不想回臺灣？」

「不，你們跟我是不能比的。這種心情實在毫無道理可言，這一點我自己非常清楚。這是一件無法靠理性分析來解決的事情。你還年輕，恐怕很難理解，若要打個比方，就好像是瘋狂愛上了一個女人，為了她可以不惜犧牲生命。」

不幸的是志民完全無法體會老人的話中深意。老人愈說愈是焦慮，聲音也變得尖銳而神經質。

「我是最近才開始有這樣的心情，就連我自己也嚇了一跳，而且我沒辦法改變它。與你們分道揚鑣是一件很痛苦的事，但這是讓我活下去的唯一辦法。不過你放心，就算我回了臺灣，我跟你們還是同志，永遠不會有反目的一天。我不會變成蔣介石的奴隸。唯一我能答應你的事，就是我絕對不會做出辱沒臺灣獨立黨的行為！」

志民聽了老人這番話，全身驟然氣力盡失。原來這個老人不是什麼非殺不可的人物，他只是個不值得下手取其性命的老糊塗！

志民抓起雨衣，連一句道別的話也沒說，便衝出了大門。

老人坐在沙發上，強忍著心中的悲痛。就在剛剛那一瞬間，自己想必已完全背叛了志民的信任。但以當前的局勢來看，讓志民對自己澈底絕望是必要的條件。所謂的政治，就是如此無情。

九

一九五三年六月某日，一輛新型奧茲摩比（Oldsmobile）汽車沿著東海道往西疾駛。車子在經過小田原之後，轉向箱根的宮之下。

謝老人與王將軍並肩坐在車中。

「K應該也變了不少吧。算起來我跟他已二十年沒見了。」

王將軍自言自語般呢喃說道。

「當年就讀黃埔的時候，他不守軍紀，明明規定不准抽菸，他卻將菸藏在口袋裡。後來被抓到，被當時擔任校長的蔣介石狠狠教訓了一頓。他在日本陸軍士官學校的表現也不是很好，不知是哪一點讓蔣介石看上了眼，竟然節節高升。」

「聽說他在光復後進駐上海，接收了日本人的財產，成為足以與四大家族比肩的大財閥？」

「那只是曇花一現而已。不過一眨眼功夫，財富全成了泡影。畢竟他不像四大家族一樣，早把資產轉移到了美國。」將軍回答。

忠鳴對於自己與鼎鼎大名的K將軍曾是同窗一事似乎頗引以為傲。在浮浮沉沉的中國政軍兩界，即便是敵對陣營的成員，也大多是熟面孔。

戰後，國民政府將汪政權幕下的人物以戰爭犯的身分加以處死，這對擁有軍閥政治經驗的國民政府來說是相當罕見的嚴厲決策。

今日對方是我的俘虜，明日我可能就成了對方的俘虜。

對戰敗的一方仁慈，是希望若有一天自己戰敗時，也能受到仁慈對待。蔣介石對弱者毫不留情的姿態，如今已報應在蔣介石身上。

忠鳴當年與國民政府決裂、與日軍合作，最大的原因就在於他出身於臺灣。但忠鳴絕不認為自己聯合日軍是賣國的行徑。只要仔細審視當年華北政府軍與日軍締結的協定條文，就能知道其中沒有任何一條將中國的利益出賣給了日本人。戰後國民政府將汪精衛的夫人陳碧君視為漢奸加以審判，汪夫人對著法官當庭抗議漢奸這個罪名。「依當時在中國的身分地位，只有三個人能將中國出賣給外國。誰串聯日、美、俄三國，在條約上簽字，誰就是漢奸。如果法官要我說出那個人的名字，我可以照辦。」她如此責難，法官聽了啞口無言。

當年將忠鳴關入牢籠的那群人，如今被趕落海中，只能在臺灣一角苟延殘喘，這是不爭的事實。沒落的命運何其相似，只是時間晚了數年而已。既然同為敗北者，這下子又成了自己人。如今的忠鳴已能夠昂首闊步地與K見面。

謝老人的心態又有些許不同。他是個行事謹慎的人，不管做什麼都是小心翼翼。當初謝老人對蔡志民說自己想埋骨於臺灣的土地，這句話雖然並無虛假，但打算返臺這個行為背後，卻已然盤算過了利害關係。國民政府想要利用他，他卻也想要利用國民政府。時局既然走到這個地步，國民政府此時就算傾全力也已無法挽回頹勢。如此一來，謝老人的重要性將節節攀升。國民政府就算對他不滿，也沒辦法取他性命。如果將他殺害，只是加速國民政府的滅亡而已。

「政治不容許意氣用事。」

謝老人的信念再度浮上心頭。

接下來是與蔣介石的長壽之爭。自己盡量不生氣，卻引誘蔣介石動怒，消磨他的精力，這也是一種戰勝敵人的手段。

蔣介石一死，國民政府勢必土崩瓦解。就算自己先死了，蔣介石遲早也會步上自己的後塵。他的軍隊困守在臺灣一角，沒有辦法補充新兵，軍隊的平均年齡一年比一年增加，不出十年就會變成上不了戰場的老兵集團。國民政府相當清楚把武器交給臺灣人是一件多麼危險的事。假如重蹈二二八事件的覆轍，他們將無處可逃。相信在不久之後，他們也會認為與其把政權交給共產黨，不如接受託管。

到了那最後一刻……老人想到這裡，忍不住輕輕舉腳往前一踢。心裡所想的事情，竟然在不知不覺中化成了現實的動作。

忠鳴吃了一驚，問道：「怎麼了？」

「沒什麼，坐得太久，腳有點麻了。」老人以滿是皺紋的手在腿上搓揉。

「馬上就要到了，你先躺著休息如何？」

「不必，我沒事。話說回來，我大概有幾十年沒來箱根了。」

為了避開世人的目光，雙方會面地點選在箱根的一家小旅館內。K將軍與千里應該已經先到了。

車子抵達宮之下，兩人下了車，搭上通往旅館的纜車。整座山放眼望去盡是翠綠的嫩葉，可說是美不勝收。

在抵達纜車車站之前，旅館的人便打電話聯絡過了，因此千里來到終點站處等著兩人。

「好久不見。」

「別來無恙？」

三人走上一條懸掛在溪流上的吊橋，走向旅館的庭院。溪流周邊到處可見大大小小的石塊。

隔著溪流的對岸，是隔壁旅館的露天澡堂，數個裸體的男人坐在岩石上。

老人一行人被引導至副館的一間寬廣的日式房間，庭院池塘裡游著體型超過一尺的巨大錦鯉。

千里對Ｋ將軍及謝老人互相介紹了彼此。Ｋ將軍身上穿著輕便的和服，戴著金框眼鏡，看起來與在此地溫泉療養的日本人幾乎沒有分別，而且日語說得意外流利。

「我聽到你也要來，著實嚇了一跳呢。沒想到你也在日本。」

Ｋ握著忠鳴的手說道。

「除了日本，我還能去哪裡？從前還能回臺灣，但現在臺灣已經被你們占領了。喂，快把臺灣還給我們！」

「你別心急，等國民政府反攻大陸，凱旋回到南京，臺灣那彈丸之地就算還給你們也沒什麼大不了。現在如果還了，你要我們去哪裡？」

「接受我們的保護。」

「你真愛說笑，哈哈哈……」

Ｋ與二十年前並無多大差別，老態並不明顯。

「真虧你還記得日語怎麼說。」

「你不也記得嗎？」

「不，我本來早忘光了，是逼不得已才硬著頭皮想起來。你還記得嗎？從前我跟你曾一起去奈良的春日公園，我說我們是中國留學生，當嚮導的日本人還不相信呢。」

「我記得。回想起來，你從那天之後可真是發生了不少事情呢。」

「彼此彼此。」

K並沒有擺出將軍的架子，對老人客客氣氣地問道：

「老先生，要不要先泡個澡？」

「你不去嗎？」

「我剛剛去過了。」

千里於是陪著老人再一次前往浴池。

「傷勢痊癒了嗎？」

「嗯，都好了。」

「K將軍看起來人怎麼樣？」

「比傳聞好得多，不太像軍人。」

「正因為他是這樣的個性，在現在的臺灣才能吃得開。麾下無兵卻還能保有將軍的威嚴，天底下沒幾個能像他這樣。」

「忠鳴不也是如此嗎？」

千里與忠鳴互相並不認識。王忠鳴早在日治時代就離開了臺灣，在大陸雖然不斷升官，卻始終不肯透露自己來自臺灣，因此千里極度懷疑王忠鳴對臺灣的忠誠心。有很多臺灣人在日治時代逃離了臺灣，等到戰爭結束後才以「御用紳士」一詞來批評那些在日治時代努力打拚的臺灣人，千里最瞧不起的就是這種人。當年明明只不過是些不受歡迎的三流人物，戰後卻擺出愛國志士嘴臉，說得好像自己曾拚死反抗日本帝國主義一樣。千里一聽到這種人說話，便忍不住怒上心頭。雖然王忠鳴的情況頗有不同，但千里忍不住將自己對戰後派政治家的不滿與懷疑施加在忠鳴身上。幸好千里向來處事圓滑，絕不會愚蠢地將心中的不悅表現在言行舉止上。

泡完了澡，眾人立即圍著桌子開始密會。

「國民黨反攻大陸想要成功，必須獲得臺灣人的支持。打從遷都臺灣之後，我一直抱著這樣的主張。」

K將軍先以這幾句話當作開場白，接著說明臺灣的現況。直到最近，K將軍的主張才獲得接納，在施政上，國民政府決定採取盡量任用臺灣人的方針。國民政府希望由臺灣元老級人物謝萬傳擔任省主席，因此祕密指派K將軍前往進行交涉。但國民政府開出了條件，那就是謝萬傳必須從此與臺灣獨立黨斷絕關係，而且不得說出任何不利於國民政府的言論。

「大家都是炎黃子孫，別再上演兄弟鬩牆的醜態了。為了打倒共產主義這個人類公敵，我們一定要團結才行。就算是看在這一點的分上，也請老先生務必返臺。」

「我明白你的立場了。先不說我要不要接受，我想問兩、三個問題。」

「請說。」

「第一，省主席是否擁有省政府委員的任命權？我先聲明，我要的可不是形式上的答案。」

「必須經過行政院長同意。你上任前是這樣，你上任後也是這樣。」

「第二，政府委員的人數，是否有外省人幾名、臺灣人幾名的內規？」

「沒有這樣的內規，但臺灣人的人數如果過半，應該不會獲得同意。」

「財政廳長、警務處長這些政府各機關首長，能任命臺灣人嗎？」

「這個嘛，我想應該有商量的餘地。目前我只能跟你保證民政廳長、農林處長、工商處長這三個職位應該沒問題。」

「這麼說來，實質上並沒有任何改變，不是嗎？」

「這就見仁見智了。光是該不該讓臺灣人當省主席，國民黨內部就爭執了很久。相信你也很清楚，全中國的政客如今都集中在臺灣，因此臺灣的政局相當複雜，覬覦省主席一職的政客多如牛毛。」

老人不再提出任何問題。

「聽起來，你們只是想拱個臺灣人當幌子而已。」忠鳴忿忿不平地說道。

Ｋ將軍似乎早已預期會有這樣的抱怨，於是說道：

「若你知道我費了多大苦心才促成這件事，你就不會這麼說了。」

「這跟你的苦心無關，是時勢所趨。我這麼說，你可別生氣，我並非不相信你所盡的努力。」

忠鳴一邊說，一邊拍了拍坐在隔壁的Ｋ的肩膀。

「你這次前來，上頭把交涉的底線說得一清二楚嗎？」

「沒那回事。謝先生若有任何要求，例如像剛剛提到的，警務處長跟財政廳長的人選問題，我可以回去向政府請示。」

「若沒有給予我相當程度的權限，我就算想答應，也無從答應起。依你的看法，國民政府在這兩個職位的人選上有可能讓步嗎？」

「這我也說不準，若你提出要求，我可以馬上請示。」

「好，那就麻煩你了。」

「萬一政府讓步，你就願意出任？」

「請給我一點時間，我須要仔細想想。」

密談約一小時就結束了。

隔天早上，雙方約好一星期後再見。就跟來的時候一樣，王忠鳴陪在老人身邊，兩人一同離開了箱根。

十

老人到家的時候，已過了中午。

劉文成正在家裡等著自己。

老人笑嘻嘻地走進來，一看見文成的表情，頓時心中一驚。

「發生事情了？」

「請冷靜聽我說……蔡志民昨晚死了。」

「什麼？」

老人臉色大變，趕緊湊了過去，心裡想著難道志民自殺了？

「我今天早上接到電報，著實嚇了一跳，急忙趕到他家時，他已成了冰冷的屍體。」

文成以手捧著頭說道。

「上次見面時，他明明還很有精神。到底死因是什麼？」

「聽說是心臟麻痺。房東太太的兒子就睡在志民房間的隔壁，他說昨晚志民還沒有任何異常，但是到了半夜，志民的房間傳出淒厲的呻吟聲。但聲音不久就停了，兒子以為是自己在做夢，也沒去理會。到了今天早上，打掃的阿姨發現志民死在裡頭，才趕緊叫了人。」

「真的是心臟麻痺嗎？沒有他殺或自殺的可能？」

「我也這麼懷疑，私下做了一些調查。志民這個人不可能自殺，最有可能是他殺。畢竟是在這種節骨眼，我懷疑有人不希望他活著。但是醫生說看不出心臟麻痺以外的任何症狀。」

「唔……真令人難以置信。」

老人沮喪地癱坐在椅子上。

原本以為殺也殺不死的年輕人竟然就這麼走了。老人回想起年輕人最後一次拜訪自己的那天，年輕人臉上那副悲愴的表情。為什麼偏偏就在那天，自己會口無遮攔地隨便說出他會長命百歲這種話？為什麼偏偏就在那天，自己會對他如此冷酷無情？如今他與自己天人永隔，雖不知他去了西方極樂還是地獄，但想必在陰間的他正懷恨在心吧。

老人經歷過太多次周遭的人死亡，從未有一次令自己如此激動莫名。在此之前，老人心裡只預期著自己的死，從未意料到年輕人竟然會早自己一步，這讓老人感覺有如墜入無底深淵。

或許他是因我而死。

為什麼死的不是我，而是他？

「遺體現在在哪裡？」

「還放在房裡沒移動。」

「志民沒有親戚？」

「我們恐怕是他最親之人。」

「我猜也是這樣。」老人有氣無力地呢喃說道：「他大概也沒錢為自己辦喪禮吧。大家各拿一點錢出來，為他處理後事。就算是在形式上，也必須表現出我們的心意。」

一想到志民就這麼撒手人寰，留下的錢甚至沒辦法為自己買副棺材，老人的眼眶不禁紅了。文成、忠鳴的心裡當然也不好受。志民今天下場悽慘，或許明天會步上他後塵的，就是自己。

「劉博士，你願意擔任志民的治喪委員嗎？」王將軍說道。

文成默默點頭。

三天後，在文京區的一座小寺院裡，舉行了蔡志民的告別式。志民並無任何宗教信仰，但由於這世上並不存在無宗教信仰者的喪禮儀式，因此只能依照佛教的儀式進行。

這天下午，下起了如煙似霧的綿綿細雨。

參加者只有十四、五人。

文成為逝世同志唸完了追悼文，最後說道：

「等到將來回到臺灣，我們會為你再辦一場盛大的喪禮。」

老人聽著治喪委員的宏亮聲音，不禁眼眶含淚。

就在這時，耳畔竟傳來激烈的啜泣聲。老人吃驚地轉頭一看，只見阿菊正以手帕掩面，不住發出哽咽。

「妳怎麼……」

老人話說到一半，沒有再說下去。

對老人而言，這可說是個意外的發現。

年輕人客死異鄉，妻小手足都不在身邊，卻有一個女人願意為他哭泣，這讓老人心中的悲痛稍微緩和了幾分。

「志民，下次投胎，千萬別生在殖民地。不管是多麼貧困的小國也沒關係，一定要擁有自己的政府。如此一來，你就能放心地把政事交給政治家，不必再為政治日夜煩憂，就算過著放蕩不羈的生活也好。我好希望能看見那樣的你。」

上香的時候，老人在心中如此默禱。

（初發表於一九五六年）

濁水溪

一

我一直是個孤獨的男人。雖然有妹妹，但她小我五歲，所以我從小就沒有能夠一起遊玩的朋友。八歲的時候，我被送進了內地人就讀的學校。父親在故鄉當過二林街長，後來又當上臺中州會議員，我就讀內地人的小學既是他的興趣，也是他的驕傲。班上五十幾個學生，只有三個是臺灣人。身為臺灣人的我一直遭到排擠，沒人願意跟我交朋友。我個性內向，打架也不拿手，但學校成績不錯，某學期曾被班上同學選為班長。級任導師卻似乎認為不該讓本島人對內地人發號施令，因此讓當選副班長的內地人當班長，而把我降級成為副班長。不過我對這件事並沒有任何不滿，畢竟我的性格內向又陰沉，不擅長發號施令。而且讓內地人聽我的指令做事也覺得有些彆扭，能夠不用當班長，我自己也鬆了口氣。

小學畢業後，我又基於父親的興趣，為了就讀內地人相當多的臺北一中而借住於臺北的親戚家。這段中學時期對我而言充滿了不舒服的回憶。內地學生對本島學生的侮辱可說是無所不用其極，寥寥可數的幾個本島人成了辱罵及集體暴力的對象。小學時的老師還算公正，但到了中學，連老師也對我們抱持歧視心態。其中最惡劣的是軍事教練的教官，明明軍事教練是我相當拿手的科目，但每次一拿到成績單，這科的分數總是五十九分，下頭畫了一道紅線。依當時的標準，五十分以下才算不及格，但若有四科以上只拿五十到五十九分，就會遭留級。我一打聽，才知道所有臺灣學生的分數一律都是五十九分。那個老退役上尉教官的綽號叫佐助，他的觀念似乎是「臺灣人不能當兵，沒資格拿高分」。

幾個臺灣學生皆痛罵老上尉教官的差別待遇，對他極度厭惡，我則是不滿這科紅字會拉低學校成績的平均分數，對升學造成不良影響。像老上尉教官這種人，可說是典型住在殖民地的內地人。我心裡當然也厭惡他，但我打從一開始就看開了。從小在農村長大的我，看過了太多類似的例子。好比任職於臺灣農村的內地巡查，不僅可以拿到六成的加俸，而且日常生活幾乎不用花一毛錢。除了可以上米店免費拿米之外，上市場買肉買菜，全都不必給錢。那個內地巡查總是會假惺惺地問一聲：「多少錢？」把手伸進口袋，假裝要掏錢。肉販、菜販只能說：「不用了，下次再拿。」他聽了就會說一聲：「好。」然後笑著轉身離開。有一次，那個內地巡查到遠方出任務，他的妻子一個人上市場買肉，肉販收了她的錢。內地巡查回來後，還對著肉販諷刺：「原來我一不在，豬肉就值錢了。」我從小生長在這樣的環境裡，一直抱著這世間本來就不公平的觀念。

中學三年級的時候，有個本島學生遭內地學長毆打了一頓，原因只是兩人在路上相遇，本島學生沒有對內地學長敬禮。那個本島人被打得非常慘，有兩、三天無法來學校。幾個本島學生認為那內地學長實在太過分，決定向他報復，還問我願不願意加入。

「你們做這種事，一定會被退學。為什麼不跟老師說？」

「跟老師說也沒用。想馬上解決這件事，就要讓他嘗嘗我們的厲害。」

「我不幹這種事。」

我斷然拒絕。

「你還算是臺灣人嗎？」另一個同伴咄咄逼人地問我。

「我當然是臺灣人。」

「既然是臺灣人，怎麼能不幫臺灣人？」

我沒有回答這個問題。雖然心裡很想直斥其非，但我的口才不算好，而且這幾個人都在氣頭上，根本無法訴之以理。

「他媽的！你這廢物，就繼續捧日本人的卵葩吧！」

幾個同伴以各種難聽的字眼咒罵我一頓後，就離去了。

聽說後來他們好幾個人埋伏在學校前的植物園裡，偷襲了那個學長。他們將那個學長反手綁在大王椰子樹上，把平日的不滿情緒全發洩在他身上。結果一如我的預期，帶頭的兩個臺灣學生遭退學，其他四人則停學一星期。我沒有參與這件事，所以沒有受罰，但從此臺灣同伴都把我當成異類，我變得更加孤獨。他們叫我書呆子，我充耳不聞，只是專心讀我的教科書。雖然軍事教練的成績一直是五十九分，但讀完四年級的時候，我順利考上了臺北高校。

高校的風氣又與中學不同。以四十人為一班，文組班級的臺灣人只占大約五人，理組班級的臺灣人則有十五人左右。那是因為文組大學畢業後很難找到工作，但理組可以當醫生養家活口，所以絕大部分臺灣人都進了理組。

我故意選擇了文組，因為我並沒有在入學前就盤算好將來的出路。理由很簡單，一來我的家庭環境讓我不必煩惱出路的問題，二來我不知為何就是不喜歡醫生這個職業。高校教師裡的高知識分子比中學教師多，正義之士及人道主義者也不少。尤其是教授東洋史的教師，一到任就屢屢在課堂上批評殖民地政治。如此大膽的行徑，可說讓當時的我開了眼界。這是我第一次聽見內地人說出了我們的心裡話。想當然耳，我們臺灣學生都對他景仰崇拜。

不久之後，我變得經常往這個年輕歷史教師的家裡跑。當時已爆發蘆溝橋事變，日本將臺灣當作南進基地，開始推行皇民化運動。公學校的學童被迫穿和服、改日本姓名。如果不改日本姓名，就無法參加升學考試。因為這項政策，短時間之內出現了大量連日語也說不好的滑稽日本人，可說是奇態百出。

「不愧是總督府那些蠢材想出的主意，他們真的以為這樣能做到皇民化嗎？」歷史教師有著濃密的毛髮，說話時眉毛微微抖動。他不僅討厭公務員，也討厭那有如學習院制服的公務員服裝，一回到家中通常會把衣服脫光，只穿著一條兜襠布。

「皇民化這種事真的有可能做得到嗎？」我問。

「倒也不是做不到，但必須花上相當漫長的時間，而且得澈底改變政策，讓本島人相信當日本人比較好。上次我跟一位經常到大陸經商的本島人聊過，他對我說，日本人的身分在中國大陸比臺灣人方便多了。這讓我深深覺得只要能讓臺灣人覺得當日本人比較吃香，問題就能迎刃而解。」

「老師，但你這番話只是空談，你自己知道不可能實現，對吧？」

他只能苦笑。

類似的話題永遠沒辦法得到結論，最後的結果都是一起上大稻埕的鬧區，喝上一杯五加皮酒，再配上一碗熱氣騰騰的排骨湯。

在高校上過歷史課的臺灣人，或多或少都接受了他的洗禮。這可說是踏出「叛逆者」之路的第一步。雖說即使沒受這個洗禮，在某些意義上我們早已是叛逆者，但通過這道窄門之後，我們便開始對「叛逆才是正義」這個違反常理的觀點深信不疑。我當然也不例外。遇到了寬大的對待，忍不住就會得寸進尺。

西洋史的教師恰好與東洋史的教師完全相反。每當遇上四大節[1]的日子，這個老教師就會別上三等瑞寶勳章。他在講解列強的殖民地爭奪史時，總是會先提到西班牙、葡萄牙的侵略，以及英國、法國、荷蘭的暴政，最後說上這麼一段：

「這可是我親眼看到的事。在法屬印度支那，當地百姓只要看到一百公尺外有汽車駛來，就會趕緊逃到道路外躲避，直到汽車通過。因為就算被撞了，也完全得不到賠償。相較之下，日本的殖民政策實在太仁慈了，你們這些本島人一定要心懷感謝才行。要是對日本政府的做法不滿，我建議你們到法屬印度支那瞧一瞧。」

我們臺灣學生大多坐在同一區。每當聽老教師這麼講，我們就會面面相覷，每個人的眼神都在訴說著：

「這個老糊塗，該進棺材了！」

但所有教師之中，最受我們歡迎的是英語教師羅德。我們對他的喜愛勝過所有日本教師。他是個美國人，有著高瘦的身材及一頭褐色毛髮，年紀約莫三十歲。專門研究日本歷史，日語說得非常流利。他很討厭內地學生，卻與我們臺灣學生相處融洽。有些性格蠻橫的內地學生會在英語會話課堂上主張日本精神的優越性，與他針鋒相對。有一次，羅德聳了聳肩，說道：

「上個星期天，我參觀了一座位於古亭町的寺院。那是一座古老的小寺院，我在那裡遇上一個十二、三歲的小女孩。我問她，這是什麼宗的寺院？曹洞宗嗎？還是臨濟宗？小女孩想來想去，沒有回答我，我又問了一次，最後她對我說，啊，我知道，這裡是臺北州。」[2]

羅德這番話引起全班哄堂大笑，他趁機拿起課本，繼續上起了課。

我們心中都抱持著先入為主的觀念，認為自己受到欺壓，因此在我們眼裡只有敵人與朋友這兩種人。只要是對我們釋出善意的人，就會受到熱烈愛戴。羅德從不曾邀約我們，但我常跟其他同伴一起到他家玩，他總是會喜孜孜地歡迎我們。羅德的家裡只有兩張椅子，他總是會把椅子讓給我們坐，自己則坐在床上。那張床安置在榻榻米上，只有床墊而沒有床腳，床上隨時放著英日及日英兩本辭典。當我們聽不懂他說的話時，他就會翻開英日辭典，指著上頭的單字讓我們看；若我們有話不知該怎麼表達，他則會將日英辭典遞給我們，要我們查出英文單字。對於英語能力不足的我們而言，這是最方便的溝通方式。

但是我們從不跟他談論政治，因為我們並沒有傻到以無謂的問題帶給他困擾。即使沒有說出口，也能心領神會。

有一天，我到他家拜訪，發現他在收拾行李。

1 四大節：指日本舊制的四個重要節日，即四方拜、紀元節、天長節及明治節。

2 譯注：日語中的「宗」與「州」同音，這裡是開了個雙關語的玩笑。

「我要回美國了。」

「咦？」

我忍不住尖叫。聽說他擔任教職是簽了三年契約，如今才過了兩年而已。

「為什麼突然要走？」

「我要回舊金山的大學教書，臺灣已經不行了。」

「老師走了，我們會很寂寞。」

「我也很寂寞。」他舉起雙手，裝出哭泣的動作。「不過我會再回來的，也歡迎你到美國來玩。」

當時局勢已愈來愈緊張。南京成立了以汪精衛為首的魁儡政權，日軍在南進基地臺灣推動全島要塞化，稱臺灣為「不動的航空母艦」。我心裡猜想，或許正是如此危急的情勢，讓這個對時事極為敏感的美國人決定離開。

經常圍繞在羅德身旁的學生約有十人，我們在大稻埕一家名為蓬來閣的日式餐廳為他舉行了送別會。他在席上對我們說，他一輩子都不會忘記臺灣的美好，大家聽了皆是一陣感傷。這讓我想起了那個年輕的東洋史教師不久前遭徵召入伍，我們也曾為他送行。比起因失去一個同情我們的人而感到難過，其實我心中更強烈的是一股憐憫之情。畢竟他口口聲聲批評侵略戰爭，一旦接到了那紙紅單，還是得提著日本刀上戰場，那是多麼矛盾的一件事。到頭來，他也是個日本人。既然是日本人，與我們之間就有著一條無法跨越的命運界線。相較之下，羅德與我們之間多了一股人性的親近感。

「老師，我們來唱臺灣的歌吧。」我說道。

「請。」

同伴之一取出名為弦仔的樂器，拉了起來。

雨夜花　雨夜花
受風雨吹落地
無人看見冥日怨嗟
花謝落土不再回

大家都配合著弦音高歌。唱完一輪之後，又從頭響起相同的旋律。唱著唱著，我感覺心情愈來愈激動。但並非只有我一人。從眾人的歌聲，我聽得出來大家也都哭了。我親眼看見一名同伴臉上淚水直流。

唱完了歌，眾人紛紛拍手，我眼前一片模糊，隨時會掉下淚來。

〈雨夜花〉這首歌，是以在夜晚承受著風雨的花朵，來形容女人的美貌及轉眼即逝的青春。那酸甜惆悵的旋律，長年來受到臺灣民眾深深喜愛。但是爆發蘆溝橋事變之後，企圖稱霸中國大陸的日本人開始徵調臺灣人作為搬運彈藥的軍伕，有日本人以這首歌的曲子寫出了〈榮耀軍伕〉這套歌詞。

綁起紅色肩帶　我們是榮耀軍伕
多麼開心啊　我們是日本男兒

日本當局企圖在臺灣推廣這首歌，卻反而讓原歌詞〈雨夜花〉風靡全臺，連內地人也朗朗上口，政府這才趕緊下令禁止再唱這首歌。每當我們唱這首歌的時候，總是會感受到一種心如刀割的痛楚，因為在那歌詞中隱含著臺灣人明明與大陸同胞有著相同祖先，卻必須與其敵對的悲哀。

羅德或許是受到感動，臉上那副無框眼鏡也沾上了水氣。

「好悲傷的歌，我也快哭了。」他低聲說道。

宴會結束後，羅德獨自先離開了。因為要是讓日本人知道我們為羅德舉辦宴會，恐怕羅德跟我們都會惹上麻煩。我們繼續留在店裡，配合著弦音，又唱了一次〈雨夜花〉。大家愈唱愈感傷，都不禁嚎啕大哭。

羅德離開臺灣，從橫濱搭船回他的祖國去了。不久之後，我聽到不知來自何處的傳聞，說他其實是遭政府當局驅逐出境。

暑假的時候，我回到臺中鄉下一看，連當年就讀的小學也變成了兵營。社會氣氛愈來愈緊張，即使是專心準備東大入學考的我，也感覺得出來不久之後將有大事發生。

當我聽見太平洋戰爭的宣戰聲明時，我正在開往日本內地的船上。

二

或許學術生活不合我的性格，也或許我遇上的並非真正的學術生活，總之我雖然如願進入經濟學部，教授枯燥的課程內容卻讓我感到痛苦無比。我把這個感受告訴了大我兩屆的學長劉德明。

「相信你也知道，我們經濟學部經歷過大內事件、河合事件[3]等各種騷動，好的教授都被趕走了，留下來的都是一些三流教授。」

學長如此向我解釋。我是他唯一的學弟，自入學之後他便對我照顧有加。他常來到我的住處，帶著尚未熟悉環境的我到處參觀。有時帶我上咖啡廳，有時向我介紹從前夏目漱石也常光顧的蕎麥麵店。我向來孤僻，他可說是我唯一的朋友。

「不過還是有一、兩個好教授。你知道德村教授嗎？」

「只聽過名字。」

「等你升上二年級，就會上他的課。他是個好教授，不過上課內容很難。據說他的恩師看了他的著書後，評價是：『西洋的凱因斯，東洋的德村，天底下的經濟學理論就屬這兩人的最艱澀難懂』。不過做學問是一回事，其它時候的德村教授是個相當熱血的人，而且還曾是個支那浪人[4]。」

我第一次目睹德村教授的風采，是在名為「山上御殿」的教授食堂內。當時他正在進行特別演講，主題是「南洋華僑政策」。

他的頭上沒有抹髮油，只把乾癟的頭髮隨意梳向腦後。面色黝黑，靈動的瞳孔投射出銳利的眼神。第一眼見到時，我不禁懷疑他是住在臺灣高山地區的高砂族人。當時他的演講內容，簡單來說，就是日本的南洋政策若想獲得成功，就必須確實理解華僑在南洋社會所扮演的角色，並且獲得其幫助。若仔細觀察，會發現他有個習慣，每當他說完一個段落時，就會伸舌頭在那肥厚的嘴唇上舔兩下。那毫不做作的舉動及那與學院派學者截然不同的風貌，深深吸引了我。

有一天，我到教授的研究室拜訪，他對我侃侃說道：

「關於民族問題，我抱持著相當天真的想法。要建立大東亞共榮圈，日本與中國就必須攜手合作，這是我的大前提。我深愛著日本這個國家，也以同樣的心情深愛著中國。我相信中國人也一樣，深愛中國是先決條件，但一定也能以相同心情深愛日本。或許你會認為這是痴人說夢，但若不抱著實現夢想的心情持續努力下去，民族問題絕對無法解決。因此我刻意讓自己抱持著天真的想法。當然我知道這不符合日本現在的國策，目前橫行於日本的觀念都是不能縱容支那人[5]，每個支那人都無比狡猾，絕不能掉以輕心，要是對他們太友善，肯定會讓自己吃悶虧。我很清楚這才是目前日本的主流看法。即使如此，軍隊裡還是有少數的一派支持我的觀點。畢竟民族問題若是一味靠蠻力解決，只會讓情況愈來愈惡化。因此打從一開始，就必須抱持著姑且一試的心態。」

3 大內事件、河合事件：這兩起事件都是東京帝國大學經濟學部曾發生過打壓言論及思想自由的事件。小說原文內的「大內事件」，一般通稱「森戶事件」，發生於一九二〇年，助教授森戶辰男在《經濟學研究》期刊上發表無政府主義者克魯泡特金的研究，卻被指為替無政府主義進行政治宣傳而遭到起訴，處分甚至及於該期刊的主編助教授大內兵衛。「河合事件」，又稱「河合榮治郎事件」，發生於一九三八年至一九四三年間。經濟學部教授河合榮治郎是自由主義者，因為有批判法西斯的言論與著作，而遭到右翼與軍方之攻擊，最後河合教授不僅著作禁止出版，還被大學停職，事件中還有其他教師為了表示聲援或抗議而辭職（後者又稱「平賀肅學」事件）。二戰期間，日本法西斯化的過程中，此類打壓言論及思想自由的事件頻傳，另有「矢內原事件」、「津田左右吉事件」等，但「河合榮治郎事件」是其中衝擊最大的。

4 支那浪人：指二次大戰結束前，以民間人士為名義，在中國從事政治活動的日本人。

5 「支那」源於古印度對中國的稱呼，日本於明治維新之後開始通行以「支那」指稱中國，原為中性名詞，不過在甲午戰爭至二戰期間，隨著日本的民族優越感高漲，「支那」一詞變得帶有輕蔑之意。此處為傳達當時氣氛，故保留原文用語。

教授有如連珠炮般說出了這一長串話。接著他跟我談起，在爆發大東亞戰爭之前，他曾受駐中國軍隊的延攬，參與制定對中國的政策。

「我很清楚日本為了保護自己的立場而強姦了中國多少次。每當遇上這種事，我也只能暗自流淚。汪精衛政權是由我們一手建立，但那是我們的意見不受上頭採納的結果。汪先生是位名副其實的偉人，一直到建立政權之前，他都一再表示只要中國能真正獲得和平，他隨時都可以退出政壇。他離開重慶時，重慶政權內部人心惶惶，當時日中雙方很有希望締結和平條約。一直到最後，汪先生都衷心期盼蔣介石與日本政府能夠直接進行交涉，當地日軍首腦階級也有此打算，可惜東京方面遲遲不肯點頭答應。當時我為了抗議這件事，曾三度提出辭呈。我心裡很清楚，在這緊要關頭我若退縮，一切就完了，所以我咬緊了牙關，說什麼也要堅持下去。雖然最後還是失敗了，但我直到現在依然相信總有一天政府會接納我的意見。他們將會明白，要實現日中友好，這是唯一的辦法。」

我聽著教授的話，心裡暗想，若我站在征服者那一方，多半也會說出相同的話。但教授對中國的熱愛溢於言表，深深撼動了我的心。

從那天起，教授可說是竭盡所能地想要灌輸我「和平建國」的觀念。但他愈是勞費心力，我的靈魂卻愈是往「抗戰建國」的方向偏移。

「老師，你所說的那種真正的日中合作，唯有先將日本人趕出中國才能實現，不是嗎？

如果照現在的狀況發展下去，中國恐怕會成為第二個臺灣。為了不讓中國步上臺灣的後塵，我認為蔣介石寧願發動焦土戰術也要抗戰到底的做法是正確的。」

「對你們年輕人來說，抗戰建國肯定是較有吸引力，這點我也承認。但只要冷靜想一想，你會發現和平建國才是正確的方法。」

我無法理解教授所稱的正確是基於何種理由。雖然我相信教授對中國的熱愛及其主張並沒有半分虛假，但以他的方法絕對無法實現這個理想。

中國與日本的關係。上了大學之後，我被迫面對這個恐怕永遠找不出正確答案的大哉問。我與中國人有著共同的祖先，卻打從一出生便持有日本國籍，因此即便我再怎麼不願意，還是必須設法解決這個問題。隨著日子一天天過去，我愈來愈深信要實現教授的理想，先決條件是將日本人自大陸上趕走。在這一點上，德明的看法也跟我如出一轍。明明心裡尊敬著教授，卻必須步上與教授完全不同的道路，德明與我一同嘗到了這個悲哀。

隔年春天，德明從大學畢了業，但他決定進入研究所，在德村教授的指導下攻讀財政學。在升上研究所之前，他想要先回臺灣一趟，向父母報告順利畢業的消息。他問我願不願意陪他一同返臺，由於我暑假沒有回去，因此二話不說便答應了。

日本的二月寒冬，頗令出身於南方島嶼的我們感到難以忍受。那一天，為了支付船費給船公司，我陪他一起走進了大學正門斜對面的銀行。德明把家裡寄來的求學資金全存進了這家銀行裡。他是臺南某醫生的獨生子，每年都會收到一整年份的資金，他把錢全存到銀行裡，每個月要用錢才會領出來。

銀行裡有幾個年輕女職員，其中一人偷偷暗戀著德明。德明是個身材高眺、膚色微黑的美男子，仰慕他的人不少。例如在需要交付外食券才能用餐的食堂，配膳的女孩子總是會趁管理員老爹不注意時，偷偷讓德明無外食券用餐，我也常因此蒙受其惠。同樣的狀況也發生在銀行，女職員總是對他特別親切，我經常戳戳他的肩膀，調侃一句：「喂，釣上了嗎？」這時他會露出戲謔的笑容，搖搖頭回答道：

「太容易了，不過倒也不能真的占人家便宜。」

這次他走到櫃檯，將存摺及印鑑交給女職員，說道：

「我不需要這個戶頭了，要把錢全部領出來。」

「終於要回國了嗎？」

女職員露出了寂寞的微笑。她以為德明畢了業，將要回到遙遠的異國。

「何時出發？」女職員問。

「明天晚上。」德明完全不提還會再回到日本。

「以後應該很難再見面了吧？」

「沒那回事。搭船只要四天，想來隨時可以來。」

「但應該沒辦法像學生時期這麼自由吧？何況要是結了婚……」

「那倒也是，我有個從小就訂婚的未婚妻。」

「是嗎？不知道劉哥的未婚妻是什麼樣的人，好想見上一面。」

「這有什麼問題，以後我會帶她回來見妳。不過到時候妳會在哪裡？總不可能一直在這裡上班吧？」

「像我這種人，就算再過十年也不會有人要的。」

「妳別想瞞我，我一看就知道，妳已經心有所屬了。」

「哎喲！」女職員頓時滿臉通紅。「聽說臺灣是個好地方呢。有個去了臺灣的朋友告訴我，那裡一年到頭都很溫暖，而且生產很多稻米跟砂糖。我最喜歡吃甜食跟香蕉，臺灣對我來說簡直像天堂一樣。」

「妳要是這麼喜歡臺灣，怎麼不請劉哥帶妳回去？」我在一旁瞎起鬨。

「哎喲！」女職員的臉脹得更紅了。

「是啊，既然妳這麼想去臺灣，我可以帶妳去。」

「可是……」

「可是什麼？」

「你剛剛不是說，你要結婚了？」

「噢，我倒忘了。如果有必要，我可以拒絕那場婚事。」

德明說得自己也有些害臊，為了掩飾而笑著敷衍了過去。

女職員遞出存款餘額及印鑑，恭敬地鞠躬說道：

「請多保重。」

匆忙走出銀行，我才終於放下了心中大石，咕噥道：

「剛才真是嚇死我了。」

「嗯。」德明點了點頭，說道：「話說回來，其實她完全誤會了。她以為我們是臺灣的貴族或大富翁的兒子，只要回到臺灣，住家就像是童話故事裡的宮殿。她不知道我們的生活環境其實比她糟多了。」

隔天晚上，我們約了在東京車站碰面，德明一見到我，劈頭便說道：

「昨天晚上那女孩真的跑來找我，看來玩笑開得過頭了。」

「噢？這可真令我刮目相看。不過她怎麼會知道你住在哪裡？」

「那還不簡單，銀行存摺上頭就有地址。說起來或許你不相信，她哭著求我帶她回臺灣，我費了好一番功夫才勸她打消念頭。看著她的眼淚，我不禁感慨日本女人要結婚可不容易。年輕男人都入伍當兵去了，留下的不是病弱就是殘障。她們找不到對象，才會挑上我。」

「何必想得這麼冷酷無情？那女孩是真的喜歡你。」

「或許吧？所以我隨便找個藉口，把她打發走了。我說我有未婚妻，當然也是騙她的。就算再怎麼相愛，我也絕不跟內地的女孩結婚。」

我頗能理解德明重視民族更甚於愛情的想法。但還是不禁覺得那個坦率的女孩有些可憐。

就在這時，快速列車駛進了月臺，這話題也就到此結束了。

我們所搭乘的富士丸號從神戶港出海，卻停靠在門司港整整兩天。聽說比富士丸號早一些時候出航的高千穗丸號，在基隆港外海遭美國潛水艇以魚雷攻擊而沉沒了。船上乘客們個個臉色鐵青，不停交頭接耳。到了隔天太陽下山後，我們這艘船才在一艘驅逐艦的護衛下離開港口。進入安全海域後，護衛艦便離開了，但一到基隆近海，又出現了臺灣的驅逐艦。

直到抵達基隆港後，我們才明白事態有多麼嚴重。高千穗丸號的乘客多達一千六百人，卻只有一百多人生還。救生艇原本沉入海中，所幸後來又浮上海面，倖存者們才得以搭乘這些救生艇進入港口。直到他們進入基隆港，船公司才接獲消息。由於受害者家屬遍及全臺，整個臺灣頓時鬧得沸沸揚揚。漁船在基隆外海捕撈到的鯊魚肚子裡挖出人類的屍塊，導致沒有人敢吃魚板，魚板銷售量大減，臺灣人這才逐漸感受到戰爭的殘酷。據說我的父親在見到我之前，整整兩天睡不著覺，連最愛喝的酒也沒有心情喝。

「你別再去東京了。要是回來的船被炸沉，那還得了。我看你還是轉學到臺北帝大，留在臺灣就好。」父親對我說。

「那可不行。一來無法轉學，二來我也不想。」

這時的我已不再是完全順從父親吩咐的乖孩子。

「搭船的人又不是只有我一個。何況並不是每一艘船都會被擊沉，就算被擊沉也不一定會死。我想先跟一起返臺的朋友商量看看，如果他不想回東京，那我也不回去了……」

父親只會小心翼翼地守護著祖宗傳下來的家產，在我眼裡的他實在是個庸庸碌碌的男人。

我的老家在臺中靠近海岸的偏僻地區，地名叫二林。曾祖父自對岸的漳州渡海來臺，在這一帶開墾土地。到了祖父那輩，我們家成為這附近一帶擁有龐大土地的大地主。父親繼承了祖父的遺產，從小不愁吃穿，卻是個爛好人。附近鄰居不管是農民爭奪土地，還是夫妻吵架，都來找他仲裁。他跟日本人的關係也很好，所以身兼許多榮譽頭銜，以及有利可圖的糖廠地區委員及水利委員。在我小時候，父親的勢力常讓我暗中感到驕傲，但如今在我眼裡，父親只是外國資本家在中國的爪牙，是促成臺灣殖民地化的買辦資本家。

二林街的郊外有條濁水溪。這是臺灣最長的河流，河水正如其名，一整年都處於混濁的狀態。我經常一個人到河邊散步。每當到了雨季，來自中央山脈的雨水便會讓河水量暴增。因此濁水溪沿岸數千町步[6]雖為肥沃土壤，卻無法耕種。下了堤防之後，隨處可見甘薯田，放眼望去盡是綠油油的藤蔓。但是到了夏天，這些都會被石頭及泥沙埋沒。河床上到處是上百個男人也推不動的巨大岩石，幾條水牛在那兒吃著草。濁水溪雖然有大濁水之稱，但此時水量不多，我看著潺潺流水，心裡想著從未見過面的祖先。我相信若是曾祖父或是祖父，絕對不會像父親一樣，只因為區區一艘潛水艇的威脅，就要我放棄學業。這些祖先們當年渡過波濤洶湧的臺灣海峽，他們乘坐的戎克船可是一遇上大風浪就有如汪洋中的落葉。他們在文明未開的土地上分類械鬥，過著以血洗血的生活。對他們而言，為了達到目的而豁出性命，想必是理所當然的事。

「沒錯，我的體內流著開拓者的鮮血。」

我拾起一顆小石子，奮力扔向水面。混濁的水流吞沒小石子，悠悠河水卻彷彿什麼事也沒發生。

有一天，我聲稱要找朋友商量，去了一趟臺南市。德明的父親在當地似乎是很有名氣的醫生，我不費吹灰之力便向路人打聽到了他家。那是一棟相當氣派的醫院，共有三層樓，看起來很新。德明跟他的家人都住在三樓。這次拜訪他家，我才得知他的母親是內地人。

德明相當排斥內地人，不願意跟內地女孩結婚。他不僅反抗帝國主義，而且試圖以社會主義的鋒利手術刀剖析社會黑暗面。沒想到這樣的他，卻是在這種環境中長大。我感受著他

6　町步：日本面積單位，一町步約等於一公頃。

家裡的氣氛，著實吃了一驚。他的父親是個性溫厚的基督教徒，曾到京都的醫科大學留學，在那裡認識了他母親。聽說他們為了結婚而吃了很多苦頭，那是我們年輕一輩所無法想像的事情。為了說服反對的祖父母，父親放棄了學業整整一年，好不容易獲得雙親的同意，卻又因為當時沒有關於內地人與本島人結婚的法律，只能維持著同居關係。在允許內臺通婚的《共通法》制訂之前，德明在戶口名簿上的身分是他父親的庶子[7]。但是德明父母的感情相當好，在皇民化運動開始之前，母親身穿臺灣衣服，吃臺灣菜餚，完全把自己當成了臺灣人。

「你為什麼沒跟我說，你的母親是日本人？」

「這種事何必說？」德明說道。「你是第一次來臺南嗎？要不要到街上走走？」

三月的南方島嶼已相當溫暖。德明只穿著一件白襯衫，與我走到了街上。我們刻意避開寬廣的大馬路，專挑蜿蜒的石板道路前進。臺南是座古城，數百年來一直是臺灣的府城，有著許多廟宇寺院，足以令人感受到歷史的悠久。甲午戰爭剛結束後不久，劉永福率眾與北白川宮的日本軍在此地交戰。著名的噍吧哖事件主謀余清芳等人仿效《三國演義》，於西來庵結義，該地也在臺南市內。德明出生於這塊淵源之地，繼承先知先賢的遺業似乎也不是什麼奇怪的事情。但他身為臺灣人與日本人的混血兒，難道在反抗日本時，心中沒有一絲的矛盾？這點實在令我不由得感到困惑。我向他提出這個疑問，他突然惡狠狠地瞪了我一眼，說道：

「鄭成功的母親不也是日本人嗎？在明朝的重臣名將紛紛投降清朝之際，他堅守著臺灣，抵抗到最後一刻。」

「話是這麼說沒錯，但是鄭成功抵抗的對象可不是日本人，而是滿州人。」

「對象是誰並不重要。鄭成功如今已是漢民族的象徵性人物，難道你不認同這一點？」

「……」

德明見我沉默不語，接著說道：

「既然認同，那不就得了？」

他的語氣彷彿想要一口氣吐出肚子裡的穢物。

穿過了狹窄的暗巷，不知不覺已來到了赤崁樓的城址。這座城樓是十七世紀荷蘭人統治臺灣時所建，到了明朝永曆十五年，也就是西元一六六一年，落入鄭成功的手中，成為他復國的基地。雖然如今僅存兩棟朱漆樓閣，他轟轟烈烈的鬥志卻彷彿猶在眼前。他的父親鄭芝龍向清朝投降，後來又與其子孫十一人在燕市遭處死，鄭氏歷代祖先墳墓更遭挖掘，鄭成功卻一直沒有屈服。就連日本人也相當崇敬忠臣鄭成功，在臺南市建開山神社，尊奉其為臺灣開拓之祖。

日本人特別喜歡強調鄭成功的母親是日本人，但是這樣的念頭或許不曾存在於鄭成功的

7 庶子：無名分的妾所生的孩子。

心中。

「你似乎相當注重血緣，但我問你，到底什麼是血緣？」德明頓了一下，接著說道：「所謂的血緣，說穿了不就只是對體內所流之血的認定。舉例來說，日本人認為自己是大和民族，並以此觀念作為團結的依據，但他們認真思考過祖先的來歷嗎？若要以學術角度追根究柢，日本人不過是阿伊努人、中國人、朝鮮人與南洋原住民的混血人種。所以說，所謂的血緣，其實是一種生活在共同土地上的意識。我們從小到大都是臺灣人，我們以臺灣人的立場在民族問題上吃盡了苦頭，而且往後還是會繼續受苦下去。我的腦中只有身為臺灣人的意識，這不就夠了嗎？」

此時已接近黃昏。赤崁樓的下方就是德明從前就讀的公學校庭院，對面兩層樓校舍的玻璃窗在夕陽下熠熠發亮。

德明倚靠在城樓的石欄杆上，露出如在夢中的表情，那側臉令我不禁覺得好美。

三

回到東京後，我變得愈來愈焦躁不安。

這讓我想起了魯迅。他留學日本，就讀於仙台醫學專門學校，就在即將畢業的前一年，他在學校的講堂看了一部電影。那電影描述的是日俄戰爭之後的事，其中有一幕是日本人在滿州處死為俄軍當間諜的中國人，在一旁圍觀的中國同胞都露出看熱鬧的表情。魯迅見了這一幕，深深體會國民的身體健康對國家興亡並沒有太大的幫助，更重要的是精神的健康。為了改造中國人的精神，他奮然拋棄學業，前往了東京。

讀著他的傳記，我不禁心想，我在這裡做著死學問又有什麼意義？中國的學生都已投筆從戎，為了保護祖國不受日本帝國主義侵略而奮戰著，在如此存亡關頭，我怎麼能繼續當個書呆子？反覆思索之後，我決定將心中的苦惱告訴德明，希望拉他一同採取行動。沒想到他聽完之後，竟說出了反對的意見。

「這種時候更應該沉住氣，好好做學問。總有一天，這些學問一定會派上用場，現在得先耐著性子。」

我原本已經把他當成推心置腹的好朋友，聽了這番話登時大為氣憤。

「你口口聲聲說學問很重要，但你的思想跟行動有什麼相互關係？沒有行動的思想，不具任何價值，不是嗎？只有行動才能決定一個人的價值。就算擁有崇高的思想，如果沒有化為行動，那跟強調賺了錢會回饋社會的高利貸有何不同？」

「做事不能躁進。在蓋上棺材蓋之前，一個人的價值誰也說不準。」

我決定不再爭辯下去。到頭來，德明只是個不切實際的理論家。像這種人，不值得讓我跟他同生共死。我心裡感到既遺憾又寂寞，好一陣子不想看到他的臉。然而我心中拋棄學業前往大陸的初衷，在經過這件事後反而更堅定了。

就在這個時期，大學裡多了一些拿汪政府的獎學金到日本留學的中國學生。我的系上也來了一個名叫周萬祥的男學生。他是廈門人，跟我一樣說福建話，加上我極度渴望獲得大陸的資訊，所以我跟他變得愈來愈親近，也開始向他打聽中國內地[8]的狀況。

隨著交情愈來愈深厚，他逐漸對我放下心防。沒想到他是個抱持強烈抗日思想的中國人。至少他給我這樣的感覺。既然如此，他為什麼沒有前往內地，反而拿了汪政府的錢，來到了敵國日本？倘若他並不認為自己的行為有任何矛盾，這是否意味著他肩負某種重要任務？我的猜測似乎相當正確。某一天，住在ＹＭＣＡ的他，從房間抽屜取出一封信，遞到我面前。

「這是我的愛人從內地寄來給我的信。我跟她有很長的一段時間在上海的學校一同求學，但她現在到重慶去了。」

「中國內地的信有辦法寄到日本來？」

「這需要一些管道。」他低聲說道。「清鄉地區[9]與內地雖然處於戰爭狀態，但水面下還是有著貿易往來。美國的援助物資都是從印度運進內地，有些走私商人會將這些物資拿到揚子江[10]沿岸，換取占領地區的物資。內地的人要與上海一帶的特工聯繫，大多也是經由這個路徑。這封信也是這麼來的。你拿去讀讀看吧。信中所寫的內地，指的是中國的內地。」

信中滿是年輕女孩的深情告白，可以感受到對方引頸期盼著與愛人重逢的日子。

「這麼說來，現在還有辦法進入內地？」

我一邊讀著信，一邊問道。

「當然，我的愛人也是在事變後第三年才前往內地。當時她的做法是繞道天津，交通工具只有牛車跟船，因此得走好幾千里的山路，要花好幾個月。」

「你不想見你的愛人嗎？」

「當然想。」

「那為什麼不去找她？」

他聽了我這突如其來的問題，一邊露出困惑的眼神，一邊以厚重圓框眼鏡後頭的雙眼由下往上朝我打量。接著他再次拿起愛人的來信，說道：

「我打算過陣子先回上海再說。來了之後發現日本的大學也沒什麼大不了，而且學日語實在很不容易。」

8　內地：原文為「奧地」，意指遠離海岸的內陸地區。底下段落中，作者以「奧地」指稱當時仍為中國政府治下的（內陸）地區，與通稱日本本土的「內地」有所區別，特此註明。

9　清鄉地區：「清鄉」原指在鄉間進行掃蕩游擊隊及盜匪的軍事行動，此處泛指日本占領區。

10　揚子江：長江的國際通稱。

「你真的要回去？何時回去？」我追問。

「你問這個做什麼？」

「如果你真的要回去，能不能帶我一起走？」

他吃了一驚，愣愣地瞪著我。

「我不想繼續待在這裡，我想早日逃離東京。但我在大陸沒有熟人，也不知道如何前往內地。既然你要去找愛人，這對我是最好的機會。」

「但你要怎麼去上海，卻是個大問題。一來你沒有護照，二來現在要辦理入境手續也不容易。」

「有沒有什麼辦法可以偷渡進去？」

「這個嘛……」

他將雙手交叉在胸口，沉吟了好一會。窗外傳來販賣號外報紙的鈴聲，多半又是大本營的戰績發表吧。

「難關只有新義州跟山海關，倒也不是沒有辦法矇混過去。日本人在新義州不必接受盤查，你到了新義州只要假裝日本人就行了。通過山海關時，如果負責盤查你的是日本人，你就假裝是中國人；如果是中國人，你就假裝是日本人，這樣就沒問題了。你看起來既像日本人又像中國人，應該不會穿幫。」他說道。

我聽完他這番話，已暗自下了決定，心情頓時輕鬆不少。為了向德村教授道別，我前往了他在練馬的家。

「這陣子我每天晚上都失眠。」

教授一臉憔悴地走進會客室。

「身體不舒服嗎？」

「不，不是為了我自己的事。」

「對了，聽說戰況變得相當不利。」

「是啊。」教授無奈地說道。「這陣子我常在想，日本為什麼會走到今天這個地步？若要追根究柢，其原因似乎可以追溯至明治維新時代。照這麼說來，甲午戰爭、日俄戰爭、上海戰役、瀋陽事變、蘆溝橋事變、太平洋戰爭……這些都可說是日本經濟膨脹下的必然過程。但若不提太久以前的事，只看我們生活的時代，難道沒有任何轉機能夠改變日本的國策嗎？不，我認為在昭和十六年其實是有的。當時日本政府若接納我的意見，實現全面和平，想必就不會演變成今天這樣的狀況。當時曾有人認為我誤導國策，於是帶著刀子，以日本國旗包裹著，大老遠從東京跑到南京想要暗殺我。影佐中將[11]最後還是向那些主戰派妥協了，在那

11 指影佐禎昭（一八九三—一九四八），日本陸軍，曾任梅機關（扶持汪精衛政權的特務機構）機關長、日軍駐汪政府最高代表等。

之前，我從不曾如此厭惡影佐這個人，我真的好不甘心。」

「但以歷史的角度來看，這是必然的結果，不是嗎？既然如此，不是應該任憑其自然發展嗎？」

「不管怎麼說，日本是絕對不會輸的。日本會戰到最後一兵一卒，寧願全滅也不會投降。只要不輸，最後終能獲得勝利。神州永遠不滅！」

戰局惡化的消息還沒有傳開，教授卻已看出日本終將一敗塗地。教授平時說起話來邏輯分明，此刻卻突然冒出神州不滅這種論調，實在令人不勝唏噓。

「天皇陛下從不曾要日本人成為世界的侵略者。你常提到臺灣人對日本人抱持反感，但那是因為當地的日本人並沒有體會天皇陛下的苦心。只要能明白天皇陛下的心意，臺灣人一定會願意與我們並肩作戰的。」

「我不敢肯定臺灣一般民眾怎麼想，但至少高知識分子都希望日本戰敗。」

「你說什麼？去他的高知識分子！」

教授突然大喝，我嚇得不再開口。但我瞪著教授，以眼神示意我並未屈服。教授又氣又惱，全身不住顫抖，這時我說道：

「要拯救臺灣，難道不該期望日本戰敗？保護臺灣不受帝國主義蹂躪，不正是臺灣年輕人的使命？」

我很清楚教授這段日子以來的心願，就是讓我相信日本並非帝國主義國家，使我成為一個如假包換的日本人。但如今他只能眼睜睜地看著畢生理想於近在咫尺處灰飛煙滅。正因為我深信他心中所愛，所以當我看見他眼中滿是淚水，我也不禁紅了眼眶。

「若你抱持著這樣的信念，你就不該安逸於現況。你應該要為自己的信念盡最大的努力才對。雖然這並非我所樂見，但我還是得給你這樣的建議。」

天色已暗，我向教授道別後，經過一條周圍盡是野草的道路，來到了省線[12]的車站。一路上，我的腦海不斷浮現教授那悲愴的表情。愈是敬愛教授，愈是必須與教授背道而馳，我不禁為自己的命運感到悲哀。想要活得堂堂正正，生命有時就必須為此付出代價。話說回來，沒想到教授竟然會給我那樣的建議。或許他早已猜到我心中的盤算也不一定。

過了一陣子的某天，憲兵竟然在我睡覺時闖進了房間裡。

「喂，快起來！」

我聽到喝斥，揉著惺忪的眼睛坐起身，看見身旁站著一名陌生男人。打開窗戶一看，天色才剛呈現魚肚白。我驚訝得不知所措，但我旋即恢復鎮定，到樓下洗了臉，匆匆忙忙將早餐塞進肚子裡。在我做這些事的期間，一個看起來像是鄉下人的光頭男人一直守在身旁提防

12　省線：由鐵道省經營的電車路線。

我逃走。

當我回到二樓時，另一名身穿國民服的男人正在房間裡翻箱倒櫃，尋找可以當作證據的書籍、信件及筆記本。我看見武內義雄的《支那思想史》及巴爾札克的《絕對的探求》等等與危險思想完全無關的書籍也被他挑了出來，心中不禁暗自苦笑。其實書架裡有著德明幫我向某學長借來的考茨基的《農業經濟論》及列寧的《俄國資本主義的發展》，這兩本在當時都是禁書。我只能坐在書架前，默默看著憲兵一一檢查，幸好最後這兩本書都沒有被挑出來當作證據資料。

「你可能會有兩、三天不能回家，快去準備盥洗用具。」

我在兩個便服憲兵的包夾下走出了住處。十字路口處站著另一名身穿西裝的男人，他一看見我，便大搖大擺地朝我走近，說道：

「看在你是學生的分上，我不給你上手銬，但你若想逃走，我可饒不了你。」

從另外兩人的態度，可以看出西裝男人的地位在三人之中最高。我既不打算逃，也不認為能夠逃得了。

三個男人簇擁著我，從本鄉追分町搭電車至神田，在須田町轉車後，在靖國神社下這一站下了車。左手邊有一棟看起來像軍營的建築物，我被帶進後門，來到了麴町憲兵隊內部。

他們不僅取走我所有隨身物品，還抽走我的褲帶。接著我被關了起來。拘留室以粗樹幹分割成了八個區域，唯獨正上方手指碰觸不到的高度有覆蓋著鐵格網的窗戶，即使是大白天也像夜晚一樣漆黑。我沒有手錶，無法確認時間，耳中只聽得見值班憲兵在拘留室外的走廊上來回走動的軍靴腳步聲。

如此意外的事態發展令我完全不知如何是好。除了德村教授、德明及萬祥之外，我從不曾向任何人吐露祕密。我不認為這三人中的任何一人會背叛我，這或許意味著我被逮捕是基於完全不相關的嫌疑。既然原因不明，我只希望盡早接受調查，讓一切水落石出。但進入拘留室後的整整一天，我完全被置之不理。我看著窗外的陽光逐漸消失，心情已無法維持平日的剛強。

隔天下午，我終於被帶進了訊問室。在接受訊問的過程中，我逐漸明白了一些事。例如我在大學內的言行舉止都曾受到嚴密調查，我的住處從以前到現在已至少遭搜索過兩、三次，而且我遭懷疑是重慶政權派來的間諜。這種莫須有的指控令我不禁感到怒火中燒。

負責問話的憲兵士官長不管任何環節都要打破砂鍋問到底，直到太陽下山，我才帶著滿腔怒氣回到拘留室。那憲兵士官長隨口胡亂猜測，一下子說我企圖分化臺灣與日本，慫恿臺灣人勾結大陸，一下子說我企圖煽動臺灣獨立。他每問一句話，我就必須說一句「沒那回事」。這讓我的叛逆之心更加強烈，我心裡在吶喊著：「沒錯！我要讓臺灣人掙脫你們的束縛！」

我陶醉在自己的英雄式思想之中，流下了壯士之淚。從前的甘地、尼赫魯在入獄時的心情想必也跟我一樣吧。隨著類似的心情一再發生，終於建立起了難以撼動的堅定信念。所謂的監獄，就像是政治犯訓練中心。我不禁心想，那些調查我底細的人都是傻子。如果想要我乖乖聽話，為什麼不以利益或好聽話削弱我的意志力？像這樣把我關進牢籠，豈不是在鍛鍊我的精神？我忍不住想要大喊：就算我死了，還會有千千萬萬個後繼者！

憲兵軍靴在冰冷走廊上來回走動的沉重腳步聲不斷撼動著我的胸口。一想到數十、數百萬民眾都在這軍靴底下遭到蹂躪，我便感到義憤填膺。

逐漸習慣拘留室內的環境後，我才明白被抓進來的十多個男人幾乎都是違反控管禁令的黑市商人。未獲宣判的受拘留者禁止交談，但有些愛閒聊的憲兵會為了打發時間而詢問每個人的來歷，我在一旁都聽得一清二楚。

「你們幹這行的，一定經歷過不少大風大浪吧？」憲兵問。

「不，現在是風浪最大的時候。」一個肥胖的中年男人回答。

被迫坐在拘留室內的男人們都發出了認同的笑聲。

「我決定重新做人，絕對不再幹黑市買賣了。」那中年男人又說道。

「少騙人了，你心裡只想著下次要機靈點，千萬別再被抓。」

憲兵說出了大家的心聲，拘留室內再度揚起一陣爆笑。

那憲兵是個膚色白皙的年輕人，他從牢外看見我身穿學生制服，於是站在鐵格前問道：

「你是學生？哪間學校的？」

「東大。」我回答。

「原來是個東大生，為什麼會被抓進來？」

「我也搞不清楚，似乎跟思想有關。」

他朝我仔細打量了一會，安慰道：

「若是這種原因，那沒什麼大不了，過幾天你的老師就會來把你接出去，不用擔心。」

接著他又跟我說，他原本也在就讀高等商業專門學校，在學期間遭到徵召，因不願意當一般士兵而參加憲兵考試合格，目前還是個剛入隊不久的新兵。到了吃飯時間，他還給了我兩個附醃蘿蔔的便當。

從拘留室的窗外透入的夕陽餘暉，再一次靜悄悄地消失了。在這段空虛煎熬的拘留室生活期間，憲兵調查了我的人際關係，將我的日本朋友一一找來問話，卻找不到像樣的證據。憲兵士官長似乎從不曾對自己的職務抱持一絲一毫的懷疑，即便沒有任何證據，他還是不肯放棄，對著我大喊：

「快給我招了吧！否則永遠別想離開這裡！」

「我什麼都沒做，你要我招什麼？」

「別以為你還能隱瞞下去，我可是掌握得一清二楚。你若不說，我就幫你說吧。你認識一個叫周萬祥的支那留學生，對吧？」

「……」

「我們已經逮住他了。你知道他的身分嗎？他是重慶方面派來的間諜！」

他說到這裡，見我臉色蒼白，立即又威脅道：

「你別想說謊搪塞，那傢伙已經全招了。快說，你跟那傢伙到底說過些什麼話！」

「他曾說過戰局並不樂觀……」

我這句話還沒說完，發現那憲兵的臀部離開了椅子，似乎滿心想要從我的話中找到決定性的證據。他這個舉動讓我驚覺不對勁。我頓時明白萬祥不是沒被抓，就是雖然被抓了但沒有供出任何祕密！

「喂，不只這樣吧？看來你似乎想挨揍！」

下一瞬間，我猛然感覺臉頰發麻，耳中嗡嗡作響。我身體一晃，趕緊抓住了桌子邊緣，咬緊牙關撐住，才沒有摔倒在地上。

隔天，我再度被帶進訊問室，他竟露出古怪的笑容，對我客客氣氣，一下子讓我抽菸，一下子又拿報紙給我看。我頓時明白，這也是他的伎倆。

「對了，戰局就像你說的並不樂觀，也不知道能不能贏。」

我早已掌握應付他的訣竅，心中暗自提防，決定什麼話也不說。

「如何，你看能贏嗎？」他又問了一次。

「不清楚。」

「你認為會輸嗎？」

「不清楚。」

我板起了一張臉，給他來個一問三不知。

「你心裡怎麼想，儘管說出來不用怕。」

「我不清楚。我又不是國家最高領導人，怎麼會知道這些事？」

「但你總有一些自己的看法吧？」他繼續追問。

「這不是能不能贏的問題，而是非贏不可，不是嗎？」

我一臉苦澀地說道。

「唔，當然是非贏不可，但你心裡認為這場仗打不贏，對吧？」

他沉吟了一會，突然打開抽屜，從裡頭取出兩個配給的麵包。他把其中一個遞給我，自己吃起了另一個。我咬了一口那個紅豆麵包，想著家裡的配給米已囤積了一星期，只想早點回家吃個飽。

就在遭拘禁剛好一星期的那天，他們強迫我寫下一紙認罪文，並且發誓今後將協助軍方監視留學生動向及盡全力檢舉間諜，這才獲得了釋放。我拿著被當成參考證據的書籍，穿著滿是蝨子的學生服，走下了憲兵隊的正面石階。

六月的太陽，對於在牢籠裡待了一星期的我而言實在太過耀眼。靖國神社的銀杏綠葉在風中搖曳，發出瑟瑟聲響。

這是我有生以來第一次嘗到自由的可貴。一種難以言喻的喜悅充塞在胸口。

我回到住處，脫下髒衣服，德明剛好來訪。

「嗨。」

「真是太好了。」

我們兩人在感動聲中緊緊擁抱。

「我聽到你被逮捕的消息，還以為自己也完蛋了呢。」

「抱歉讓你掛心了。但我完全沒有提到你的事。我抱定了主意，無論如何不能給你添麻煩。」

「我知道你是個口風很緊的人，但畢竟你那裡有些借來的書，我擔心他們會追究那些書的來歷。」

「說起來可笑，那兩本書都還好端端地在書架上。」

我取出那兩本夾在其他書籍之間的禁書，不禁露出了會心的微笑。這兩本書都是透過德明向一個叫陳超平的老學長借來的。

「憲兵也去過我那裡一次。那時我不在家，打掃的阿姨事後告訴了我，我還以為死定了呢。我原本打算如果被質問那兩本書的事，我會說那是我自己的書。」

「現在可以安心了。」我一邊將書拿回書架藏起，一邊說道：「負責盤問的傢伙是個大草包，連亞當斯密跟馬爾薩斯的著作都沒讀過，卻一聽到馬克思及恩格斯就情緒激動。多半是受到了思想的灌輸，把那些人都當成了不共戴天的仇敵吧。從頭到尾簡直像是小孩在訊問大人，真讓人不敢恭維。」

「對了，德村教授正在研究室等著你呢。他似乎很擔心你，你快去見他吧。我在這裡等你回來。」

我一聽，轉身正要出門，忽想到一件事，轉頭問道：

「周萬祥近來如何？」

「那傢伙原來是個膽小鬼，一聽到你被抓，嚇得整天魂不守舍。」

「原來如此。」我點點頭，快步走向研究室。

正在整理原稿的德村教授抬頭對我說道：

「這段日子我一直擔心你會有危險，畢竟連我都知道你想去上海。我想要提醒你注意，可惜已經太遲了。」

「這件事我只跟少數幾個人提過。」

「我不知道是誰把這祕密說了出去，但我的直覺告訴我，你的處境相當危險。果然不出我所料，不久後你就被抓了。我有個好朋友在當憲兵隊長，我很想拜託他把你救出來，但那個好朋友最近調職到宇都宮去了，何況如果靠關係硬要他們放人，基層的憲兵可能心生不滿，反而會故意找你麻煩。所以我原本打算先觀望一星期看看，如果一星期後你還沒被放出來，我就會去宇都宮找我那朋友。事實上最近連我也遭憲兵跟蹤，實在有些身不由己。」

「讓教授為我操心，真的非常抱歉。」

「以後你可得多加小心，雖然在我面前不必隱瞞什麼，但絕對不能在他人面前說溜嘴。」

聽了教授這番充滿關懷的話語，我的眼角不由得微微發熱。

「其實我最擔心的事情，是你遭受憲兵欺負之後，會變得自暴自棄。」

「這點請不用擔心。」

「那就好。嗯，你沒事真是太好了。」教授重複說著這句話。

一想到教授對我如此照顧有加，而我卻必須違背他的教誨，我便忍不住想要落淚。

那天晚上，德明帶我去了一家他常光顧的臺灣料理餐廳。在這物資匱乏的時期，竟然還能吃到以豬腳及豬頭為食材的特製料理，對於好一陣子只能以醃蘿蔔及冷飯充飢果腹的我而言，那已不是美味兩字足以形容。

四

自從那件事之後，我對德明的觀感提升了不少。雖然我想要偷渡至中國大陸的心情一點也沒有改變，但是憲兵一直監視著我。每個月總有一、兩次，憲兵會以一副宛如好朋友的嘴臉出現在我面前，我若要採取行動，還得躲開那些憲兵的目光。然而關鍵人物周萬祥這陣子卻變得飄忽不定，令人難以捉摸。我不禁心想，這傢伙只會大放厥詞，到頭來畢竟是個拿汪精衛的錢到日本留學的混蛋。但不管心裡如何咒罵，由於我沒有其他門路，只能繼續與他維持著不即不離的關係。

原本他說六月要回去，後來延到了七月，進入七月後又延到了八月。

另一方面，德明不知從何處弄來了一些當時極難取得的左派經濟理論書籍，並且借了給我。他似乎把我當成了他的小弟，想要在思想方面加深我的信念。

「最近陳超平先生要舉辦讀書會，你來不來？」

某天他突然這麼問我。

「來參加的人，大多你也認識。這場戰爭，日本看來已經輸定了。舉辦讀書會正是為了即將到來的時局做準備，另一方面也可以學習中國的社會經濟。」

「陳先生是個什麼樣的人？」我問。

我經常在同學會上看見陳超平，甚至我手邊的禁書都是輾轉向他借來的，但除了他在商工省[13]內職位頗高之外，我對這個人幾乎可說是一無所知。

「他以第二名考上高等文官考試，在赤門[14]出身的臺灣人之中算是個佼佼者，可說是才智過人。關於你的事，我已向他提過，他也答應讓你參加了。」

在夏天即將結束的八月底，我第一次跟著德明前往了位於池袋郊區的陳超平家。那是一棟受農田環繞的獨棟建築，門牌上寫著沼田超平四字。

「他改了日本姓氏？」我問。

「不，是入贅給了內地人。」

德明見我表情古怪，趕緊辯解道：

「若不這麼做，絕不可能出人頭地。想要在日本當官，就不能是臺灣籍。」

「但這不是很矛盾嗎？一個自詡為民族指導者的男人，怎麼會願意讓日本人招贅？」

「我也想過這個問題，還曾拐彎抹角地問他，他說這是一種權宜之計。像他這種在昭和初期就讀完大學的臺灣人，吃過的苦頭是我們無法想像的。我認為我們應該睜隻眼閉隻眼，別去計較這些表面上的身分。」

陳超平所主持的讀書會，可說是有著濃厚的極端色彩。他選的教材都是毛澤東的《新民主主義》、魏復古的《解體過程中的支那經濟與社會》之類書籍。他會一邊為書中內容下一些制式的註解，一邊向學生們說明。

「中國的建設開始於社會主義，最後必定走上共產主義的路子。毛澤東說過，中國尚未達到高度資本主義的水準，因此必須歷經一段與資本家攜手合作的新民主主義時期。換句話說，在實現最終理想之前，必須向資本家妥協，甚至是利用資本家。」

陳超平的日語口音相當純正，不帶半點臺灣腔。我聽著他說話，不由自主地湧起一股厭惡感。他主張，要提升中國貧困百姓的知識及生活水準，採行社會主義是最簡單有效的做法。當然他這樣的觀點並沒有錯，事實上不僅是中國，廣大民眾的抬頭在全世界的歷史上都是必然的方向。但這番話從一個為了出人頭地而接受內地籍的男人口中說出來，實在令人難以信服。他是否從以前就抱持這樣的信念，我無從得知。畢竟他是個腦筋相當好的人，或許他是看出了時代的趨勢，想要趁現在鞏固自己的立場。他所舉辦的讀書會，我只參加了大約一個月就不想再去，開始找一些藉口缺席不到。

13　商工省：二戰前的日本中央行政機關，今稱作經濟產業省。

14　赤門：東京大學的側門之一，後成為東京大學的代稱。

局勢愈來愈不穩定。最好的證據，就是政府公布了學徒徵兵延期條例的修正案。過去文組的學生雖然必須參加勞動服務，但勉強還能到學校上課，這時卻被迫必須拋下學業投身戰場。不安的氣氛籠罩著校園，性急的學生一個個請假回故鄉去了。短短數天之後，政府又公布了臺灣人及朝鮮人的學徒志願兵制度。

我抓著報紙，雙手不住顫抖。反覆讀著相同的新聞，我回想起了兩年前臺灣實施志願兵制度時的景象。名義上雖是志願兵，但在我的故鄉，連我那年過半百的父親也被迫必須報名。我父親肥胖得像樽啤酒桶，要跑個兩步恐怕都不容易，再加上有氣喘的毛病，當然不可能真的被徵召入營。但他身為臺灣人的領袖人物，必須以行動來作為他人的榜樣。既然政府公布了學徒志願兵制度，我很清楚自己遲早也會被迫表態。

過了兩、三天後，我與其他幾名朝鮮學生一起被叫進了軍訓室。老陸軍上校蓄著像荒木上將[15]一樣的鬍子，他訓示一番之後，個別詢問我們有無參加志願兵的意願。每個朝鮮學生都找藉口推託，沒有給予明確回答。

「同學，你呢？」

老上校使用了同學這種非軍中用語，而且刻意加重了語氣。

「請讓我考慮兩、三天，我得先徵詢父母的意見。」

「這種時候可不能被父母的想法左右。先有國才有家，國比家重要得多，不是嗎？」

「是。」

「你的父母也是日本人，一定不會反對的。只要父母同意，你就會參加？」

「是。」我給了機械性的回答，並且舉手敬禮。

幾個朝鮮學生全轉頭朝我望來，眼中帶著輕蔑。

走出軍訓室後，我快步走下樓梯，匆匆奔上斜坡，來到安田講堂的前方。冷風吹著路旁的銀杏樹，每一片樹葉都在風中不住顫抖。但仔細一看，每片樹葉的顫動方式都不盡相同。愈是靠近天空的樹梢葉片，動得愈是劇烈。

我可是已經下定決心要拋棄學業偷渡至大陸了！如何能要我以槍口對準大陸的同胞！要我上戰場打仗，我寧願服生不如死的勞役！就在這時，我的腦海浮現了德明的臉。他已經從大學部畢業，所以不符合這次志願兵制度的標準。這傢伙的運氣真是太好了。明明想法比我還偏激得多，卻從不曾遭憲兵或特高[16]盯上，如今甚至又逃過了兵役。

這天的晚報大大刊登了一則私立大學臺灣學生早他人一步參加了志願兵的美談。到了隔

15　荒木上將：指荒木貞夫（一八七七—一九六六），日本陸軍「皇道派」之重鎮，提倡侵略思想。在二戰後的遠東國際軍事法庭被判為甲級戰犯。

16　特高：特別高等警察的簡稱，大日本帝國時期的祕密警察組織，負責政治團體的調查工作。

天，負責管理臺灣學生的臺灣總督府文教局向我們提出非正式的警告，如果不加入志願兵，不僅會遭到退學，而且將徵調服勞役。事態發展正如同當初的預期。東大除了我之外，在農學部及法學部還有四名臺灣留學生。為了商量對策，我與他們相約在一家位於地下室的咖啡店見面。他們沒有一個人想當報紙上美談的男主角。到底該不該參加志願兵，幾個人議論紛紛，最後決定徵詢學長的意見。

於是由我擔任代表，前往德明位於中野的住處。當時德明正躺在凌亂不堪的房間裡看書，牆壁的掛釘上吊了一件冬天的大衣，外頭又雜亂無章地披著棉質睡衣及輕便和服。塞不進書架裡的書籍在房內堆得到處都是。

「昨天我曾到你的住處找你，但你不在。這下子你遇上麻煩了。」

德明搖頭說道。

「如果是你的話，會參加志願兵嗎？」我問。

「唔⋯⋯」他以手掌拄著臉頰，沉吟了一會後說道：「這可真難抉擇。不過若是我，肯定不會參加志願兵。」

「如果不參加，就會被退學。不過若是參加了，同樣也無法繼續待在學校，這點倒是無所謂。問題是離開學校後要何去何從？總不能乖乖服勞役吧？」

「是啊，看來只能逃走了。」

「逃當然是得逃，問題是要逃到哪裡去？」

「唔……」德明坐在凸窗窗臺上，陷入了沉思。或許是生活不規律的關係，那張英俊的臉孔異常蒼白。

「針對這一點，我想要請教學長們的意見。能不能請你幫我聯絡陳先生？或許他會有什麼好點子。」

「也對，你就先問問看吧。」

隔天晚上，五個被迫參加志願兵的臺灣學生聚集在陳超平的住處。陳超平將雙手交叉在胸口，緩緩開口說道：

「昨天我想了一整晚，結論是你們還是必須參加志願兵。」

「為什麼？我們為何要把性命奉獻在這種事情上？到底哪一邊才是我們應該守護的祖國？」

法學部的學生大喊。

「陳先生，難道你的意思是叫我們拿著槍口對準大陸同胞？」

另一名學生跟著斥喝。

「我不是那個意思。一來戰爭可能快結束了，或許你們還沒受完訓練，日本這個國家就垮臺了。二來就算沒那麼快，我相信日本人也不會做出把你們送到大陸打仗這種蠢事。上頭大概會把你們組成一支特別的部隊，讓你們駐紮在日本內地。一旦戰場轉移至日本本土，你們就可以趁亂逃走。指揮官要你們開槍，你們可以朝著天空亂打。要在軍隊裡蒙混度日，方法多得是。簡單來說，就是只要裝得像一點，別被發現就行了。另外一個重點，就是好好珍惜自己的性命，不要輕易送死。如果死在這種時期，可就太沒有價值了。我很能體會你們不想當兵的心情，但當志願兵反而是最安全的一條路，比四處逃竄還安全得多。況且你們若能趁這個機會接受軍事訓練，等到將來臺灣解放，我們要以自己的雙手建設臺灣時，一定能派上用場。想要跳得高，總得先彎曲膝蓋才行。」

這番話確實很像是沼田超平會說出口的論調。甘願入贅給日本人的沼田，說出這樣的建議可說是合情合理。我心裡這麼想著，一句話也沒回應。

「但是到底參不參加志願兵，你們當然可以自行決定，我只是說出了自己的看法。」

距離報名志願兵的最後期限只剩兩天的時間。隔天我又見了一些其他學生，大部分的人都傾向於乖乖加入志願兵，這讓我有種遭到孤立的寂寞感。我好想見見德村教授。但我想像得出來教授會對我說些什麼。就算見了教授，我的決心也不會有所動搖，只是加深自己的痛苦而已。

那天夜裡，我回到住處後，整理了胡亂堆置的書籍，並且把必須燒掉的信件及筆記本都燒掉了。我在抽屜裡發現了一張父母親的照片。故鄉的父母親一定正擔心著我的安危吧。尤其是護子心切的母親，我彷彿看見照片裡那對慈愛的雙眸正在凝視著我。我取出照片，放進了胸前口袋，但過了一會又掏出照片。照片裡的母親身穿臺灣服裝，如果被人看見這張照片的話……我心裡想著這個風險，猶豫了好一會，一咬牙，將照片扔進火裡。照片在火中迅速燃燒，有如魷魚一般蜷曲縮小，最後化成了灰。我看著那團火焰，久久不能自已。

五

天色剛亮，我已搭上開往東京車站的省線電車。乘客寥寥可數，車窗外可看見彷彿歪歪斜斜的大樓，以及夾在中間有著巨大招牌的日式砂漿建築。景色不斷向後流逝，陰鬱的灰色天空彷彿就在頭頂上不遠處。電車持續前進，窗外卻盡是充滿肅殺之氣的都會風景。驀然間，坐在我身旁的一個男人站了起來，我也嚇得跟著起身。沒錯，現在我正在逃命，隨時有可能被抓回去。電車逐漸減速，在神田車站停了下來。車門一開，那個看起來像工廠作業員的陌生男人走了出去。我這才鬆了口氣，重新坐回座位，心臟依然撲通亂跳。

我奮力奔跑，在登上石階時一次跨兩階，但不時得停下來喘口氣。車站的電子時鐘一直靜止在半夜十二點多的位置。進入開往關西方向的電車月臺入口時，我盡量壓低學生帽，遮住了臉。剪票口前有兩、三個男人不停來回走動。當初遭憲兵隊逮捕時，我每天早上都親眼目睹身穿便服的憲兵在點完名後一一離去的景象。任何角落都可能有憲兵。車站入口、剪票口、月臺、乘客之中……坐在我周圍的所有男人看起來都像憲兵。我不敢搭乘快車，故意挑了一輛開往大阪的普通車，車廂裡有幾個學生，看起來像是為了加入鄉下的部隊而在返鄉的路途上。我只要假裝跟他們一樣就行了，一點也不奇怪，絕對不會遭人起疑。我心裡這麼說服自己，心情卻有如失手殺了人，背後永遠有著看不見的影子緊緊跟隨著。

列車一到名古屋，我立即從車站打了一封電報給德明，內容是「出門旅行一陣子，請幫我整理住處物品」。我的母親有個親戚在神戶從事貿易工作，我打算先去借住一陣子。過去我從不曾向任何人提及這個親戚的事。在大阪換了車之後，我背妥行囊，在山下町車站下了車。當初為了參加大學考試而前往東京時，我曾到那個親戚的家拜訪過一次。自高架橋底下穿過，走過一條兩旁盡是水果販、肉販及雜貨店的骯髒街道，登上斜坡，右手邊有一家旅舍，再往前兩、三棟，應該就是那親戚的家。由於記憶模糊，我繞了將近一小時才找到那家旅舍。但照理來說應該是親戚家的那棟房子，上頭卻掛著日本姓氏的門牌。

「請問妳認不認識一家姓彭的臺灣人？」

「不清楚。」應門的主婦歪著腦袋說道：「我們是一年前搬到這裡，但不認識你說的那家人。」

「可能是在那之前搬走了。我上次來是前年的年底。請問妳知不知道他們搬去哪裡了？」

「你等等，我進去問問看。」

主婦走進家中，不一會走出一個老態龍鍾的老人。

「聽說之前那一家人回故鄉去了。我們是透過仲介商介紹才搬進來，當時這裡已是空屋。」

一聽到這幾句話，我頓時感覺全身像洩了氣的皮球，幾乎想要癱倒在地上。眼前一片黑暗，看不見半點希望。這下子我已不知該往哪裡去，連今晚的容身之處都成問題。雖然口袋裡的錢還足夠支付兩、三個月的房租，但我不可能回到原本的住處，而且，因無法取得遷居證明書，所以也無法找其他住處。

當我回過神來，發現自己正走在海岸邊的道路上。一棟棟倉庫及海關建築物之間，可看見內臺航路及上海航路的一艘艘巨大汽船。起重機的臂桿延伸至海面上，對岸工廠煙囪林立，煙囪的頂端不斷冒出濃濃煙霧。天空陰霾不開，彷彿塗上了一層煤煙。只要在這裡買張船票，我就能回到臺灣了。但到了臺灣後，我將被關進牢裡，而且這次將被視為貨真價實的思想犯，受盡嚴刑拷問。我聽著那拖得長長的可笑汽笛聲，忍不住想要流下眼淚。在這條海岸邊的道路上，我來來回回走了好幾次，心裡盤算著有沒有什麼辦法可以潛進航向上海的船裡。只要能夠勾結船員，這並非不可能。我記得曾在報紙上讀過一則新聞，有個不被允許進入日本內地的朝鮮人，被人發現躲在停靠於門司港的汽船上的大箱子裡。最令我印象深刻的一點，是那朝鮮人身上帶著一些乾麵包及兩支酒瓶，其中有支酒瓶是空的，朝鮮人說那是用來裝小便的。我不禁好奇，如果那箱子在搬運過程中被人翻了過來，難道朝鮮人能以頭下腳上的姿勢在裡頭待兩、三天？我忍不住望向上海航路的汽船。巨大的起重機正將一個個貨櫃搬到汽船的甲板上。那些貨櫃裡裝了些什麼東西？難道是彈藥嗎？不，若要搬運彈藥，照理來說會使用軍方的輸送船。

冷風拂過我的領口，令我忍不住打了一個大噴嚏。我頓時驚覺，在這種地方走來走去是最危險的行為。港口邊一定有不少特高及憲兵在巡邏。只要是在港邊或軍需工廠附近徘徊的可疑男子，都會被他們當成間諜。我在碼頭附近已來來回回走了三個小時，如此形跡可疑的人正是他們的絕佳獵物。而且一查之下，他們會發現我是個為了逃避兵役而東躲西竄的臺灣人。

一想通這點，我趕緊離開碼頭邊，回到了鬧區。這天晚上，我在港口附近的廉價旅舍再三懇求，對方才終於答應讓我住宿。但這種地方畢竟不能久住，一來太花錢，二來太危險。隔天一大早，我又搭上了列車。我剛好想到有個臺灣出身的學長在姬路的法院當法官。我跟那個學長只在同學會上見過兩次面，何況沒有事先聯絡，我不敢肯定對方是否願意讓我留宿。但我沒有其他選擇，這是最後一線希望。下了火車之後，我先到法院詢問蘇守謙法官在不在，有人跟我說了他所住的官舍地址，不久後我就找到了他家。

蘇守謙還記得我。姬路一帶只有他這一家是臺灣人，他生活在盡是內地人的環境裡，日子似乎過得頗為鬱悶，因此相當歡迎我的來訪。我心想與其找藉口搪塞，不如坦誠以告，因此老實說出了來意。

「我們只有數面之緣，我卻提出這樣的要求，真的非常惶恐。但我想，以蘇先生的為人，應該不會拒絕才對。」

蘇守謙低著頭沉吟不決，我看著他那油油亮亮的微禿額頭，心中交雜著希望與絕望。我仔細觀察他的表情，大約十分鐘之後，他驀然抬起了頭，臉上沒有絲毫困擾或警戒之色。

「可以是可以，但只能讓你待一星期至十天左右，最多不能超過一個月。」

「這樣就夠了，真的非常感謝。」

我重獲生機，趕緊低頭道謝。

「對了，你身上有米嗎？」

「有。」我從背包裡取出一袋米。

「太好了，那就請你吃自己的米吧。我的配給米不夠，但做我這個工作又不能買黑市的米，有時還得到街上的食堂排隊吃雜炊或蕎麥麵呢。」擔任法官的蘇守謙說道。

我躲在蘇法官家裡的那段期間，臺灣出身的學徒志願兵皆在淚水、仇恨與旗海的包圍下入伍當兵去了。蘇法官跟他的夫人對我相當親切，一點架子也沒有。當時我深深感覺到蘇法官的家對我來說就像是暴風雨中的避風港。但總不能一直在這裡叨擾人家，大約三星期後，我抱著與當初來到這個家時相同的不安心情，再次搭上了西行的列車。

我下一個目的地是長崎。在此之前，我一直忘了有個高校時期的朋友在長崎就讀醫大。長崎與東京相隔萬里，應該是個與世無爭的地方，或許適合藏身。而且長崎也有前往中國大陸的航班，我心裡抱著一絲期待，或許能夠找到機會偷渡至大陸。

到了長崎之後，我先前往醫大打聽到了朋友的住址。我那朋友出身於臺北的萬華，從小與聚集在紅燈區的流氓為伍，我跟他曾一同參加過橄欖球隊的集訓。他在高校時期是個少見的打混學生，一心只想著能當上醫生就行，什麼事都是得過且過。勉強從高校畢業後，他獨自前往了不須入學考試的長崎留學。他是個相當樂觀的人，二話不說便答應讓我借住。

於是我就在他的住處迎接了昭和十九年的春天。

他的住處距離港口不遠，所以我幾乎每天都會到海邊散步。我看著進進出出的船班，曾仔細研擬過偷渡計畫，最後的結論卻是不可能成功。住了一陣子之後，我幾乎花光了所有的錢。至於我那個朋友，他在故鄉的家人從很久以前就不再給他寄錢，所以我沒辦法仰賴他過活，反而是他仰賴我過活。於是我典當了手錶，典當了鋼筆，最後甚至典當了唯一一件西裝外套。

日子當然不可能永遠這麼過下去。這段期間我曾寫過兩封信向德明尋求援助，卻沒有得到任何回音。我感到相當不安，擔心他也遇上了牢獄之災。朋友一直勸我回東京一趟，我知道他是要我想辦法弄錢回來。但自從前陣子有一名間諜在佐世保落網之後，長崎的盤查也變得頗為嚴格，沒辦法輕易外出。問題是如果一直躲在家裡，也會引起房東懷疑。

就在我下定決心要回東京的那天晚上，我獨自一人走到了海邊。不論是白天還是晚上，碼頭邊都有預定航向大連的船在裝載著貨物。迎面而來的風依然帶有寒意。海面閃耀著有如蛇鱗般的藍色光芒，上方垂掛著朦朧的月色。我凝視著那月光，視線不知不覺變得模糊了。放眼望去盡是浩瀚飄渺的大海、有如正在沉睡的峭壁、自船上透出的黃色亮光，以及不時映入眼簾的民宅燈火。我置身在這些景色之間，不由得感慨自己的青春是如此空虛，有的只是一次又一次的敗北。我看著那片海，看著那些船，心裡想著自己雖然手足完好，卻只能在這裡虛度光陰！啊啊，中國啊！我所失去的祖國啊！祖宗的故鄉啊！為何我如此竭盡所能地吶喊，卻得不到絲毫回應？我願意為了祖國而奉獻生命，為何無法獲得接納？

「喂，年輕人！」

身旁忽響起戲謔的呼喚聲，一隻男人的手掌搭在我的肩膀上。轉頭一看，那是個年約五十歲的醉漢。那醉漢以雙手搭著我的雙肩，朝著我不住打量，一張臉近得讓我嚇一跳。濃濃的酒臭味幾乎令我窒息。

「年輕人，你在哭什麼？什麼事情讓你這麼難過？」

醉漢搖晃著我的肩膀問道。

「男子漢大丈夫，不管遇上什麼事都不能哭泣，不然會遭娘們恥笑。明白了嗎？你這大傻蛋！」

醉漢見我沒有反抗，竟然越發囂張，繼續結結巴巴地說道：

「身為年輕人，可不能因為被娘們拋棄就哭哭啼啼。與其在這裡哭泣，不如上了那些娘們。你應該立下志願，要上一千個娘們才肯罷休。你到目前為止，上了幾個了？什麼，連十個也不到？真是太沒用了。不上個一百個，還算是男人嗎？應該要像斬草一樣，不管三七二十一地斬過去就對了。你就想像手中有把草薙劍，無論如何都不能退縮。人生二十五年，七顆鈕扣上要有櫻花與船錨。[17]年輕人，你要爭氣，要爭氣呀！」

醉漢抓住了我的袖子，不斷朝他的方向拉過去。我將雙手交叉在胸前，一動也不動。

「你這年輕人真是古怪，怎麼像地藏菩薩的石像一樣，拉也拉不動。很好，我喜歡，我很中意你。娘們不要你，沒關係，我來疼你。走，我們到那裡喝一杯。走吧，走吧！」

「吵死了，你這老酒鬼！」

我猛然將醉漢推開，他仰天摔倒在路上。我頭也不回地在夜晚的道路上快步離開。

六

斜向的雨勢不斷打在身上，頭髮早已溼透，雨水不斷自領口流進衣服裡。僅有的一件骯髒雨衣沾滿了雨水，緊緊黏貼在皮膚上，但我並不在意。或者應該說，我已沒有心思在意這些小事。

我不斷往前走，宛如一條漫無目的地的野狗。穿過了民宅聚集區，來到了田野之間。田裡只長著一些發育不良的麥穗。放眼望去，田的另一頭也下著雨。既然到處都是雨，就算奔跑也沒有用。我不知道現在到底幾點了。天上沒有太陽，難以感受時間，只知道太陽應該快下山了。但這種事對我而言一點意義也沒有。

今天早上，我在東京車站下了車，便立即前往德明的住處。我戰戰兢兢地打開門，剛好看到一個認識的打掃阿姨。她對我說，德明在我逃離東京後就搬家了。我問她知不知道德明搬到哪裡去了，她給了我一張寫著地址的紙條。但我依上頭的地址找到新住處，得到的消息卻是德明只在那裡住了兩星期左右，就又搬家了，而且不知搬到了什麼地方。這讓我心裡有股不好的預感。難怪我寄了信卻得不到回音，或許他已經被逮捕了。難道是因為我在名古屋

17　源自日本軍歌〈若鷲之歌〉（若鷲の歌）歌詞。

打的那封電報？如果他真的因為我的關係而遭遇不測，實在不知該如何向他謝罪。

不管怎麼說，我必須查出他的下落才行。德村教授是他的指導教授，或許知道一些消息。但現在的我沒有辦法去找教授。我背叛了他的教誨，實在沒有臉見他。

逼不得已之下，我只能去找陳超平。他在公家機關上班，這時應該還沒有回家。看見我的時候，不知他會露出什麼樣的表情。但我並不在乎他的反應，只要能問出德明的下落就行了。

陳超平的太太一看見我，嚇得倒抽了一口涼氣。但她還是讓我進了會客室。

「我們都很擔心你，不知道你的安危呢。其他人都乖乖當兵去了，就只有你一個人躲了起來，聽說這件事鬧得非常大。」

「請問妳有沒有劉德明的消息？他還好嗎？」

「他沒事，經常來家裡呢。」

「真的嗎？那我就放心了。請問妳知不知道他住在哪裡？」

「這個得問我先生才行。好像住在大森那一帶，但我沒去過。」

陳超平的太太這麼對我說。聽到德明平安無事，我登時感覺心頭多了一些暖意，就像是原本快熄滅的火苗重新開始燃燒。只要德明沒事，我就不至於走投無路。我走到會客室的書架前，從排列整齊的書籍中抽出一本隨手翻閱。書架上有些論述日本精神的書籍，卻也低調地藏了幾本左派書籍。一翻開書頁，鼻子頓時聞到書本所特有的油墨味與黴味，心中不由得充滿了懷念。

陳超平在天黑之後才回到家。他一聽到我來了，立刻大罵妻子不該擅自讓我進門。那些斥罵聲都從門縫傳進了會客室。不一會，他走進會客室，臉上表情相當難看。

「你到底跑到哪裡去了？你知道你給我們添了多少麻煩嗎？尤其是德明，可真是被你害慘了。他到你的住處幫你整理私人物品，看見了你的勞役徵調令，他怕被追究責任，還為此搬了好幾次家。一開始我就說過了，遇上暴風雨不能逃，否則下場只會更加悽慘。暴風雨來襲的速度可是比你逃走的速度還快得多，但你若是靜靜地蹲下來不動，或許暴風雨就不會對你造成危害。像你這樣為了逃避兵役而躲起來，就算你能因此逃過一劫，卻會連累周圍的人。你不能滿腦子只想著自己，也該為身旁的人想一想。」

「對不起。」

「若你不想當兵，那也沒關係，你可以服勞役。路只有兩條，不是當兵就是服勞役，像你這樣東躲西藏，實在讓人懷疑你的動機。在旁人的眼裡，你就只是不想吃苦，才會選擇逃避。」

我聽著他的說教，心裡氣得彷彿有團火球在燃燒。如果我的自制力不夠，或許我會衝上前去毆打他。他竟然說我只是不想吃苦，把我當成了沒有責任感、只想過輕鬆日子的人。他以為我是誰！像他這種一輩子戴著假面具卻自以為是英雄好漢的傢伙，或許會認為我只是想過安逸的生活吧。在世人的眼裡，或許像我這樣，在狹小的日本國土內躲避憲兵及警察的目光，苟延殘喘過日子，要比那些端坐在商工省課長寶座上的人還要安逸得多吧。就算不用世人這種籠統的概念，至少我的同伴們都是這麼認為。因為我的做法實在太極端，能夠以任何角度來加以解釋。在同伴們的眼裡，我選擇的是最卑劣的生活方式。藉由這樣的批判，他們才能正當化自己的行為。

「德明現在在哪裡？」

我壓抑著滿腔怒火問道。

「你把他害得這麼慘，還要去找他？」

「我想當面向他道歉。」

「到了這個地步，道歉有什麼用？你現在去找他，只會給他帶來更多麻煩。何況我也不知道他現在的住處地址。」

我從椅子上霍然站起，對他投以極度憎恨與輕蔑的一瞥，開門回到大雨之中。

口袋裡只剩下一張五十錢鈔票。雖然腹中飢腸轆轆，但由於沒有外食券，找不到地方可以吃飯。我扯下兩、三根被雨淋濕的麥穗，但這麼做對飢餓與絕望沒有任何幫助。那天晚上，我在田裡找到一座茅草小屋，窩在茅草堆裡度過了一晚。

隔天，我從池袋走到了神田。由於太過飢餓，途中排隊吃了雜炊。那雜炊十五錢一碗，三兩口便喝乾了，空腹感不減反增。聽著身旁人吃得津津有味的聲音，實在按捺不住。雖然口袋裡只剩三十五錢，但我已經管不了那麼多。我又排了一次隊，將第二碗雜炊扒下肚，腹中的飢餓才稍微止歇。

抵達神田時，已過了中午。我仔細觀察周圍，確認沒有異狀後走進ＹＭＣＡ的建築物內。我沒有向任何人詢問，直接登上曾經走過的樓梯，來到周萬祥所住的四樓。萬祥的房門虛掩，裡頭傳出了兩個人的說話聲。

我躡手躡腳地來到門邊細聽。說話聲之一正是萬祥，另一個則是日本人。那日本人的嗓音異常耳熟，但實在想不起來是誰。我將耳朵貼在牆壁上，兩人突然說起了上海話。雖然聽不懂他們在講什麼，但兩人笑得開懷，似乎是多年老友。

聽到那笑聲，我豁然明白了。這聲音正是當初逮捕我的那個憲兵士官長。除了驚覺危險之外，我的胸口湧起一陣遭到背叛的怒火。就在幾乎同一時間，我聽見了兩人從椅子上站起的聲音。我趕緊一個轉身，躲進了廁所裡。

從廁所的門縫往外窺望，萬祥與那個身穿便服的憲兵有說有笑，顯然有著深厚交情，兩人一同下樓去了。我頓時恍然大悟，那個中國留學生原來是憲兵的走狗！當初他語重心長地對我大談抗日思想，還把愛人從重慶寄來的信給我看，原來竟是個大騙子！

我在廁所裡待了相當長的時間，打算等萬祥一個人回來時動手報仇雪恨。但仔細一想，周萬祥這種人根本不值得讓我弄髒雙手。如果殺了他卻得賠上自己的性命，那可就太不值得了。

「總有一天我會讓他付出代價，但現在絕不能衝動。」

我如此警惕自己，下樓走到了電車道上。

這下子我已不知該往哪裡去了。街道放眼望去盡是塵埃，與以前並無絲毫不同，但在此時的我眼裡卻有如死寂的廢墟。路上行人個個看起來面容憔悴，兩眼沒有半點神采。我不禁心想，這樣的日子到底要過到什麼時候？如果有一天，能夠發生翻天覆地的巨變，不知該有多好。譬如在某天早上，發生一場大地震，讓人類在一瞬間滅絕。我的內心渴望著那樣的變化。

我在街上漫無目的地徘徊，一直到了太陽下山。最後這二十錢該花在什麼地方，我反覆思索了很久。每當看見大眾食堂的布簾，我的肚子便咕嚕咕嚕叫個不停。聞到烤沙丁魚的香氣，更是恨不得立即衝進去。但這最後二十錢的價值，跟中午那十五錢可是完全無法相提並論。如何使用這筆錢，將決定我未來的命運。最後我終於擊敗了雜炊的誘惑，以這二十錢買了一張省線電車的車票。經過漫長而激烈的內心糾葛，我還是決定拜訪德村教授。這並非敗北。我深知只有德村教授絕對不會譴責我的行為。至少他知道我是個對得起自己良心的人。

就好比蔣介石、毛澤東與汪精衛雖然是敵對關係，骨子裡卻是一脈相通。不管是英雄惜英雄也好，狗熊惜狗熊也罷，我相信教授能理解我的心情。正因為如此，我才會如此害怕與他產生心靈上的接觸。

但就在遠遠看見教授家燈火的剎那間，我的心情突然不再糾結。在拉開門時，我感覺相當輕鬆，簡直像是回到了自己的家。

我放聲大哭，什麼也不想管了。淚水沾濕了整張臉。啊啊，為什麼教授不罵我，不朝著我的臉頰用力揮兩拳？我好希望他對我這麼做。唯有這麼做，才能讓我停止流淚。

然而教授卻只是坐在椅子上，靜靜地等著我哭完。我實在無法正視老師的臉孔。淚水擦了又擦，還是不斷滾滾流出。這時夫人走了進來，在教授的耳畔低聲說了句話。

「熱水燒好了，你先去洗澡吧。」

教授對我說。我掏出手帕，一邊擦著眼角一邊婉拒。

「不用跟我客氣，今天你先洗，不過可只有今天。」

教授接著轉頭對夫人說：

「幫他鋪床，今天讓他好好休息，明天再詳談吧。」

到了隔天，我趁教授出門前往學校前問到了德明的住處地址。我從教授的口中得知，德明也有好一段時間沒到研究室了。教授還對我說，我可以在他家多住一陣子，不必急著走。

但我實在不想再給教授添麻煩。教授出門之後，我把事情的原委全告訴了夫人。就在我起身打算告辭的時候，夫人從櫥櫃抽屜裡取出一枚十圓鈔票遞給我，我不願拿，她硬把錢塞進我的口袋，說道：

「別這麼客氣，拿去搭電車吧。可惜教授的收入太少，沒辦法給你更多幫助。」

德明如今住在新井宿。走進神社與大眾澡堂之間的小巷，登上一片小山丘，便看到了德明的住處。那棟建築周圍有著石牆，大門看起來頗為氣派。

雖然心中抱持著厭惡、懷疑與不諒解，但畢竟德明是我唯一的朋友。明明被我害得這麼慘，他卻沒有半句埋怨與責備。

「我老爸跟我說，你父親擔心你的安危，還特地跑到我臺南的老家，打聽你的消息呢。」

「真的嗎？我雖然躲了起來，卻一直很擔心家人會遭到迫害。」

「嗯，聽說確實遇上不少麻煩，但你父親堅稱跟你相隔萬里，完全不曉得你發生了什麼事。書信都會受到檢查，所以什麼也不能寫。你父親透過我老爸寄了一筆錢要給你，但我根本不曉得你在哪裡。」

德明一面說，一面遞給我一張三百圓的即期匯票。我一聽，趕緊伸手抓起。三百圓！啊啊，三百圓！有了這三百圓，我可以多活六個月！不，若是像之前那樣為了吃十五錢的雜炊而省下電車錢的生活，撐個一、兩年都不是問題。若換算成雜炊，可以吃兩千碗！真是一場及時雨！

「我無處可去，能不能讓我在你這裡住一陣子？」

我恢復冷靜後問道。

「我幫你向房東太太求情，應該沒問題。她的丈夫是軍人，聽說是個軍醫少將，隨著軍隊到廣東一帶打仗去了。我搬了很多次住處，最後才發現像這種讓人借住的一般民宅才最安全。若是住在出租房間或公寓，一天到晚會有刑警找上門來，實在是不堪其擾。」

德明下樓為我交涉去了。這棟房子有著寬廣的庭院，雖然無人整理，但從二樓往下看，可以看到成蔭的松樹及美麗的假山，池塘裡還游著錦鯉。不一會，德明乒乒乓乓地奔跑上樓。

「房東太太答應了。我說你也是研究所學生，你可別說溜嘴。」

二樓的兩間房間就這樣被我們占據了。我的寢具及書籍等物都早已由德明搬到此地，因此生活上絲毫不成問題。

這個家裡除了房東太太之外，還住了兩個女兒。大女兒為了逃避勞役徵調而在某私立大學圖書館工作，小女兒則還在就讀女校。家裡沒有男人，母女三人相依為命的生活實在太危險，因此我們除了是房客之外也兼具保鑣的性質。每到星期日，我們就會陪著女兒們到郊外農家購買地瓜及蔬菜。這對於姊姊美穗子而言，是最快樂的時光。每當走在鄉間小路上，她總是毫不避諱地依偎在德明身邊。但德明依然只是巧妙安撫，維持著不與內地女孩交際的原則。

某一天，突然有個臺灣女孩來到家裡拜訪。那女孩有著削瘦的身材及微黑的臉孔，德明說她目前就讀東京女子大學，與自己是在陳超平的研究會上認識的。從那天之後，那臺灣女孩便經常來串門子。她說起話來粗野得像個男人，在我看來美穗子的條件比她好得多，但或許德明就喜歡這種類型的女孩，因此我只是默默觀望事態發展，並沒有加以干涉。不久之後，德明與美穗子的關係便因那臺灣女孩的出現而迅速惡化。某天晚上，兩人更因為一點小事而大吵了一架。兩、三天後，德明便搬到靠近女大宿舍的國分寺去了，家裡的房客只剩下我一個人。

在美軍占領了塞班島之後，東京開始遭受B29轟炸機的攻擊。東京的建築幾乎全是以紙類及木材建成，面臨大規模轟炸攻擊幾乎毫無防禦之力。

每天晚上一響起空襲警報，我跟這個家的母女三人就會一同躲進狹窄的防空壕裡。在一陣金屬螺旋槳的旋轉聲之後，接著便會響起炸彈或燒夷彈的掉落聲。探照燈會在天空上畫出巨大的對角線。高射炮的射擊聲斷斷續續響起，接著遠方角落就會燃起熊熊大火，把周圍一帶照得有如白晝。每當目睹這有如地獄般的景象，母女三人就會不由自主地抱在一起頻頻顫抖。相較之下，我卻是好整以暇地站在夜晚的庭院裡，欣賞這幅宛如世界末日般的偉大美景。或許在又驚又怕的她們眼裡，我是個勇敢的男人吧。

不知不覺我成了這個家的中心人物。她們在稱呼我的姓氏「林」的時候，總是不稱

「Lin」，而是以日本姓氏的發音方式稱為「Hayashi」。

從前的租屋處一帶燒成了廢墟，我故意走過滿是濃煙的區域，前往罹災者事務所，順利取得了遷居證明書。

某天夜裡，我跟美穗子單獨躲進了陰暗的防空壕。當時房東太太與次女佐智子為了尋找合適的疏散地點而到群馬縣的鄉下去了，並不在東京。這次空襲的情況與以往頗有不同，金屬螺旋槳的轟隆飛行聲彷彿近在咫尺。抬頭一看，B29的飛行高度低得令人咋舌。蒼白的機體閃爍著詭異光澤，宛如終於現形的巨大惡魔。

「我好怕！」

美穗子驚聲尖叫，突然緊緊抱住了我。基於人性的本能，我也將她摟在懷裡。燒夷彈、炸彈從天而降。警笛聲大作，附近的房舍遭大火吞噬，周圍一帶有如白天一般明亮。在火舌亂竄的空間裡，B29轟炸機自由來去，無人能加以阻攔。由於飛行高度太低，無法順利瞄準的高射炮子彈在半空中劈哩啪啦地炸裂。

直到這一刻，我才醒悟懷裡有個女人。美穗子依偎在我的胸前，輕輕抬起了頭。防空頭巾底下的臉龐，帶著擺脫恐懼的微笑。

我將她抱起，並將自己的臉湊了上去。

這天晚上，大森一帶慘遭空襲，我所住的屋子卻奇蹟似的完好如初。隔天，房東太太抱著無家可歸的覺悟回到東京，竟看見自己的家有如鬼屋一般，孤零零地置身在遭大火夷為平地的景色之中。她喜出望外，甚至懷疑自己是在作夢。房東太太此行已在鄉下找到了棲身之處，但美穗子卻堅持不與母親同往。

「別這麼任性，妳快走吧。」

我在一旁勸道。她目不轉睛地凝視著我，表情訴說著不能丟下我一個人離開。

「林同學，你要不要也跟我們一起走？」母親問道。

「我先幫妳們看家，如果燒掉了，我會去找妳們。」

隔天美穗子跟她的母親便移居鄉下去了，我還到上野車站為她們送行。當時我真的打算，如果房子燒掉了，就去鄉下找她們。但那棟座落於焦黑廢墟之中的房子卻一直平安無事，我就這麼住在裡頭，每天看著池塘的錦鯉過日子。

我盡量提醒自己不去想美穗子的事，靜靜地等待戰爭結束。

七

我恢復自由之身，能夠昂首闊步走在路上了。照理來說這應該是件值得開心的事，我卻無法打從心底感到欣喜。

我自認為已盡了最大的能力對抗現實。我打從心底期盼日本戰敗。如今一切如願，日本真的戰敗了，我的心中卻有種難以名狀的憂鬱。為什麼會這樣？這股憂鬱到底從何而來？我帶著空虛的心靈走在路上，思考著這個問題。是因為美穗子，還是因為德村教授？

美穗子依然住在鄉下沒有回來。自那晚之後，我們一次也沒見過面。我偶爾會有種非常想要見她的衝動，這是不爭的事實。但不知為何，心裡總有一股自制的聲音阻止我付諸行動。如今我能夠光明正大地回故鄉去了。如果我對美穗子說，要帶她回故鄉，她一定會欣喜若狂吧。但把美穗子帶回去，真的能過得幸福嗎？畢竟我得為生下的孩子著想才行。德明說過，所謂的血緣，說穿了不過是對體內所流之血的認定。但我很清楚德明為此受了多少煎熬。因此對於美穗子，我認為放下才是最好的決定。

某一天，我帶著外國人特別配給的米，到德村教授的家拜訪。

「你的推論成真了，是我輸了。」

教授在說這句話時，臉上帶著難以名狀的微笑。在戰局惡化時，教授看起來是那麼憔悴，如今最大的噩夢已結束，他反而恢復了一些精神。

「其實站在客觀的立場，我並非無法認清這個事實。但對我而言，這不僅是認不認清的問題，而是日本無論如何絕對不能敗北。雖然輸了之後才來亡羊補牢實在太遲，但既然已成定局，也只能讓一切從頭來過。或許藉由戰敗洗去一些不純的雜質，也未嘗不是一件好事。

在未來的日子裡，國際主義思想肯定會大行其道。若還把國家或民族掛在嘴邊，恐怕會被視為戰爭犯。但民族永遠不會消失。只要人類尚未滅絕，民族就會永遠存在下去。對民族重新認知的時代，總有一天會來臨。雖然是以錯誤的方式揭開了序幕，但東洋人的東洋理想也會永遠傳承下去。」

「老師。」我喊道。

「老師，你並沒有輸。當初你沒有輸給侵略主義，如今也請你別輸給失敗主義。若你承認自己輸了，這意味著我也輸了。」

我們實在太過無力，而且今後恐怕也會繼續這麼無力下去。但總有一天，日本人將能夠愛其他民族，就像愛自己的民族一樣。即便是無力的人，也有獲得力量的一天。

想到這裡，我突然感覺戰爭根本沒有結束。雖然第二次世界大戰結束了，拿槍桿子的戰爭也結束了，但愛與自私的戰爭卻沒有結束。這場戰爭與人類歷史有著難以切割的關係，從古至今我們不曾坐上勝利者的寶座。

占領軍開始執政，許多監獄裡的人都被釋放了。共產黨鬥士們高舉標語牌，舉行了向盟軍總司令部致謝的遊行活動。但獲釋者之中，想要再進一次監獄的人也不少。有些人只是因從事黑市交易而遭逮捕，出獄後卻擺起了一副自由民主鬥士的嘴臉。

臺灣人昨天還是戰爭的共犯，今天卻躋身勝利者的行列。我們幫日本人打仗是逼不得已。我們若不這麼做，性命就會不保。表面上我們雖然幫助日本，私底下卻是反抗著日本。看看我們臺灣的歷史吧！三年小亂，五年大亂。我們這些民族主義者對日本暴政持續了長達五十年的血腥抗爭。我們臺灣人皆勇敢反抗日本，並沒有辱沒我們的祖先。舞臺上的戲服千百種，最高明的演員總是懂得穿上最符合時代潮流的戲服。就算是做賊被逮到，也總有一肚子理由可以說嘴，更何況是臺灣人。

沼田超平如今又變回了陳超平。似乎沒有人記得他曾經入贅給日本人。他在戰爭期間冒著祕密集會的風險組成的讀書會，如今掛起了「新臺灣建設會」的招牌。當初的學徒志願兵，如今紛紛響應了他的號召。說穿了，這些人心中的仇恨，來自於戰爭期間被沒受過高等教育的日本上等兵賞了幾個巴掌。加入建設會的最大好處之一，就是只要出示會員證，不論在哪裡搭電車都不用錢。

有一天，許久未見面的德明來找我。我早已從他人口中得知他在建設會裡相當活躍。

「聽說你最近很忙？」

「嗯，但我可沒有忘了你。今天我來找你，就是想邀你入會。」

「入會？入什麼會？若是像上次那樣的讀書會，我可沒多大興趣。」

「你也別這麼拒人於千里之外。你放心，這次的會可不是什麼讀書會了。不過我們並非什麼思想團體。我們的目的是為了建設臺灣而網羅各界人才，在性質上就像是親睦會。唯有分工合作，才能把事情做到盡善盡美，這點你應該也能認同吧？」

「確實是這樣沒錯。」

「所以我希望你能放下過去的嫌隙與私心，讓我們從頭開始努力。」

德明認為我如今依然憎恨著陳超平。但事實上我根本不把他這個人放在眼裡。他並不是什麼能夠危害人間的大人物，只不過是想趁如今百廢待興的時期闖出一番名堂而已。一旦時局產生變化，他又會發揮看家本領，找個安全的地方躲起來避鋒頭。承受風險的永遠是純真青年，他只會躲在暗處神不知鬼不覺地發號施令。

「建設會裡什麼樣的人才都有，幾乎涵蓋了所有如今住在東京的臺灣高知識分子。就連周萬祥那些中國留學生也加入了我們的行列。但有能力擔任領導者的同伴並不多，我希望你能跟我一起大顯身手。」

我本來打算拒絕，但就在聽見周萬祥這個名字的瞬間，我改變了心意。

「好，我參加。」

我握住了德明伸出的手掌。

那是個沒有風但隨時可能會下雪的日子。開會的時間是六點，會場在某臺灣富豪的宅邸裡，但我刻意遲到，接近八點才抵達。

開會致詞與演講都已經結束了，近百名年輕男女圍繞著臨時排出的桌椅，正在飲酒作樂。桌上擺滿了向那些不敢反抗的政府機關強討來的啤酒、罐頭、花生等戰利品。每個年輕人似乎都喝了不少酒，個個滿臉通紅。

「噢，你來得正是時候呢。」

「真會算時間啊。」

熟識的友人對著我大喊。

陳超平為在座的所有人介紹了我，並為我這個乳臭未乾的新進會員倒了滿滿一杯啤酒。就在我對著眾人舉杯時，我看見了周萬祥。他大剌剌地坐在對面的中央座位上，舉起一隻手朝我打了招呼。

我站了起來，朝他走近。

「同志，能活著見到你真是太好了。」

當他轉頭面對著我時，臉上帶著親熱的微笑，彷彿面對的是浴血奮戰後歸來的戰友。

「跟我來，我有兩句話對你說。」

「有什麼話，不能在這裡說？」他問。

「被人聽見了可不太好。」

我硬拉著他，來到了那座宅邸的後院。

「我想教你一件事。」

一句話剛說完，我已揪住了他的領口，他發出驚呼，我一拳接著一拳往他臉上揮去。眼鏡裂成了碎片，插在我的拳頭上，濺出了鮮血。不少人聽見聲響奔過來查看，但他們來到我身旁時，周萬祥已橫躺在地上動也不動了。

「別動粗！」

「這下有好戲看了。」

一群血氣方剛的年輕人開始喧鬧鼓譟，陳超平撥開人群走了出來。

「大家都是臺灣人，這時應該團結一心，別兄弟鬩牆。」

「他是臺灣人嗎？」我反問。

「當然，他跟我們有著共同的祖先。何況他的祖父曾到過臺灣。」

「若是如此，那更該打。」

我再次握緊拳頭，惡狠狠地瞪了陳超平一眼。

接著我扭開水龍頭，默默洗去手上的鮮血。

八

以三民主義建設新臺灣。

基隆港的岸邊倉庫上寫著這麼一排字，每個字都有一坪大。貨物船被隔離於港外，我在甲板上，整天看著這排以黑色油漆寫成的標語發楞。太陽下山後，文字逐漸隱遁在夜色中，倉庫透出明亮的燈火。聽說裡頭聚集了許多日本兵，等我們一下船，這艘船就會把他們送回日本內地。

第一眼看見故鄉山海時，我心中有著莫名的感動，不禁想要大喊：「啊，我終於回到了故鄉！」但沒想到我所搭乘的船卻被擋在港外，沒有辦法靠岸。船上包含我在內，約有兩千名臺灣人，大部分都是在戰爭期間受海軍徵調，在神奈川縣的高座服勞役的十五至二十歲年輕勞工。三千噸的老舊貨船上擠了這麼多人，幾乎沒有立足的地方。當所有人都躺下來睡覺時，總有一些人會被擠出去，因此得像生魚片一樣，身體的一部分與他人交疊才行。白天也就罷了，到了夜裡，天花板總是會有水滴不斷滑落。剛從橫須賀港出海的第一個晚上，我還天真地以為是甲板漏水，後來才發現原來是船上的乘客所吐出的氣息，碰到冰冷的鐵板而變成液體往下滴。由於排氣設備極差，船艙裡的空氣非常汙濁，蝨子大量繁殖。一大群人擠在這不衛生的環境裡，在船離開橫須賀港的第三天，船上便有人感染了天花。速度緩慢的老舊貨船只好改變航向，在佐世保靠岸，補給了天花疫苗，為船上所有人施打。接著貨船在太平洋上不斷向南前進，終於在第六天抵達基隆外海。

港外的海面上可看見怵目驚心的船隻殘骸，那是遭美軍戰機炸成了兩截的一萬噸級商船。

此時已是三月，夾帶了溼氣的海風颳來依然有些寒意，但只要太陽一露臉，就會變得相當暖和。在船上隔離生活的第八天起，我每天都會待在照得到陽光的甲板上，脫光了衣服抓蝨子。衣褲的每個角落都躲了不少蝨子，抓起來以指尖捏死，會滲出紅色的鮮血。有時我會把蝨子的屍體拿給同樣坐在甲板上曬太陽的翠玉看，她總是會露出誇張的厭惡表情說道：

「噁心死了。」

「妳說我噁心，難道妳身上沒蝨子？」

「真沒禮貌。」

「好吧，或許蝨子不會咬妳這種年輕大姑娘。」我笑了起來。「不過妳想想，光是我身上就有至少一百隻蝨子，我每天抓還這麼多，有些人愛裝淑女不敢抓，身上一定更多。就算平均一個人身上一百隻好了，整船的人加起來就有二十萬隻蝨子。二十萬隻！聽起來沒什麼，但妳知道二十萬有多少嗎？」

歷經了接近兩個月的擁擠生活，我開始會跟張翠玉開這種不顧紳士形象的玩笑。我第一次看到翠玉，是在橫須賀，我們都坐在一輛開往港口的大貨車上。當時她坐在行李箱上，任憑一頭黑髮在風中飛舞。那張側臉與美穗子極為相似，令我感到胸口隱隱作痛，關於美穗子的回憶全都湧上了心頭。戰爭結束之後，美穗子便經常從群馬縣鄉下的避難地寫信給我。大約每收到三次信，我會回信一次，但由於我自己的想法搖擺不定，因此她的來信總是讓我非常不安。

有一天，她在沒有事先告知的情況下，突然從鄉下跑回了東京。當時她們一家人都已不住在東京，但有個親戚最近搬進了她們在東京的家。美穗子的藉口是來東京拜訪那個親戚，但我一看到她的表情，便明白她此行的目的是為了逼我作出最後決定，而我一心卻只想要逃避。日本戰敗之後，我跟她之間已不復存在地位不平等的問題，這使得我被迫必須思考另一個跨越了民族隔閡的問題（就姑且稱之為愛吧）。

我不像德明那樣拘泥於民族，卻又沒有辦法完全跨越民族的藩籬。我看著為愛而消瘦憔悴的美穗子，回想起了空襲那晚發生的事。當時的我，是最赤裸裸的我。心中既沒有民族，也沒有國家。美穗子就只是個因炸彈與燒夷彈而害怕顫抖的弱女子，我就只是個將她緊緊抱住的男人。但我總認為愛只能存在於剎那之間。就算她真的打從心底愛著我，那或許也只是場悲哀的誤會。更令我無奈的一點，就在於美穗子並不是個會直接了當說出自己想法的女人，而偏偏我是個吃軟不吃硬的男人。一看到她的眼淚，我便無法像德明那樣說些玩笑話搪塞過去。一想到這點，我就逃離了那個家，而且抱定了兩、三天不回去的主意。我走在街道上，心裡不禁懷疑自己是被名為「民族」的亡魂附身了。或許「民族」已讓我的心臟沾上了永遠無法洗淨的汙點，什麼跨越民族隔閡都只是癡心妄想。既然如此，不如像德明一樣把民族思想奉為圭臬。偏偏我又做不到這一點，這讓我感覺自己是個充滿了矛盾的卑劣男人。

三天後，我回到家裡一看，桌上擺著一張信紙。上頭只寫了一句話：「我會永遠等著你。美穗子」。我一看到這排寫得工整漂亮的文字，二話不說便擦亮火柴將它燒了。反正一切都已經結束，這不過是場從前的夢，未來還有新的世界在等著我。活到現在這個年紀，我終於有了能夠稱之為祖國的國家。祖國正在大海的另一頭對著我招手。雖然我的身體還沒搭上船，但我的心靈早已離開了日本。

因此當我在大貨車上看見了與美穗子如出一轍的側臉時，心裡著實吃了一驚。然而在碼頭下車時，我一看翠玉的正面，卻與美穗子截然不同，這讓我大大鬆了口氣。翠玉是臺北石炭商人的女兒，到東京就讀西洋縫紉學校，是個坦率、有朝氣的女孩。或許因為她是這樣的個性，有時我會跟她開些很過分的玩笑，但她總是能輕描淡寫地帶過。她身上不可能沒有蝨子，但她在我面前卻從不提癢字。一想到她可能躲在廁所之類無人瞧見的地方，像我一樣抓起蝨子捏死，我便忍俊不禁。

抵達基隆港之後的第八天，我們的船才獲准入港。船隻靠近碼頭邊的時候，我看見滿是灰塵的倉庫廣場上有一群身穿作業服的日本兵，正大汗淋漓地清除著倉庫遭破壞後留下的斷垣殘壁。倉庫窗邊掛滿了骯髒的軍隊制服衣褲。對看慣了臺灣人受日本人差使的我而言，這副日本戰敗景象實在相當稀奇。

我們下了船之後，在美國士兵及國民黨軍官的監視下接受了行李檢查。這時德明出現在我的眼前。

「嗨，原來你已經到臺灣了。」我說。

「已經到一星期了。我搭乘的是醫護船，不僅船速快，受到的待遇也不錯。」

「原來如此，早知道就跟你搭同一艘。」

「話說回來，現在情況可不太妙。雖然我只比你早回來幾天，但所見所聞都跟我們在東京時所想像的截然不同。」

「什麼意思？」

「唉，晚點你到街上瞧一瞧就知道。如今的狀況跟以前完全不同了，你一定會大吃一驚。」

我向張翠玉及前來迎接她的雙親道了別，與德明一同穿過簡陋營房建築之間的擁擠通道，朝著車站前進。一艘潛水艇翻覆在車站前的碼頭邊卻無人問津，宛如腹部浮上了水面的巨大鯨魚屍體。附近建築物也大多被炸得殘破不堪，一棟棟急就章的飲食店就蓋在廢墟之上。其中還有一些日本人的攤販，燈籠上寫著「壽司」、「烏龍麵」等假名文字。

「火車不知幾點發車。」

我一邊咕噥，一邊想要走進車站內，德明卻將我拉住，說道：

「看時刻表也沒用，班次都亂了，天知道何時能發車。不如先搭大貨車到臺北再說，反正你會在臺北待一陣子，不是嗎？」

「不，我打算立刻回家。」

「別這麼急著走，先在臺北住個兩、三天再說。我現在住在親戚家，若你不嫌棄，就跟我一起住吧。我有些話想跟你說。」

「你沒有回家？」

「回去待了兩、三天，實在住不下去，又跑到臺北來。跟臺南比起來，臺北的狀況好得多。我在臺南的老家也因空襲而炸毀了，只剩下鋼筋外牆，家人搭起了一間以臺灣瓦作屋頂的簡陋小屋，暫時住在裡頭。走到大街上一瞧，甚至還有稻草屋，真是讓我開了眼界。你的老家在鄉下，或許沒有遭受空襲，但鄉下地方住起來實在很痛苦。我想你應該也不打算就這麼在鄉下待一輩子吧？」

「目前我的腦袋就像一張白紙，什麼想法也沒有。」

那天晚上，我借住在中學時期曾住過的親戚家。在那個家裡，我聽到的消息全是關於前來接收臺灣的國民黨官僚的醜聞，以及對那些上不了檯面的軍隊的厭惡。據說中國軍隊抵達基隆港的那天，軍隊預定通過的基隆街道上擠滿了歡迎民眾，可說是盛況空前。沒想到下了船的軍隊卻是一群毫無紀律可言的烏合之眾，有的穿著藍色棉襖，有的沒拿槍卻撐了一把傘。幾乎沒有一個士兵腳下穿的是軍靴，甚至連棉布鞋也是寥寥可數。有些士兵甚至抬著一根扁擔，前後籠裡塞了鍋子、火爐等雜物。臺灣民眾原本以為即將迎接的是打敗了日本的精銳軍隊，見了中國軍隊的窩囊樣，自己反倒覺得丟臉，不一會便鳥獸散了。當然若單只是這件事，還不至於引起什麼問題，頂多只是讓人驚嘆這樣的軍隊竟然可以對日本抗戰八年。

真正的問題在於行政長官陳儀所率領的官僚一到任，便發揮起了貪汙舞弊的本領。據說有位負責接收臺灣的委員見了日本人提出的財產清單中有「金槌」一項，立即將該項劃去，並要日本人繳上此物。日本人恭恭敬敬地繳上一把鐵槌，那委員見了勃然大怒，罵道：「這是鐵槌，哪是什麼金槌！快把金槌交出來！」[18]

又據說啤酒公司的接收委員一上任，便將作為原料的啤酒花賣了中飽私囊，導致啤酒工廠停擺。金礦的接收委員，甚至為了取得馬達內殘留的金粉，下令將馬達破壞。至於老大哥陳儀自己，則據說他要求臺灣總督府地下室的印刷工廠日以繼夜趕工，印出難以計數的紙鈔，將砂糖、稻米及其它各種物資全都買光了。

「這些事情是真的嗎？」

我跟德明走在一條兩旁種著椰子樹的道路上，我這麼問他。

18　譯註：日文漢字的「金槌」即鐵鎚。

「原本我也不相信。不，應該說我現在還是不願相信。但你看清楚了，路旁那些臺灣貧民所賣的菸全部都是上海製，這顯然違反了《專賣局法》。將這些菸走私進臺灣的人，全是中國的官僚跟商人。窮人賣菸是為了討生活，這無可厚非，但那些知法犯法的傢伙，難道不應該譴責嗎？而且他們做出這種事，犧牲的可全是臺灣的百姓。工廠停擺，失業者大增，乞丐跟盜賊橫行。就算是戰後的混亂時期，也不該這麼嚴重。反觀戰敗國日本，情況比我們好得多。」

「如果這些都是事實，那可是大問題。」

「所以我想針對這件事跟你好好談一談。我們建設會今後該採取什麼樣的方針，有必要先想清楚。」

「既然是這樣，我會盡快回到臺北。對了，你不是打算到臺灣大學任教嗎？」

「能不能進得去，目前還很難說。聽說那裡面的人努力想要排擠就讀日本大學歸來的人才。」德明回答。

隔天我回到了二林。由於早幾天回來的德明已先幫我聯絡過了，父母皆望眼欲穿地等著我回家。三年不見，父親頭上多了不少白髮，所幸依然健朗。

「我們聽說你不願當兵，逃得不見蹤影，可不知有多麼擔心。家裡幾乎每天都有刑警及巡查部長來問話，你媽媽也因為太過操心而生了兩個月的病。日本人真是壞透了，尤其是在戰況變得激烈之後，只要稍微抱怨個一、兩句話，馬上就會被當成間諜帶走。光是我們這附近一帶，就不知有多少人被日本人打死。日本若不戰敗，那可真是老天無眼了。」

這是我第一次聽到父親說日本人的壞話。我意外地暗想：原來這才是父親的真心話嗎，一邊則仰望著父親的臉說道：

「但中國政府接管之後，聽說情況變得更糟，不是嗎？」

「別說這種話！」父親趕緊制止我。「陳儀確實是個壞蛋，但中國畢竟是我們的祖國，現在要批評祖國還嫌太早。何況陳儀才來不到半年，過些時候再來評斷功過也還不遲。」

我聽父親這麼說，不禁為父親感到悲哀。如今二林街變成了二林鎮，父親再度被拱出來當領導者，擔任鎮長一職。為了從日本時代到中國時代皆保住相同的地位，或許確實需要如此謹慎的個性，但我不禁感慨，為什麼父親總是要把自己的判斷與意見藏在心底？為什麼沒有堂堂正正挺身對抗的勇氣？

「你的年紀也老大不小了，也該成家了。」

「咦？」

「你媽媽很擔心你。婚嫁這種事情，是愈早定下愈好。沙山謝先生的兒子，也在三、四天前訂婚了。接下來會有更多年輕人從日本回來，每個村子都將忙著辦喜事，你動作太慢，好女孩都被挑光了。」

「以我的年紀，現在結婚還太早。何況我還沒畢業，過陣子得回學校完成學業，或者至少得找個工作。」

「這種事以後再慢慢想也還不遲。爸爸當年也是早婚，一直覺得這麼做是對的。你若成了家，應該也會穩重點。」

父親似乎認為我是個做事不經大腦的魯莽小夥子，唯有讓我擁有家庭才能把我鎮住。

「照理來說應該先讓你結婚，但你妹妹錦華也十九歲了，如果有合適的對象，也是該嫁了。你那位朋友劉德明，你看如何？不僅家境好，本人也是前途無量的年輕人。」

「我也說不上好或不好。」

我歪著腦袋不置可否。這麼說起來，錦華長大後確實變得漂亮許多，與小時候截然不同。但一個鄉下女校畢業的丫頭，那個英俊青年會看得上眼嗎？

「結婚這種事看的是緣分，不管最後成不成，你找個機會幫我向德明問問看。若能跟你的朋友結成親家，以後你們兄妹倆也能常往來，對大家都有好處。」

我心中突然想起了美穗子。與其要我跟素昧平生的女人結婚，當初實在應該把美穗子帶回臺灣。為什麼我沒有勇氣這麼做？在緊要關頭無法下定決心，或許意味著我身上確實流著父親的血。一想到這點，我便無法再對父親嗤之以鼻。

隔天，我朝著濁水溪的方向信步而行。漫長的戰爭導致肥料與人力照料皆不足，土地都荒廢了。而且米價一天比一天高漲，砂糖卻因糖廠實質上處於停擺狀態而沒有漲價，而這一帶大多是甘蔗田，因此蕭條的景象毫無起色。我進入自家出租的田裡，折了一根甘蔗邊走邊啃。跟小時候吃的甘蔗比起來，確實水分跟糖分都少得多。

「哎喲，少爺長大了，可真是玉樹臨風呢。」

路旁的屋子裡忽走出一個婦人，那是這附近以說媒提親為職業的豬母婆。

「這麼個大熱天，你要上哪裡去？」她問。

「溪邊。」我冷冷地回答。

「少爺，或許你不知道，在戰爭快結束的不久前，濁水溪竟然有整整三天的時間，清澈得可以看見溪底！過去很少發生這種現象，大家都說恐怕有大事要發生了。才剛說完，不久後日本就戰敗了。我記得在我還是個頑皮小丫頭的時代，也發生過一次這種事，那已經是五十年前，不久後日本人就來了，引起了不小的騷動呢。那條溪只要一清，就會發生驚天動地的事情，這可不是騙人的。不過今天的溪水倒是混濁得很。」

自堤防上可看見濁水溪的廣大溪面。這條混濁的大溪，一直以土黃色的面貌悠然流動著。三年前是這樣，二十年前也是這樣。我實在無法想像這條溪會有清澈見底的一天。但據說我的妹妹錦華在戰爭結束的不久前還特地到溪邊看濁水溪清的奇景。違反常識的事情，並不見得一定不會發生。我有一種感覺，許多違反常識的事情都即將化為現實。

九

原本以為日本戰敗後將可以輕易實現的夢想，如今竟變得遙不可及。

陳超平原本覬覦工商處長或財政處長的寶座，但這些職位由於油水多，全被外省人占據了。德明的祖母有個親戚叫黃錫光，他是陳儀的部下，自大陸回到臺灣後擔任外交部特派員。陳超平在黃錫光的引薦下得以前往拜會財政處長，財政處長要他從明天起擔任顧問一職，陳超平喜孜孜地答應了。後來陳超平才發現這只是個領乾薪的閒職，沒有任何實權及職務，不到一個月的時間他就辭去了這個職務。陳超平曾擔任日本政府的敕任官，他似乎認為以自己的資歷理應就任處長，因此把這樣的冷落視為奇恥大辱。他浪費了相當久的時間，才徹底醒悟日本那套規則在中國的政界及官界完全不管用。但日本統治臺灣的時間長達五十年，日本留學生勢力龐大，陳超平認為這股基層的力量能成為自己的背景優勢，這樣的推測確實看見了成效。

「既然外省人不接納我們，我們只能靠自己的雙手來建設臺灣。我認為最好的辦法，就是創辦學校。雖然拯救失業者也很重要，但經濟力完全由外省人掌握，我們在這一點上可說是無能為力。相較之下，我們可以讓那些因為戰爭而失去求學機會的年輕人們到學校裡讀書，這可說是最根本的建設臺灣方式。首先創辦一所大學，接著如果順利的話，就加開小學、初中及高中，建立一貫式的教育機構。慶應大學及早稻田大學原本也是小規模的學校，經過長時間經營後才有今天的格局，我們應該將明治時期的日本當作仿效的榜樣。」

陳超平這樣的理念與不滿當前政府的民眾志向剛好合拍，許多臺灣人都挺身支持他的計劃。其中最熱心的支持者，是石炭商人張炎。為了戰後石炭輸出問題，張炎極力反抗政府所組織的石炭管理委員會。為了幫助陳超平設立委員會，張炎不僅提供了自己辦公室的部分空間，還捐贈了一百萬元，而且不斷號召熟識的石炭業者，為了籌備辦學而東奔西走。在開辦大學的核可方面，則由黃錫光出面向教育處長說情。

德明也靠著黃錫光的人脈，進入了臺灣銀行工作。閒暇之餘則跟在四處遊說支持者的陳超平身旁，為他拿公事包。

當初住在東京的時候，我為了反抗軍國主義而東逃西竄，心中不時恥笑他們只會高談闊論卻沒有實際的行動。如今我跟他們的立場卻顛倒了。當初他們對日本的反抗相當消極，如今對陳儀領導的軍閥卻是積極採取反抗行動，如此諷刺的對比雖然乍看之下頗為矛盾，但若說他們立場搖擺，卻又不盡然。包含我自己在內，我們都認為中國是我們的祖國。但是到頭來，我們畢竟是臺灣人。他們認為他們對抗的不是中國政府，而是軍閥政治，但在我看來，他們的出發點都在於臺灣人的良心及利益遭到了漠視。我也是臺灣人，我跟他們抱持著相同的感受。剛開始的時候，臺灣民眾熱情歡迎外省人的到來，將外省人當成了解放者，但在短短半年之後，外省人在臺灣人眼裡成了侵略者。這樣的變化背後，當然有著充分的理由。

民眾不稱陳儀為長官，而稱他為豬官。因為他就像一頭好吃懶做的豬。這陣子民間流行一句諺語叫「狗去豬來」，以狗形容日本人，而以豬形容外省人。狗雖然讓人討厭，至少還能顧家，而豬則除了吃之外什麼也不幹。有時臺灣人不直接稱外省人為豬，而使用十二生肖、安住牌這類稱呼。因為十二生肖的最後一種動物是豬，而安住牌蚊香的標誌也是豬。可想而知，這些稱呼中隱含著民眾對貪官汙吏的憎恨。但我置身在如此劍拔弩張的氣氛之中，內心不禁擔憂這麼下去不曉得會發生什麼事。那就像是兩輛火車頭，在同一條鐵軌上朝著對方疾駛。我無法眼睜睜看著雙方發生流血衝突，因為兩邊我都深深愛著。但我實在太無力，沒有辦法加以阻止。

日本統治臺灣的五十年之間，日本政府在政策上處心積慮要將臺灣人與大陸切割，這導致我們對中國社會除了心中的憧憬幻想之外一無所知。戰後臺灣人親眼目睹了中國社會的真面目，這才察覺自己過去實在太天真，想要懸崖勒馬，但為時已晚了。陳超平及德明試圖以自創的大學為堡壘，對抗封建軍閥，但在我看來那有如狂風前的一株小草。只要風一颳上來，馬上就會被吹得無影無蹤。中國社會是以血緣及派系為經，以金錢為緯，想要在中國社會內強大到具有影響力，就必須以相同形式團結在一起。有錢人的意見在社會上受尊重的程度，全世界沒有任何社會能與中國社會比肩，因此當務之急應該是成為有錢人。如果可以的話，我想成為金錢的惡鬼，掌握足以撼動政治的龐大財力。

我的夢想還是一樣遠大，但現實中的我卻只能在通貨膨脹及封建壓榨的環境中苟延殘喘。我能做到的事相當有限，既沒有與生俱來的經商才能，也沒有繼承龐大遺產。因此這陣子我只能站在旁觀者的立場，看著其他人大展長才。

這段時期我經常往來的朋友，是一群在船上認識的前海軍船伕，以及一些跟他們有交情的流氓混混。戰爭結束後，這些人失去了工作，為了維持生計，他們有時會幫忙從船上卸下那些從上海來的香菸，或是將美軍軍服拿到黑市賣掉。他們還會將菸與衣物擺在路邊販賣，有時沒有客人，就會兩、三人聚集在一起賭博。由於我從父親那裡得到了一大筆錢，因此若遇上有人賭博輸光了進貨的資金，來向我求助，我就會慷慨地將錢借給對方。這陣子由於通貨膨脹非常嚴重，我把錢全換成了貨物，借貸也是以貨物為單位。外國產品的賣價通常都是基隆最便宜，臺北為買賣的中心，愈往南價格愈高。如新竹、臺中、臺南等地，價格都不相同。雖然從表面上看不出來，但在全島形成網狀結構的商業組織其實對價格行情相當敏感。一旦臺北的行情出現變化，這個變化就會像一班當天晚上從臺北出發的特快車一樣，對沿途停靠的每個車站依序造成影響。我認識的這些人擁有雜草般的生命力及老鼠般的機靈，總是懂得利用這種行情上的誤差來賺錢，即便在賭博上輸了錢，也能夠馬上賺回來。他們的腦中只有吃、賭及買，沒有「思想」那種麻煩的東西，當然也不會像知識分子那樣鑽牛角尖。沒過多久，我便發現自己跟這些人挺合得來。但與他們走得愈近，就與德明那些人距離愈遠。我絲毫不認為這樣的生活方式是種墮落，但德明想必頗不以為然，我不必詢問便能看出他的想法。日子一久，我跟德明變得極少見面。

有一天，我跟一個同伴自北門穿過了平交道，正朝著臺灣人聚集的大稻埕邁步而行，前方忽駛來一輛吉普車。那車子到了我們面前突然緊急煞車。

「哈囉！」一人自車內探出頭來。

「啊，羅德先生！」

我忍不住大喊。睽違將近六年，羅德的容貌竟一點也沒有變老。他還是一樣高高瘦瘦，戴了一副無框眼鏡，鏡片後頭的藍色瞳孔綻放著溫厚的光采。

「沒想到會在這裡遇上你，我找了你好久呢。」羅德說。

「你什麼時候回到了臺灣？」我問。

「戰爭結束後不久就來了，現在我在美國領事館工作。你要上哪裡去？要不要去我那裡坐坐？」

「好啊。」

我將同伴打發走了，坐上吉普車的副駕駛座。羅德發動引擎，吉普車帶著刺耳的聲響行駛在坑坑洞洞的柏油路上。沿著一條兩旁種著椰子樹的三線道路前進，通過長官公署前的圓環後，車子轉了個彎，進入從前曾是日本人居住區的靜謐住宅街。接著車子駛進一座氣派豪華的圍牆大門，穿過種植著蘇鐵的環狀迴車道，在建築物的正門口停了下來。

當我得知這棟地板鋪著地毯的豪華宅邸是他的官舍時，驚訝得合不攏嘴。不久前只能在池塘邊租一間小房子窩身的英語教師，如今竟然成了副領事。但我轉念一想，這件事倒也不是無跡可尋。據說從前在同一所高校教英語的日本教師曾受當局指示偷偷查看羅德的書信，裡頭竟寫著「寄送了數根女人毛髮」云云。如此想來，他應該是美國國務院派來臺灣的間諜。

「夫人呢？」我問。

「我目前單身。你呢？一個人？兩個人？」

我聳了聳肩，伸出手指頭。男傭捧了個托盤走進房間，托盤裡擺著杯子跟罐裝啤酒。羅德接過托盤，關上了會客室的門。

「你現在在做什麼工作？」他問。

「什麼也沒做。我根本不知道能做什麼工作。」

「老實說，我現在很頭大。八年前第一次來到臺灣，看見臺灣總督府裡的公務員多得不得了，比美國國務院還多，我嚇了一大跳。沒想到這次回來，公務員人數竟然比八年前還要多。行政效率這麼差，實在讓我不知如何是好。From bad to worse！」

「沒有錯，臺灣人都對現在的政府很失望。」

「對於這樣的現況，你有什麼看法？」

「……」

羅德見我沉默不語，又說道：「想說什麼儘管說，不用顧忌。陳儀的施政很糟糕，我已經向上呈報了，美國國務院知道這件事。現在我想聽聽臺灣人的心聲。」

從羅德的舉手投足及眼神，我看得出他相當認真。

「關於這方面的事，我有一些朋友正想要創辦一所名叫新臺學院的學校。」

「啊，這我也聽過。原來那些人是你的朋友？」

「或許他們能提供你需要的意見。如果你想的話，我可以介紹他們給你認識。」

「那就拜託你了，我非常需要臺灣人的意見。」

兩、三天後，我前往了張炎所持有的某大樓。新臺學院的辦公室就設在那裡頭，我還是第一次造訪。那是一棟面對大馬路的三層樓建築，我向人詢問新臺學院辦公室的位置，對方叫我往裡頭走。我照著指示走向深處，看見了一扇門，門上貼著一張紙，上頭寫著「籌備處」。裡頭不斷傳出鋼琴聲，我一打開門，琴音戛然而止。

「啊……」正在彈琴的人轉過頭來，竟是張翠玉。我完全沒料到會在這裡遇上她。

「原來如此……妳是張炎的女兒吧？我可沒想到。」

我不禁苦笑。然而當初在船上時，我已對她說了許多失禮的話，此時就算裝紳士也已太遲了。

我問：「妳在練琴？」

「不是。家父向撤退的日本人買了這架鋼琴，我跟家母特地從新店來到這裡瞧瞧。對了，船上那段日子承蒙你諸多照顧。」

「不客氣。蝨子都除光了？」

「是啊。」她笑著說道。雖然她的側臉讓我聯想到美穗子，但正面的純真表情卻有如盛夏時期面向太陽的向日葵。

「那時可真是被蝨子害慘了。」

「妳終於承認有蝨子了？我本來以為妳是個死鴨子嘴硬的人，沒想到這麼老實，真讓我刮目相看。」

「我才對你刮目相看呢。原本以為你是個流氓，沒想到跟紳士也有所往來。」

「妳竟然這麼說我。雖然我只在下船時見過妳父親一面，但他也好不到哪裡去吧？」我反唇相譏。

「是啊，打從一開始，我就覺得你跟家父有點像，不過家父為人親切得多。」

「妳這意思是說，我不親切？」

「沒想到你的理解力還不錯，呵呵……」

翠玉露出了戲謔的笑容。跟她說話一點也不拘謹，她也不會擺出有錢人的嘴臉。

「聽說妳的父母親當年是在內臺航路上認識的，是真的嗎？」

「是啊，你的消息真是靈通。」

「我還知道妳的母親當時已有未婚夫，妳的父親硬搶走了她，對吧？這麼說來，妳父親到鄉下迎娶妳母親時，轎子遭村裡的人扔擲牛糞，這傳聞也是真的？」

「你這小子真是口無遮攔。」

翠玉瞪了我一眼，卻沒有否認。她的母親號稱臺中第一美女，身為女兒的她雖然稱不上美艷動人，但擁有一對美麗的大眼睛及長長的睫毛，帶有一種難以形容的魅力。

就在這時，德明走了進來。

「哎呀，真難得你會來這裡。」

「有件事想找你跟陳先生商議。陳先生沒來嗎？」

「他正在跟我父親討論事情。不如我去請他過來吧？還是你們要過去找他？」

翠玉蓋上琴蓋起身說道。

「妳該不會是想逃走吧？」

「當然不是，母親還在等著我，有空到我家來玩吧。」

翠玉離開後，德明轉頭問我：

「你認識她？」

「嗯，當初坐同一艘船。對了，你來接我的時候，我身旁不是有個女孩嗎？那就是她。」

「有這回事？我可完全沒察覺。」

「你不覺得她長得很像美穗子嗎？」

「哪裡像？她比美穗子漂亮多了。」

德明不耐煩地說道。他的口氣有些嚴峻，不像往昔的他。我心中一驚，不由得抬起了頭。難道德明喜歡翠玉？所以看見我跟她有說有笑，心裡不是滋味？

不一會，陳超平走了進來。我們沿著狹窄的樓梯上了二樓，進入另一間房間。裡頭空空蕩蕩，只有兩張桌子及四、五張椅子，牆上連一幅畫也沒有。

「如何，創辦學校還順利嗎？」

「一波三折。」陳超平一邊以手帕擦拭曬得黝黑的臉孔，一邊說道：「原本以為校舍的事情已經談妥了，卻跑來一些軍人在教室裡胡來。他們不僅拆了桌椅當柴燒，還把窗戶都打破了。我們提出學校的設立申請書，也是受到百般刁難。一下子說這裡不行，一下子說那裡要改。這陣子我大概已跑了教育處一百趟。」

陳超平不同於那些乘坐高級車的國民黨官僚，整天穿著軍靴在夏天的烈陽底下東奔西走。一想到他那副揮汗如雨的模樣，當初在下雨天被他逐出家門的怨恨似乎也淡了不少。

我傳達了羅德的想法後，一旁的德明搶著說道：「我看還是別見為妙。」

「為什麼？」

「這種事不該讓美國人插手。如果我們自己沒辦法解決，大不了同歸於盡。」

「只是見個面，說幾句話而已，何必想得這麼嚴重？我們不見得會被美國人利用，而且或許還能反過來利用美國人。」

「別開玩笑了，美國人就愛管閒事，口口聲聲說沒有帝國主義及侵略野心，但誰知道他們肚子裡打著什麼如意算盤。臺灣一旦藉助了美國人的力量，又會在不知不覺之中淪為殖民地。」

我不明白德明為何如此堅決反對，那口吻簡直像是把我當成了美國人的走狗。在我眼裡，他就只是為了反對而反對。聽了這番毫無道理的說詞，我當然不會服氣，反駁道：

「難道跟美國人見上一面，就會讓臺灣淪為殖民地？你以為憑你一個人的能耐，能做到什麼事？中國能夠打敗日本，不也是借助了美國及蘇聯的力量嗎？如果美國人沒有伸出援手，現在中國已經完全成為日本的殖民地了。」

「美國人只是在幫倒忙而已。你看看現在的情況，我們反而成了豬仔的殖民地。若是資本主義也還罷了，如今的臺灣已淪為封建主義。」

「以結果來評斷一件事並不公平，這不像是你會說的話。」

「你什麼時候變成美國人的爪牙了？」
「你是站在什麼立場說這句話？臺灣人？還是日本混血兒？」
「臭小子，你說什麼！」
德明豁然站起，臉色相當難看，似乎隨時會朝我撲過來。
「夠了，別吵了。自己人跟自己人吵架，太難看了。」
陳超平打起圓場。
我抓起大甲帽，奔下了樓梯。就在離開辦公室時，剛好遇上了翠玉跟她的母親。
「聽說小女在船上受了你不少照顧。」
母親低頭向我行了一禮。她看起來肥胖臃腫，完全看不出來當年曾是臺中第一美女。
「你要回去了？」
翠玉這麼問我。我不經意地抬頭一看，發現她站在母親身旁的模樣竟然美得像是換了一個人。跨出門外時，我忍不住又轉頭朝這對母女望了一眼。我心中大感詫異，實在看不出來這對母女到底有何共通點。
當天晚上，陳超平獨自來找我。他的來意當然是為了與我敲定拜會羅德的時間。兩、三天後，我帶著陳超平前往羅德的宅邸。介紹完之後，我立即假借跟朋友有約，告辭離開了。後來陳超平告訴我，他跟羅德密會了相當長的時間。

十

打從一開始，我就不喜歡張夫人。

除了一對彷彿隨時會滾下來的大眼珠之外，張夫人怎麼看都跟臺中第一美女沾不上邊，而且也跟翠玉毫無相似之處。昂貴卻粗俗的洋裝包裝著肥大的四肢，塗在臉上的厚厚一層濃妝因汗水而斑駁剝落。

我大老遠跑到她家想見翠玉，卻是她出來應門。

「今天很不巧，翠玉從一大早就到我妹妹家去了。我先生依然是個大忙人，每天一大清早就出門，到三更半夜才會回家。有個企業家老公就是這樣，住家裡簡直像在住旅館，我好討厭這種生活。所以我總是跟我先生說，將來女兒要嫁人，一定要挑個能夠整天待在家裡的對象，呵呵……」

張夫人是個長舌婦，一個人絮絮叨叨地說個不停。張家是座日式宅邸，位於礦山街的郊外，自宅邸內往外看，可看見鬱鬱蒼蒼的山頭，以及流經其下方的新店溪。庭院相當大，放養著德國牧羊犬及豬，木瓜樹上結實累累，全是尚未成熟的綠色果實。

亞熱帶地區到了五月已炎熱有如盛夏。南部到了夏季常有狂風暴雨，北部則氣候乾燥，即使坐著不動也會冒出涔涔汗水。張夫人一邊拿白色手帕在額頭上抹來抹去，一邊比手畫腳地說道：

「你認識一個叫劉德明的人嗎？他好像跟你讀的是同一間學校。」

「認識，他是我的好朋友。」

「他是個什麼樣的人？」

我問：「你們不是見過面嗎？」

「見過一、兩次，但你跟他既然是好朋友，應該比較瞭解他。聽說他母親是日本人？」

我仔細打量張夫人的神情，心裡推敲著她向我打聽這件事的用意，說道：

「德明不僅天資聰穎，而且就我所知為人也相當和善。」

「但他似乎挺花心？」

「有這回事嗎？我從沒聽過這種傳聞。」

「真的嗎？我怎麼聽說他在東京有個喜歡的人，還跟對方訂了婚。」

「應該沒有這種事。德明是個人見人愛的年輕人，在女孩子之間很受歡迎，但他討厭喜歡自己的人，卻喜歡討厭自己的人。所以那位跟他傳出緋聞的女孩，最後並沒有跟他在一起。」

「是啊，這我也聽說了。」

就在這時，牧羊犬突然開始吠叫，一輛車子在家門前停了下來。

「我女兒好像回來了。」

張夫人從椅子上站起，打開身旁的窗戶。一輛雪佛蘭的新車停在榕樹之間，車門開啟，有兩人走出車外。一個是翠玉，另一個則是蘇守謙的妻子。

「啊，原來你們認識？這世界真小呢。」

張夫人感慨道。

「當初在姫路給蘇家添了不少麻煩，一直找不到機會報答。」

「沒那回事，請別這麼客氣。」蘇夫人接著將她那張滿是雀斑的臉轉向姊姊，說道：「守謙昨天終於能進法院上班了。」

「那太好了，這一來妳也鬆了口氣吧。」

在聽見兩人的對話之前，我完全沒有察覺她們是姊妹關係。身為姊姊的張夫人打扮得花枝招展，看起來就是個暴發戶的少奶奶，相較之下，妹妹蘇夫人則打扮樸素，長相也平凡，卻散發出一種讓人容易親近的隨和感。據說蘇守謙辭去了姫路的法官職位，大約一個月前回到臺灣，如今終於在臺北高等法院覓得工作。

這一天，為了拜會許久未見的蘇法官，我與蘇夫人一同搭上了開往臺北的石炭車。

「你認為翠玉如何？」

「咦？」

大貨車行駛在顛簸崎嶇的砂石路上，因震動而聽不清楚說話聲。蘇夫人又問了一次，我一聽，以這時的年紀竟也不禁臉紅，只能笑著搪塞過去。

「希望她不是你的心上人，因為她跟劉德明正在談親事呢。」

「這我也聽說了。」

「這門親事是由黃錫光先生的夫人居中說媒，黃先生跟我姊夫頗有交情，我姊姊似乎也相當贊成。」

「噢？沒想到德明會接受這麼守舊的做法，真不像他的作風。」

「德明這個年輕人其實挺內向，不是嗎？我也跟他見過兩、三次面，他很靦腆，在我們面前一句話也說不好。」

聽了這番話，我心裡感興趣的人物不是翠玉，而是德明。那天他那張英俊的臉孔氣得扭曲變形的畫面，驀然浮現在我的心頭。我實在不解，為何他會對我抱持這麼大的敵意？至少在關於翠玉的事情上，我應該不是他的敵人才對。難道他是為了掩蓋自己的良心及迷惘，刻意把我當成了假想敵？想到這裡，我忽然有點能夠理解他的心態了。他意圖把自己塑造成一個叛逆者，而且他不斷告訴自己，這是他所背負的宿命。照理來說，真正的叛逆應該是不拘泥於民族及國界的，但他從小因身為臺灣人而遭受歧視對待，這樣的成長過程反而讓他產生了極強的民族觀念。這導致他不得不排斥跨越了國界的戀愛，只能屈就於平凡的婚姻。表面上，他自願放棄了原本能夠經歷的種種風流豔遇，但在此行為模式的背後，或許潛藏著他人難以想像的強烈慾火。翠玉確實是個年輕、活潑、有朝氣的女孩，不僅長得漂亮，而且還是新興財閥的獨生女。但是對一輩子活在叛逆意識之中的德明而言，這樣的對象實在太沒有挑戰價值了。因此他為了說服自己接受這樣的決定，在心態上把我想像成了競爭對手。而我也一樣，在潛意識裡扛起了擔任假想敵的職責。

忽然間，我的腦海浮現了沐浴在夕陽餘暉中的赤崁樓。德明倚靠著欄杆，眺望著遠方的大海，那模樣是如此英姿颯爽。當時他的眼神中，充盈著對未知祖國的憧憬。但或許他真正的祖國，並非如今蹂躪著他故鄉的國民黨所統治之國，而應該是一個沒有國境線的國家。與德明並肩走上那座朱漆石階的女孩，比起翠玉，或許挑選當初在日本邂逅的銀行女職員或美穗子更加合適。想到這裡，我不禁為德明感到悲哀。我難過的是他乍看之下不斷反抗著這個世界，然而到頭來只是在反抗著自己的「血緣」。如果可以的話，我多麼希望他能夠忠於自己的「血緣」，當一個更偉大的叛逆者。

從那天起，我便經常到蘇法官的家裡拜訪。他身為高等法院的司法官，必須處理層出不窮的刑事案件，每天都忙得焦頭爛額。雖然他在日本當了多年的法官，有著相當豐富的經驗，但臺灣發生的種種案件卻是從前的他所難以想像的。其中最大規模的案子，是這年夏天發生在臺中縣員林的一起警察與軍隊的衝突事件。一群軍人公然搶劫，警察以現行犯加以逮捕，該軍人的所屬部隊竟然帶著機關槍包圍警署，最後雙方皆有數十人傷亡。這樣的案子在這個時期並不是什麼奇事，臺中地方法院做出的判決對軍隊不利，軍隊提出上訴，案子於是移交至高等法院。

來自大陸的那些司法官都是些老滑頭，不願意招惹麻煩，因此最後這案子落在忠厚老實的蘇法官頭上。蘇法官打從以前便不滿於司法權遭政治力及武力干涉的現況，因此接到這案子反而很開心，認為可以趁此機會做出公正的判決。沒想到來自軍隊的壓力卻遠超乎原本的想像，警備司令部派人前來威脅，如果敢讓軍隊丟臉，就會讓他吃不了兜著走。當然蘇法官並沒有因軍隊的淫威而屈服，最後做出了與一審相同的判決。這件事讓蘇法官在審判結束後接到數不清的恐嚇書信，有陣子甚至天一黑便不敢外出。

「真是一群混帳，光是跟他們上同一間廁所，對我也是種侮辱。」

蘇法官說得憤恨不已。他很後悔從日本回到了臺灣，直說早知道臺灣是這樣的情況，當初不如歸化日本籍，當個戰敗國的國民。

「為什麼不辭掉法官工作，改當個律師？」我這麼建議。

「現在律師的觀念也跟以往大不相同了。只有懂得與法官互相勾結牟利，才能成為一流律師，像我這樣的人根本沒辦法出頭天。」

仔細想想，最近臺灣律師因遭外省律師排擠，確實出現了轉行經商的趨勢。不論是人格、學歷還是技術，在這個社會都沒有任何價值。法律就是力量這句話，到頭來也只是癡人說夢。唯一需要的東西，就是錢、錢、錢。有錢能使鬼推磨，這世上沒有錢買不到的東西。只要有錢，就能買到地位。就算錢是靠走私鴉片或香菸而得，也能大搖大擺地走在街上。只要手上有錢，不僅可以讓人哭、讓人笑、讓人活、讓人死，還能在殺了人之後把錯推到死者頭上。

「像你這樣趕緊轉行做生意，才是聰明人。」他說道。

經他這麼一提，我才察覺原來自己也算是個商人。在這個通貨膨脹嚴重、收受賄賂大行其道的世界，能做的生意其實相當有限。我那些同伴們自從得知我認識美國高官後，對我的態度可說完全不同了。各種生意源源不絕找上門來，甚至有人求我寫一封給沖繩美軍的琉球貿易介紹信。此時期的臺灣嚴禁與日本貿易，要前往日本更是難上加難，但狡猾的商人皆利用漁船當幌子，經由琉球間接與日本進行走私貿易。由於砂糖在這時的日本相當珍貴，臺灣卻是生產過剩，因此只要想辦法將臺灣的砂糖運至日本，便能以十倍價格賣出。即使不做這類海外生意，只要囤積一些臺灣產的茶葉及「香蕉牌」香菸，藉由以物易物的方式換得美軍外流的舊輪胎、罐頭、衣物等，也能獲得五倍利潤。離臺灣最近的日本領土為琉球群島的與那國島，從臺灣東海岸的蘇澳搭乘漁船出海，只要二十四小時就能抵達。該島並沒有常駐美軍，只要避開偶爾往來巡視的軍艦，就沒有任何風險。至於臺灣這邊負責防守海岸線的國民黨軍隊，則只要賄賂一些金錢，不僅會睜隻眼閉隻眼，有時甚至還會派出士兵幫忙上下貨。因此同伴希望我居中與美軍交涉，請美軍發出類似「許可證」之物，讓同伴的船即使遇上美軍巡邏艦也能安全無虞。自從同伴找我幫這個忙之後，我開始對琉球貿易產生了興趣。一部分原因在於我心中抱持著淡淡的期待，希望能夠經由琉球群島偷渡至日本。

我請羅德寫了一封私信，給他住在沖繩本島的朋友。我的同伴們皆不懂英文，全仰賴我從中穿針引線。我自己也曾經兩度搭上走私船，前往與那國島。法治、國家等觀念逐漸從我的腦海中消失。不，或許應該說我所居住的世界早已不存在法律。統治戰後臺灣的是軍閥與權貴，想要與之對抗，就必須偷偷摸摸地幹些一本萬利的勾當。

隨著日子一天天過去，我逐漸變得對這樣的想法深信不疑。但另一方面，我對有秩序的社會還是抱持著類似鄉愁的懷念。我常常到蘇守謙的家裡拜訪。他的性格與如今的封建社會可說是格格不入，而我卻逐漸開始適應於這樣的社會。我總是以充滿悲痛與憐惜的目光，審視著從前的我與現在的我之間的極大落差。從前的我，就像是我的戀人。我深愛著自己從前的面貌。就好像任何人一輩子都不會忘記自己的初戀情人，我深深思念著曾幾何時已不存在於這世界上的從前的我。

有一天深夜，我正要離開蘇家時，蘇夫人突然叫住了我。

「有件事應該讓你知道。」

「什麼事？」

「翠玉要訂婚了。」

我感覺得出來自己的臉色改變了，但我不明白自己為何會有這樣的反應。

「那很好。」

我假裝若無其事地走出大門，蘇夫婦送我到門口，我忍不住擋在他們面前，問道：

「這是翠玉自己的意思嗎？」

「唔，應該算是父母的主意吧。當然，德明自己也有這個意願。前陣子德明的母親從臺南上來找他，與翠玉見了面，對翠玉非常滿意，因此很快就談妥了訂婚的事宜。」

我問：「翠玉自己有什麼想法？」

「她沒有明說，但我猜多半是見德明的母親如此喜歡自己，也就沒有拒絕。我先把這件事告訴你，是怕你若不知情，事後會受到打擊。」

我說道：「我明白了，明天我會到新店一趟。」

對手是德明，這點激發了我心中的對抗心態。我突然感覺自己似乎是愛著翠玉的。不，或許我打從一開始就愛著翠玉，而蘇夫人早已看出了這點。

「我是站在你這邊的。若你對翠玉有意思，我會想辦法幫你。」蘇夫人說道。

「我的立場完全中立，因為我認識你，也認識德明。但我太太只認識你，所以很努力想要幫你。」蘇守謙跟著說道。

「謝謝，萬事拜託了。」

「我姊姊從很久以前就在你跟德明之間猶豫不決，可惜你一直沒有明確表達自己的想法。聽說有一次，她向你詢問你對德明的看法，你對德明讚不絕口。我姊姊一直對這件事耿耿於懷，因為她認為如果你們之間是情敵，你應該會說德明的壞話，既然你大方地稱讚他，表示你對翠玉沒那個意思。不過現在我明白了你的想法，真是太好了，我會轉達給我姊姊知道，希望你好好加油。」

蘇夫人這番話頓時讓我有種騎虎難下的感覺。此時我已不是單純的假想敵了。我的處境使我沒有思考自己的行為是對是錯的餘地。我滿腦子只想著絕不能輸，一定要把那個女孩從德明手中搶過來，將德明澈底打垮。

隔天，我搭上了開往新店的小火車。此時已接近收成的季節，隨處可見垂著黃穗的稻米。白鷺鷥在晚稻上方低空飛舞。

翠玉正在家門前的廣場上逗弄著狗。

「今天我一個人看家。」

「喔？真是稀奇。」

「家母到大稻埕參加婦女會了。要不要進來坐坐？」

「不，我們到外面散散步吧。」

「好啊。」

翠玉率先邁步而行。通過了一條比正常道路低窪的田埂小徑，來到長著茂盛竹叢的堤防上。新店溪恬靜地流過前方，五、六隻家鴨浮在水面上。

我默默跟在她的背後。

「你怎麼好像魂不守舍的？」

兩人走到堤防下方低窪處時，她轉頭這麼問我。我猛然抓住她的手，將她拉進自己的懷裡。她登時傻住了，回過神來後拚命掙扎，但我的雙臂已將她緊緊環抱。我感覺她的身體有如觸電般微微顫抖，但不久後便恢復平靜。我抬起頭來，她的紅潤雙脣就在我的眼前，有如新鮮櫻桃般嬌豔欲滴。

「你太粗魯了。」

「妳生氣了？」

「我討厭你，野蠻人！」

「我不在乎被妳討厭，也不在乎當野蠻人，我就是想這麼做。」

牧羊犬在我的腳邊發出恫嚇的低吼。

「你走，你快走。不然我要叫了。」

「好，妳叫我走，我就走。」我毫不客氣地說，「但妳也得回家吧？不如我們一起走吧。」

於是我沿著原路往回走。轉頭一看，翠玉乖乖地跟在我身後。我們一直走到她家門口，都沒有開口說話。

「我現在就去找妳父親。妳聽好了，我一定會娶到妳。」

我站在門口對她說道。她氣呼呼地瞪了我一眼，一句話也沒說，轉身進了家門。

我立刻前往臺北，拜訪了她父親。大辦公室內，辦事員忙進忙出，我在長椅上坐了將近一小時，才終於得以進入會客室拜會張炎。

張炎看起來不高不矮、不胖不瘦，待人態度謙和，實在不像雇用數千名炭坑勞工的大老闆。他雖身為資本家，但在勞動階層及黑社會也擁有不小的影響力。聽說在戰爭結束時，他曾追趕當初殺死他手下的日本人，一直追到縱貫鐵路終點的溪州，親自為手下報了仇。最近他又為了爭取石炭輸出民營化，而與政府官員起了正面衝突。光是他那一對犀利的雙眸，便在在證明他是個有所堅持的男人。

他聽完我的來意，緊繃的表情頓時變得慈和。不說話時的他散發出一種難以言喻的威嚇感，此時臉上卻帶著微笑。

「這種事不必特地來問我。」

「這意思是……？」

「我向來讓女兒自己決定，從不干涉她。」

「原來如此，那我就安心了。抱歉打擾了，我先告辭。」我起身說道。

「以後有空多來我家玩，我星期日大多在家。」

張炎對我這麼說，還送我到門口。

下一個星期日，我又與蘇夫婦一同去了新店。這次我與德明不期而遇，他看起來比我還驚訝，而且流露出明顯的不悅。那是終於察覺假想敵已成為真敵的表情。

「這種鄉下地方沒什麼娛樂，我們到溪邊釣魚去吧。」張炎向我們邀約，我於是站了起來。

張炎的脖子上掛著一條毛巾，下半身穿著工作褲，形象與在辦公室裡迥然不同，十足是個炭坑勞工。

「新店溪原本有很多香魚，但最近有人在溪裡用電池抓魚，現在魚量大大減少了。」

我們拿著釣竿在溪邊垂釣了三個小時，一條也沒釣到。回程時，經過了上次與翠玉一同走過的那條小徑。一條水牛坐在竹蔭下，睡眼惺忪地看著我們。

吃午飯的時候，翠玉跑得不見人影，德明則是幾乎不開口說話，場面有些尷尬。但我有十足的勝算能夠打敗德明。早上剛到的時候，翠玉曾陪著我們一陣子，當時她的眼神已說明了一切。

果然不出我所料，德明與翠玉的親事沒有談成。

過了一陣子，我到蘇家作客，蘇夫人一看到我，立即如連珠炮般說道：

「不久前黃錫光的太太跑來找我，要我為德明的親事在姊姊面前說情，但我已答應要幫你了，總不能兩個人都幫，所以我很清楚地拒絕了她。接著她又說，德明跟翠玉的親事原本已經在計算訂婚糕餅的數量，現在突然泡湯，肯定是有人在背後中傷，說德明的壞話。當然我不會理那種酸言酸語，實際上哪有那種事。我跟她說不必胡思亂想，我只聽過有人稱讚德明，從沒聽過有人說他的壞話，何況就算真的有這種流言蜚語，聽的人也不會當真。倒是德明自己似乎還是不肯放棄，竟然說要找翠玉當面談。他們的父母拗不過年輕人的想法，只好安排兩人見上一面。聽說那時翠玉斬釘截鐵地拒絕了德明，德明離開時相當沮喪。我姊姊很喜歡德明，這件事讓她更加埋怨你了。」

我聽到張夫人喜歡德明，心裡對她的厭惡又增添了幾分。

「有人問翠玉，妳既然不喜歡劉先生，那妳喜歡的是林先生嗎？翠玉沒有回答，一句話也不肯說，表兄妹們都笑她是冷血動物呢。」

十一

陳超平長期的揮汗奔走終於有了回報，新臺學院正式開始營運。

日治時代有很多年輕人只能念到中學畢業，沒有辦法繼續升學，如今新臺學院為他們敞開大門，聽說這些失學青年自全臺各地蜂擁而至。許多人爭相進入這所私立學校，可說是盛況空前。陳超平是個有商業頭腦的人，他知道通貨膨脹的可怕，因此事先以購買校舍建材的名義向銀行貸款買了一批木材，後來這些木材的價值翻漲到貸款金額的三倍，因此短時間之內應該是不愁辦學資金。上課地點雖然是借用了私立中學的部分校舍，但教師皆是臺灣知識階層中的有志之士，因此陳超平拍胸脯保證，課程內容肯定是全臺第一。

德明也辭去了臺灣銀行的工作，成為學院的專任副教授，盡自己的一份心力。我聽說他在失戀之後一直很沮喪，心裡很想跟他和好，但一直苦無機會。這些日子過去了，我跟翠玉的感情也沒有進展。

自從德明放棄之後，我對翠玉已不再那麼感興趣。若能跟她那種大財閥的千金結婚，將來就算當不上繼承人，好歹會是個社長祕書。可惜那樣的生活實在不符合我的個性。不過我在第一次拜會張炎之後，就被張炎這個人深深吸引。據說他原本是個技術人員，但年輕時便懷抱創業志向，曾經往來於廈門、汕頭等地，嘗試尋找鴉片的替代品。但他真正獲得成功，是在新店投入炭坑開採業之後。如今他擁有四個炭礦坑及兩個金礦坑，每個月獲利驚人。他依然維持著辛苦打拚時期的習慣，生活相當樸素，但他對新臺學院、報社及其它社會事業卻是花錢如流水，一點也不吝嗇。可惜他的做法太沒有計劃性，因此雖然投入龐大資金，效果卻相當有限。我對這個人感興趣，並非因為他是個慈善事業家，而是因為他擁有「顯著的影響力」。想要在法律及社會保障皆有名無實的中國社會生存下去，這可說是必要的條件。

那就像是密宗佛教一樣，散發出一種神祕的氣息。當初在德村教授身上，我也曾感受過這種建立在非理性主義之上的氛圍。這兩人雖然在立場、生活環境及思想上皆南轅北轍，但在我眼裡卻有著異曲同工之妙。張炎在無意之間陷入了必須在兩個年輕人中選擇其一的窘境，我非常能夠理解他的難處。就好像我跟德明都是德村教授的學生，他對我們兩人寄予相同的關愛一樣，張炎對我跟德明的疼愛也並無絲毫不同。

因此當他被迫做出抉擇時，他總是以「女兒還小，想讓她多讀點書」來逃避這個問題。為了表示這並非單純的藉口，他讓翠玉進入了新臺學院。我實在無法想像，德明站在講壇上的心情會有多麼複雜。這讓我不由得暗自慶幸自己並沒有擔任教職。

這個時期的我很少待在臺北，也幾乎沒有回老家。蘇澳、澳底、基隆、淡水等北部大小港口成了我的工作地點。我往來於這些港口，心情就像是回到了十七、十八世紀。當時的百姓一心想要打破海禁政策，渡海到南洋發展，這樣的夢想可說是跟我不謀而合。有時我甚至會忘了自己是個現代人。即使看著收音機、飛機或高樓層的房屋，我依然感覺不出自己生活在二十世紀。從前令我極端厭惡的日本，如今竟成了我心目中遙不可及的夢想國度。臺灣就像是個十七世紀的國家，與日本的聯繫完全斷絕，我根本無法得知現在的日本是什麼樣的情況。我的唯一消息來源，是那些往來於諸島之間的走私業者。他們說日本的治安變得很差，拐騙女人變得容易得多。只要裝出一副闊綽的模樣，任何女人都會自己貼上來。聽說有個女人從前曾是貴族的千金，如今成了臺灣流氓的老婆；又聽說前任臺灣總督的女兒，如今成了美軍之間的娼婦。對日本高知識階層而言，這是相當嚴重的社會問題，但是對於倒退回十七世紀的臺灣而言，日本是個連區區風紀問題也可以小題大作的夢想國度。

這陣子我的工作變得困難重重。臺灣的海關購入了新的巡邏艇，三不五時就會對沿岸的漁船進行臨檢。當然只要買通海關人員，就能得知巡邏艇何時會來到附近，但我的組織還沒有壯大到能夠與海關澈底勾結。而且沿岸的警備軍在得知走私有利可圖之後，開始索討高額的賄賂金。為了迫使對方降價，有時我們甚至必須假裝放棄走私，靜靜等著對方主動上門向我們妥協。除此之外，在琉球方面，自從美軍抓到了兩、三艘走私船之後，監視也變得相當嚴格。我們被迫尋找新的航線，可能是直接在日本與臺灣之間航行，也可能是以香港作為中繼站。

國民黨的暴政愈來愈變本加厲。從前臺灣雖然是殖民地，但好歹有著二十世紀的氛圍，如今的臺灣人實在無法忍受國民黨以那一套封建手法壓榨百姓。日本明治二十八年，李鴻章將臺灣割讓給日本的時候，臺灣人便曾建立「臺灣民主國」，一方面反抗日軍，一方面驅逐腐敗的清朝軍隊。以臺灣人的如此性格，遲早會與國民黨爆發全面衝突。

這件事就發生在戰爭結束兩年後的一九四七年二月二十八日。

前一天的深夜，我才剛從蘇澳回來。一大清早的街道上，我看見了一大隊由舞獅帶頭的群眾。隊伍裡剛好有個我認識的人，我問他發生了什麼事，他悲憤莫名地說：

「阿才昨晚被專賣局的查緝員殺了，我們正要去討回公道。」

以下是這件事的始末。打從日治時代，臺灣總督府便有大約一半的財政收入仰賴菸、酒的專賣制度。轉由中國統治之後，這套專賣制度也被繼承了下來，但自這個時期開始，來自上海的走私香菸卻在市面上廣為流通。大規模的香菸走私行動都是由外省人所主導，但在街上兜售私菸的小販卻都是臺灣人，而且大多是失業者或老弱婦孺。專賣局設置了取締私菸的監督官，卻只敢抓路邊的小販，不敢去動那些主導走私的外省高官。就在前一天，查緝員在永樂戲院前取締了一名賣私菸的老婆婆，沒收了她擺在路面上的所有香菸。老婆婆跪下來苦苦哀求，查緝員卻無情地將她推開。這時有個站在二樓窗邊的男人大喊：

「喂，放過她吧！」

這個男人就是阿才。查緝員竟二話不說便掏出手槍，朝他開了一槍。下一秒，阿才向前撲倒，趴在走馬樓[19]的鐵欄杆上動也不動了。原來子彈竟貫穿了他的心臟。查緝員見狀也吃了一驚，悄悄鑽進人群裡逃走了。阿才的屍體因頭部的重量而向下跌落至熙來攘往的群眾之間，陰鬱的夕陽餘暉照耀著沾滿了血跡的走馬樓。

阿才在大稻埕是頗有威望的「老鰻」[20]，他的兄弟們當然不肯善罷干休。他們搬出了祭典用的舞獅，並派人警告附近店家趕緊關店。當時雖是大白天，道路兩旁的店家都緊緊關上了門，黑道的隊伍以舞獅領頭，開始沿街遊行。他們的隊伍愈來愈壯大，當走到專賣局前時，人數已多達三千人。

群眾包圍專賣局，提出「槍決兇手、全面廢除專賣局查緝制度、專賣局長引咎辭職、對死者家屬發給弔慰金」等數項要求，專賣局長見苗頭不對，早已腳底抹油逃走了。群眾遲遲得不到回應，決定繼續遊行，將舞獅隊伍朝著長官公署的方向推進。

不久之後，群眾便將長官公署前的廣場擠得水洩不通。

「叫陳儀出來！」

「豬官滾出來！」

「槍決殺人兇手！」

群眾七嘴八舌地大喊。這時若陳儀走到陽臺上發表演說，想必就能安撫群眾的情緒。但吸了民脂民膏而腦滿腸肥的陳儀根本不敢面對激憤的群眾，竟不作任何回應。群眾在廣場上聚集了三個小時，遲遲不肯散去。

「開槍！」

最後陳儀竟作出這樣的決定。他派人在長官公署的陽臺上以機關槍對著群眾掃射。路旁群眾一個接著一個倒在血泊之中。

群眾一看見血，激昂的情緒更是一發不可收拾。圍觀民眾中也包含了一些外省人，這些外省人頓時成為暴民攻擊的對象。失去理性的群眾分成了數隊，有的破壞了專賣局，搬出裡頭的香菸，在馬路上燒毀。還有一隊占領了廣播電臺，對著全島發出「省政自治」的口號。

這雖然只是一場非計劃性的暴動，但臺北市遭臺灣人占領的消息一傳開，各地臺灣人紛紛響應。短短兩三天之內，幾乎全島每個角落都落入了臺灣人的掌控，簡直像是一場圖謀已久的政變。外省人不分青紅皂白全遭到毆打，絕大部分外省人不是躲在家裡的天花板上，就是穿著日本的雪袴[21]來掩飾身分。過去曾受過日本軍事訓練的臺灣年輕人高唱「替天討伐不義」的軍歌，在大街上遊行。他們所組成的治安隊在路上設置路障，任何人經過都會遭到盤

19 走馬樓：指二樓陽臺。
20 老鰻：原文用字，又作「鱸鰻」。舊時臺灣對任俠或無所事事之人的通稱，類近於現代意義的「流氓」，但仍有些許差別。
21 雪袴：日本傳統工作服，在昭和時期為日本女性普遍的服裝。

查。臺灣女人為了避免被誤以為是外省人，全都丟掉旗袍，改穿洋裝。由於有不少外省人會說閩南語，臺灣人若遇上疑似外省人的可疑人物，就會要求對方唱〈君之代〉來驗明身分。因為只要是臺灣人，沒有人不會唱這首日本國歌。

這場騷動讓臺灣社會的耆老及領袖級人物都嚇傻了，只能採取觀望的態度。但無政府狀態總不能長期持續下去，因此臺灣人以省參議員及臺北市會議員為中心，組成了二二八事件處理委員會，一方面維持治安，一方面與陳儀進行談判。

委員會於中山堂召開會議，我也到場旁聽，在走廊上碰巧遇上德明。他冷冷地看了我一眼，不發一語地從我身旁走過，我趕緊叫住了他。

「有什麼事嗎？」他問道。

「沒什麼，只是有點擔心，想知道你們近來好不好。」我說。

「噢。」

他似乎對我依然心存芥蒂，但沒有拒人於千里之外，跟著我進入了休息室。

「你對委員會有何看法？」我問。

「太不像話了。那些委員沒有接受過政治訓練，完全不懂政治權術。」德明說得相當激動，胸口微微顫抖。「最糟糕的是他們竟然願意受黃錫光那種人領導，還一副趾高氣昂的模樣，我看他們很快就會有苦頭吃了。」

「黃錫光不是你的親戚嗎？」

「別說是親戚，就算是我老子，我也反對像他這種人擔任議長。當初他從大陸回到臺灣的時候，只帶了一個行李箱，沒想到短短幾年之內竟然成了大富翁，還在中山路花四億圓蓋了一座大豪宅。那些錢是哪裡來的？還不是百姓的民脂民膏！偏偏那些委員竟然選他當代表，負責與陳儀談判，真是愚蠢至極。」

「如果是你的話，會怎麼做？」

「當然是先把陳儀抓起來，再來談判！陳儀可不是省油的燈，若放任他不管，誰知道他會玩什麼花樣。昨天我帶了四、五個年輕軍官，跟在委員會那些人後頭，打算一看情況不對，就以手槍指著陳儀的頭，將他強行帶走。但張炎及陳超平卻將我罵了一頓，說什麼陳儀已全面接受委員會的要求，答應舉辦縣市長選舉及更換專賣局長，因此我們絕不能對他動武。你想想，這件事有可能就這麼解決嗎？」

委員會輕輕易易便讓陳儀澈底屈服，因此今天的會議簡直像是在舉辦慶祝會，每個人都眉開眼笑。如此無知與天真，怪不得德明會破口大罵。

「像這種委員會，我不會再參加了。我打算跟一群同志照我們的方式來幹。好了，我要走了，告辭。」

德明已不再當我是同志。他的雙眸所面對的方向與我完全不同。在中山堂前分別之際，他甚至沒有與我握手。我看著他的背影消失在街角，心中充滿了無人瞭解的強烈孤獨感，之後便快步踏上了歸途。

沿岸的警備軍隊都躲得不見蹤影，正是我與同伴們幹走私的大好機會。我們收購了整整一卡車的稻米及茶葉，通過臺灣人設置的路障，在蘇澳海岸將貨搬上機關帆船，航向與那國島。

但是當我回到臺灣的時候，局勢又有了變化。陳儀雖然一步也沒有離開長官公署，但他竟一面與委員會周旋，一面向蔣介石發出了請求援軍的祕密電報。不久之後，援軍從基隆登陸。這些軍隊可不是當年參加日軍投降典禮的赤腳大兵，而是攜帶美軍最新武器的精銳部隊。遭到射殺的臺灣人幾乎填滿了基隆港。國民黨的精銳部隊勢如破竹地攻進臺北市，二二八處理委員會的委員們全都被扣上了共產黨的紅帽子。有些人逃得太慢，有些人則是自認為沒有犯罪而主動出面解釋，但這些人全都遭到當場槍決。

我一抵達臺北，立即奔向德明的住處。但一問之下，才知道他打從數天前就沒有回來。接著我又前往了陳超平的家，他太太說他躲到朋友家避風頭了，但不知道那朋友住在哪裡。張炎被警備司令部的高階軍官開車接走後就沒有返家，蘇守謙也是到高等法院上班後就再也沒有回家。

就在我走出蘇家時，剛好遇上了開著吉普車的羅德。

「啊！你在這裡好危險！」

羅德對我說道。他的吉普車上插著美國的星條旗，脖子上掛著照相機。

「我已經三天沒睡了。你從哪裡回來？若不趕快逃，會被槍斃的！」

他一邊說，一邊以手指對著我的胸口做出扣扳機的動作。

「我有好多朋友可能都被殺了，我正要去找他們。」

「我陪你去找，上車吧。」

他打開了車門。

羅德開著吉普車，奔馳在被大雨淋濕的三線道上。國民黨軍隊雖在路上設置了路障，但一看見星條旗，便讓出了道路。我望向車外，平交道的柵欄放下了一半，旁邊操作員小屋裡一個人影也沒有。雨滴不斷打在車窗玻璃上，我坐在副駕駛座，肩膀早已濕透。

我跟羅德都沒有開口說話。一看見路旁有屍體，我就會跳下吉普車，查看屍體的面貌，羅德則是拿出照相機猛拍照。

我們聽說南港也有不少遭槍殺的屍體，於是我們從舊臺灣神社的旁邊通過，沿著基隆街道不斷往北前進。還沒抵達南港，天色已經黑了。

「啊！」

路旁有一具濡濕的屍體，我一看屍體的臉，忍不住大聲驚呼。

那正是蘇法官。他身上的西裝遭到撕裂，胸口有一大片黑色血漬，冰冷而僵硬的手掌上赫然有遭釘子釘過的痕跡。

「他是誰？」

「一位學長，原本是個法官。」

「天啊……」

羅德不禁打了個哆嗦。在綿綿細雨之中，他以手拄著臉頰，望著遠方的稀疏燈火。半晌之後，他以英語有如自言自語般呢喃說道：「我早就猜到會發生這樣的悲劇。打從以前，我就一直反對美國支持領土變更而無視民意的政策，我曾一而再、再而三地向華府提出警告。如果他們接納了我的意見，今天根本不會發生這種野蠻的事件。」

這天晚上，我搭上了開往南部的火車。車廂裡有著全副武裝的國民黨憲兵。每當車廂門開啟，看見更多憲兵走進車廂內，我便感到不寒而慄。彷彿自己還坐在當年從東京開往長崎的列車裡。不知德明是否平安無事？他順利逃走了嗎？還是手掌遭鐵絲穿透，被扔進了淡水河裡？唉，他會不會已經死了……？

一股激動的情緒自心底油然而生，令我在不知不覺中已淚流滿面。直到這一刻，我才驚覺自己打從心底深愛著這個朋友。為什麼過去的我一直沒有察覺？為什麼非得等到可能已失去他的現在，我才明白自己心中的真正想法？他或許是因我而死。沒錯，他可以說是死在我的手裡。

火車通過田中站，與開往二林的小火車交錯而過時，天色還未亮。雖然我很掛心父母的安危，但過去不論遇到什麼大風大浪，父親都能平安地化險為夷。我聽著汽車行駛過濁水溪上方鐵橋的聲音，不知不覺竟沉沉睡去。

火車抵達臺南站時，已接近十點。不論車站內外，放眼望去全是士兵。我從數不盡的刺槍之間穿過，趕往德明的老家。

我走在路旁種滿了鳳凰木的大道上，內心對臺南的荒廢程度感到驚愕不已。這座古都在戰爭時期因空襲而幾乎化為廢墟，如今已過了兩年，許多地方卻依然維持著斷垣殘壁的狀態而無人問津。臺南醫院的紅磚建築只剩下外牆依然矗立著，宛如羅馬時代的古蹟。

當我來到劉家外，看見劉家僅剩下柱子時，內心更是感觸良深。堆滿了紅磚的庭院角落擺著一盆月下美人草[22]的盆栽，宛如仙人掌一般的綠色枝幹上冒出了嫩芽。

仔細一看，屋舍廢墟的後方有一棟臨時搭建的低矮小屋，門板呈現半開半闔的狀態。

「有人在家嗎？」我喊道。

屋內無人回應，後院傳來雞鳴聲。

「有人在家嗎？」我又問了一次。

「哪一位？」

22 月下美人草：即曇花。

劉媽媽一面問，一面走了出來。

「哎呀，原來是林同學。我還以為是誰呢，真是稀客。」

「請問德明回來了嗎？」我連招呼也沒打，便迫不及待地問道。「我找遍了整個臺北，還是找不到他。我猜想他可能已經回來了，所以趕緊來問問。」

劉媽媽聽我說明了原委，說道：

「原來如此，抱歉讓你掛心了。」曾是日本人的劉媽媽併攏雙掌，朝我深深鞠躬。「那孩子或許遭遇了不測，我已有所覺悟。我相信那孩子並非死得毫無價值。」

劉媽媽的聲音有些哽咽。

「請問劉爸爸在嗎？」

「昨天被軍隊帶走了。」

「咦？」

我吃了一驚。劉媽媽淡淡解釋：

「我先生離家的時候，就說過可能沒辦法活著回來。臺南市的委員會當初推舉我先生為市長候選人，後來國民黨的援軍登陸，聽說在各地殺了很多人，我先生為了將傷亡降至最低，決定把責任都攬在自己身上。因此在軍隊抵達臺南時，他向軍隊聲稱臺南市的暴動全是由他所煽動。既然敢說這樣的話，當然知道不可能生還。我也看開了，如果能只死一個人，未嘗不是一件好事。」

這一天，我聽說劉爸爸的遺體被遺棄在州廳前的圓環處，於是帶著劉夫人前往尋找。當時太陽已快下山，氣溫以南島而言實在頗有涼意。

劉爸爸就橫躺在圓環上方的碎石地上，旁邊有士兵守著，那士兵手上還拿著上了刺刀的步槍。劉媽媽想要奔向丈夫，卻遭士兵舉槍制止。

「為什麼不讓我過去？如果你要殺，就殺吧！」

劉媽媽毫不畏懼地說道。那士兵不知如何是好，只好任憑劉媽媽為丈夫抹去臉上泥土及整理衣領。劉媽媽接著又向軍隊要求帶回遺體，卻遭到了拒絕。軍隊的理由是必須將遺體放在那裡殺雞儆猴，以免將來發生相同的暴動。

這天晚上，劉媽媽帶了一條毛毯回到圓環，蓋在丈夫的遺體上。士兵沒有制止，但是當劉媽媽離開後，士兵立即將毛毯扯掉。劉爸爸的遺體就這麼任憑風吹雨打，曝曬了好幾天。

十二

包含臺灣民報社長、臺灣大學文學院院長、科學振興會會長、省參議員等諸多臺灣有威望的人士都在這起事件中遭到了殺害。有些年輕人試圖以武力反抗陳儀的軍隊，當然也成了槍下亡魂。據說死亡人數多達五千人以上。

屍體能夠被找到，已經算是很幸運了。大多數遇害者都是下落不明，張炎也是其中之一。大家原本都以為他死了，但過了一陣子才傳出消息，原來他被關在專門收押政治犯的西本願寺。

可怕的暴風雨終於過去了。但恢復寧靜後，大家仔細一查，才發現遭殺害的公眾人物原本都與這起事件並無直接關係。以新臺學院為據點的陳超平一派由於逃得快，全都保住了性命，但有些自認為行事公正而無所畏懼的人，反而全都遭到了殺害。機靈的人只要順利逃離低氣壓的中心，暴風雨過後就可以擺出一副事不關己的嘴臉，這樣的社會實在是極盡荒謬之能事。陳儀為了掩蓋自己的惡行惡狀，竟然無恥地對外宣稱這起事件是受到共產黨的計劃性煽動。但蔣介石還是派出白崇禧將軍作為特使，前來調查整起事件的來龍去脈。白崇禧離去後不久，蔣介石便任命文人政治家魏道明出任臺灣省主席。大家滿心以為政府首腦換了人，原本被視為二二八事件主謀者的囚犯應該也會獲得釋放。但等了許多天，張炎卻遲遲沒有出獄。

有一天，我到新店張家作客，張夫人突然放聲大哭，說道：

「為了付贖金，我家要破產了。從明天起，我們一家人都要餓肚子了。」

「媽媽！」翠玉在一旁喊道：「別哭，太難看了。光是爸爸還活著，已經要謝天謝地了。跟阿姨家相比，我們實在很幸運。」

「妳不懂，妳不知道爸爸跟媽媽從前吃了多少苦，妳不知道妳爸爸費了多少苦心才賺到這些錢。」

「發生什麼事了？」我問。

「警備司令部派人來跟我們說，我們得付三千萬的贖金，他們才願意放人，少一毛錢也不行。」翠玉回答。

三千萬！雖然這些年通貨膨脹嚴重，但三千萬這數目還是大得令人難以置信。我不清楚張家的資產是否有那麼多，但至少對我而言，這是個連想都沒想過的金額。

「對方是內行人，早就把我們家的財產算得一清二楚了。但這幾乎是我們的全部財產，如果付了出去，我們不僅得賣掉車子，連這個家也不能繼續住了。」

「但對方既然提出要求，這筆錢不付也不行，不是嗎？」我說。

「是啊，我已經看開了。」翠玉勉強擠出笑容。「只要爸爸能回來，其它都無所謂了。」

我起身告辭，翠玉拋下哭哭啼啼的母親，送我到車站。放眼望去，田裡盡是綠油油的一期稻米。礦山彷彿近在咫尺，上頭覆蓋著茂盛的樹林。從半山腰到車站之間鋪設了鐵軌，有時會看見載了石炭的小火車行駛在上頭，發出轟隆聲響。

「臺灣這個地方不能住人了，我受夠了。」我說道。

「我也是，日本時代還比現在好得多。」

「不，沒那回事，日本時代的生活一樣沒辦法過得自由自在。生活方式同樣必須屈服於現實環境，說穿了並沒有什麼不同。我好想住在一個沒有國家、民族這些問題的地方。」

「哪裡有這樣的地方？除非是天國！」

「天國……」

一隻小麻雀在榕樹的樹梢上吱吱啼叫。樹梢的背後，是一大片遼闊無際的南國天空。我們兩人走到了一座堆滿了乾稻草的小屋前，翠玉突然握住我的手。接著她抬頭朝我輕輕一瞥。唯有戀愛中的少女，才會露出那樣的眼神。她停下腳步，將臉埋在我的胸口。

我聽著她的啜泣聲，腦海驀然浮現德明的臉。我很清楚我愛的不是眼前的少女。我愛的是德明嗎？不，也不是德明。

那麼是誰？我愛的是誰？是我自己？還是美穗子？是誰？是誰？是誰？

幾天之後，翠玉告訴我，張炎已經出獄了。

「妳爸爸還好嗎？」

「比我們所想的還好得多。聽說他在監獄裡受到的待遇不錯，出獄時甚至胖了一點。」

「那太好了。」

「可是我爸爸能活著，靠的不是人面，不是勢力，也不是品德，而是錢。當初那個將軍來帶走他的時候，曾向他保證絕對不會殺他，但是進了司令部一看，才知道許多人都是被軍方以相同的話術帶進司令部，其中有好幾個都成了冰冷的屍體，被扔在司令部的後院裡。我爸爸向那個來帶他的將軍悄悄說了一句：『如果殺了我，你們一毛錢都拿不到』，那將軍拍拍我爸爸的肩膀，回了一句：『你這個人挺識相』，接著就把我爸爸送到本願寺關了起來。我爸爸出獄後對我們說，這社會實在太腐敗，不如乾脆當共產黨算了。」

「接下來他有何打算？」我問。

「一樣是經營石炭業。聽說贖金是向銀行貸款來的，所以我們家的事業勉強還能維持下去。」

翠玉笑著說道。相較於她那爽朗的笑容，這陣子我的心情卻非常陰鬱、沮喪。那場暴風雨帶給我巨大的衝擊，澈底改變了我過去的觀念。即便帶頭者從陳儀變成了魏道明，即便縣市長改為民選，我也不再天真地認為臺灣將重見曙光。根據某個可靠的消息來源，我得知當初正是那個號稱對日本「以德報怨」的蔣介石，下達了澈底鎮壓臺灣人的命令。過去以臺灣人的雙手建設臺灣的努力，全在鐵蹄下遭到了蹂躪。新臺學院也遭下令停止辦學，理由是有學生參加了暴動。當初因為擔心通貨膨脹的關係，校舍裡囤積了不少準備拿來印製講義及考卷的廉價紙張，但是校舍遭軍隊占領後，這些紙都成了士兵們拿來擦屁股的衛生紙。陳超平雖勉強保住了性命，但畢生的事業化為泡影，如今為了餬口正在尋找新的工作。

不過有一個人物依然維持著屹立不搖的地位，那就是黃錫光。他因成功欺瞞臺灣人而大獲讚賞，不僅得到龐大的賞賜，而且還被指派為大銀行的董事長。

國父孫文的兒子孫科自南京來到臺灣，指稱羅德在臺灣煽動暴動（真的嗎？）因而逼得羅德悄然離開臺灣。這次我連靠近羅德也會有性命之憂，更別提為他舉辦送別會。

至於德明呢？我想他現在應該在淡水河底吧。我的美夢也跟著他一同沉入水中，永不見天日。

我新買了一艘五十噸的船，取名為捷安丸。這艘船有一百二十匹馬力，最高航行速度可達十二節。我正計劃搭乘這艘船潛逃至香港。此時我的心裡已沒有國家及民族。我將成為永遠在地球上流浪的猶太人。

遲早我必須將這個計劃告知翠玉。這讓我感覺有如背負著巨大的石塊，幾乎喘不過氣。但無論如何，我必須活下去。我不能像一頭被鍊住的羊，死在這個受詛咒的故鄉。

有一天，我接到了德明已回到臺南的消息，心情突然像點了一盞燈火，變得開朗有活力。我迫不及待地趕往臺南見他。

「沒想到你還活著！太好了！真是太好了！」

我握著他的手大喊。但他的手掌不僅冰冷且疲軟無力，只是禮貌性地上下擺動。

「我聽說有一群臺灣人經由埔里躲進了霧社的深山，我一直期盼你也在那裡頭。」

「敗軍之將不言兵。」他呢喃說道。

「不想談這個也沒關係，總之你跟我一起走吧。什麼也別多問。這個島不是我們該住的地方。」

我緊緊握住他的雙手手腕，沒想到他卻猛然甩開了我的手。我吃了一驚，他瞪著我說道：

「我的事不須你來干涉。」

「但是……如果你繼續住在這裡，遲早有一天會沒命。像你這樣的男人，在這種地方是活不下去的。」

「不管活不活得下去，都是我自己的事，你管不著。」德明語氣平淡地說道。

我一聽，頓時感覺自己又跌回了地獄深淵。我扯開喉嚨大聲嘶吼，彷彿是為了不想墜入深邃的孤寂中而賭上性命掙扎著。

「活下去！一定要活下去！到一個沒有民族也沒有國家的世界活下去！走吧，快跟我走！我們到一個能活得像人的世界！」

「不，我打算留下來。我要留在這裡。」

他以自言自語般的口氣傲然說道。

「你想留在這裡，接下來打算怎麼過日子？」

「總之先奉行一陣子三眠主義。早上睡覺，中午睡覺，晚上睡覺。」

「別胡言亂語！現在不是說笑的時候！」

我氣得直發抖，對他破口大罵。他瞪著我說道：

「我們的生活方式差太多。你干涉我的生活方式，對你有什麼好處？」

「你……你是不是因為翠玉的事，對我懷恨在心？」我吼道。

「混帳！」他激動得幾乎跳起來。「你以為我是那麼小心眼的人嗎？」

「你只是靠這種話來自我安慰而已。其實你心中對那件事依然耿耿於懷。否則的話，你不會這麼生氣。」

「……」

「你不知道我為什麼要干涉你？既然你不知道，那我就告訴你，那是因為我不想失去你。」

「……」

德明的臉上毫無血色。他似乎想要說話，但嘴唇不斷顫抖，一個字也說不出口。我接著說道：

「或許你以身為叛逆份子自豪，或許你想要反叛這個逆境的時代。但你知道你反叛的是什麼嗎？你反叛的只是你身上所流的血！你以為你的生存之道跟我截然不同？不，你錯了！我們都不過是區區的凡人。你也是人，我也是人，只是有著不同的形體。最近我愈來愈覺得我們好接近，但我愈是這麼想，你愈是想要離我而去。為什麼我們一定要過著不同的人生？

為什麼我們不能一起好好活著！」

「你走吧。求求你，你快走吧。」

德明的態度幾乎接近苦苦哀求。我緩緩站了起來。走出門口時，我回頭望了一眼。他依然背對著我，趴在桌上哭泣。

夜晚的臺南街上相當冷清。我獨自走在有著媽祖廟與關帝廟的郊區巷弄之內。不知何處飄來了燒香的氣味。昏暗的街燈下，香腸店裡的老人正忙著將豬肉塞進豬腸裡。那老人滿頭白髮，一張黃澄澄的臉孔有如幽靈般令人望之生懼。那雙削瘦的手不斷顫抖著，但製作香腸的動作卻異常俐落，幾乎不像是個鴉片成癮的人。遠方正不斷傳來淒涼的胡琴聲。

我摸著黑，登上了赤崁樓的石階。彎月掛在苦楝的樹梢上。我輕輕撫摸從前德明曾倚靠過朱漆欄杆，回想著當時他那張令我驚豔的側臉。打從那時候起，他就是我在孤寂人生道路上的唯一同伴。但曾幾何時，我們都迷失了自我。莫名的孤獨感自腳下的黑暗空間朝我襲來。我感到好寂寞，好孤單。接下來的人生，我必須忍受著這樣的孤獨感活下去。

這天夜裡，我搭乘快車回到了臺北。一走進家門，便看見翠玉正在裡頭等著我。

「你到哪裡去了？」

「到南部去辦點工作上的事。」

「是嗎？你這個人真是坐不住，跟我爸爸好像。」她笑容滿面地說道。

「翠玉……」我將手掌放在她的雙手上說道：「不久之後，我就要跟妳分開了。」

「為什麼？我不喜歡你說這種話。」

「我打算離開臺灣。」

「離開臺灣，要去哪裡？」

「暫時會先到香港，接下來還沒決定。我也不知道我會流浪到世界上的哪個角落。」

「我也跟你一起走。」

「不，這不是妳該做的事。妳有一個很好的家庭，妳有愛著妳的父母，妳有權利獲得幸福。我希望妳能找個人結婚，得到妳應得的幸福。」

「我不要。你如果不帶我走，我就自己去找你。不論天涯海角，我都會追著你跑。」

「妳這傻女孩，別說這種孩子氣的話。戀愛跟結婚不一樣。戀愛能讓女人變得美麗，但沒辦法帶來幸福。妳要獲得幸福，方法完全不同。」

「你想用這種話來讓我放棄，我可不會被你騙了。」

「我要搭的那艘船不載女人。是真的，我不是在開玩笑。」

翠玉聽我說得相當認真，不再開口說話。

「我很喜歡妳，但這段感情已經結束了。」

她將臉埋在我的膝蓋上。我撫摸著她那一頭濃密的秀髮，任由她縱情哭泣。想哭的時候盡量哭，總有不再流淚的時候。每個人一生中所能流的眼淚是有限的，彌足珍貴，必須好好珍惜。

一切準備就緒。船員及機關長皆雇用了擅長航海的琉球人。此外也找到了委託運貨的雇主，預計共十個人登船。我將長期停靠在基隆港的船開至梧棲港之後，便為了見父母最後一面而回了二林一趟。我命令船員將船往回開，從梧棲移動至位於大安溪河口的一處名為大安港的小漁村，預計在那裡讓十名貨主上船，也將銀塊一起帶上，拿到香港賣掉。

二林鎮是相當偏僻的鄉下，外省人不多，因此在二二八事件中並沒有太大的傷亡。但在當時的無政府狀態下，警察局裡的槍械都被拿走了，政府要求我父親設法追回，我父親為了達成這個任務，有陣子可說是每天疲於奔命。

父親不知道我將在明天離開臺灣，一看見我便板著臉抱怨道：

「叫你結婚你不要，叫你回來相親，你也不要，是不是已經在臺北交了女朋友？」

「你聽誰說的？」我露出戲謔的笑容。

「有什麼事能瞞過我的耳朵？這叫壞事傳千里。」

父親雖然嘴上這麼咕噥，但許久沒見到我，自然很開心。

離開了家之後，我心想或許再也看不到故鄉景色了，於是在甘蔗田裡信步而行。甘蔗葉在南風吹拂下不住搖擺，沒有一刻平靜，有如藍色的海面。大浪剛過，小浪接踵而至。來自頭頂上的陽光將這副景象照得熠熠發亮。乾裂的鄉間小路上有兩道牛車的車輪印，深深地陷入泥土中。到處是碩大的牛糞，上頭飛舞著金頭蒼蠅。

堤防上可看見將臺灣西部一分為二的大濁水溪。這條河是臺灣第一大河，發源於遙遠的臺灣山脈奇萊主山，橫斷因霧社事件而有名的霧社一帶蕃界[23]，與清水溪匯合，進入平原地帶後又分成兩股，注入臺灣海峽。主流流經二林鎮以南約一里處，支流的西螺溪則灌溉了以土壤肥沃聞名的西螺鎮以北土地。由於上游水流湍急，溪水將無數巨石土砂運往下游，因此船舶難以航行。濁水溪在大部分時候只是涓涓細流，數條小河分分合合，形成彷彿永無止盡的廣大荒地。但這陣子由於正值雨季，溪流匯集了臺灣山脈的大量雨水，因此有如洪水一般淹沒整片河床。千千萬萬年來，黑色混濁的溪水總是維持著這樣的顏色，以這樣的氣勢流經這塊土地。

濁水溪將會繼續流下去，直到永永遠遠。當有一天，難以置信的奇蹟再度發生，溪水清澈見底的時候，這塊土地將再度被無數鮮血染紅。

（初發表於一九五四年八月）

23　蕃界一詞帶有歧視意味，此處是考量到原作者行文語氣以及歷史情境，故未加修改，但特此註明。

檢察官

一

王雨新是日治時代第一個當上檢察官的臺灣人。

他在就讀東大法學部期間，就以相當優異的成績考上高等文官司法科考試。畢業後任職於司法省，沒過多久就被任命為「司法官試補」，轉調至京都地方法院。當時是昭和十八年的秋天，太平洋戰爭正打得如火如荼。

雖然還只是初出茅廬的小夥子，但能夠擠進法院的窄門，令雨新感到相當得意。古人形容年輕書生考上狀元或探花的心情是「春風得意馬蹄疾，一日看盡長安花」，這正是雨新此刻心情的寫照，只可惜現在不是開花的季節，而是楓紅的季節。雨新心中的得意，不僅因為自己是少數候補之中抽到上上籤的一個，更是因為自己從小的心願終於踏出了第一步。

檢察官！這個職位在日本內地稱為「檢事」，在臺灣則稱為「檢察官」。相較於內地的稱呼，「檢察官」一詞聽來更有威嚴。以檢察官為生涯目標，聽起來或許有些小家子氣，但這正是雨新從小到大的夢想。那種心情就好像每個日本小孩都希望長大後能當總理大臣或陸軍大將一樣。不，檢察官在雨心心目中的英雄形象，可說是有過之而無不及。因為檢察官在臺灣有「法律之鬼」的別稱，就連平日作威作福的殖民地巡查，遇上檢察官也會嚇得直發抖。

對統治者來說，或許巡查、特高是經營殖民地所不可或缺的職務，但是對受統治的一方而言，這些人的存在可說是生活上最大的麻煩。會到臺灣當巡查，不是在日本內地的農村遭到排擠，就是在都市裡找不到工作。這種人大多缺乏教養，因此能在臺灣當巡查，對這些人來說是人生中少數能夠耀武揚威的好機會。而且愈是鄉下地方，這樣的情況愈是明顯。派出所巡查的地位，幾乎等同於該地區的國王。他們的收入除了本俸之外，還有本俸六成的加給，生活費卻幾乎不必花上一毛錢，因此馬上就能蓋起大房子，甚至還有能力供子女上大學讀書。不過最令雨新感到厭惡的並不是這些為所欲為的內地巡查，而是地位在內地巡查之下，卻對臺灣同胞傲慢無禮的臺灣巡查。

在雨新還就讀於臺北高等學校的時候，有一次因變更了寄宿地點，必須到派出所提交寄留地變更申報書。值班的臺灣巡查拿起雨新呈交的資料，瞥見上頭的姓名是三個字，二話不說便將資料扔還給雨新。

雨新嚇了一跳，問道：「有什麼不對嗎？」

「錯得離譜。」

「哪裡寫錯了？」

「不知道就去問代書吧。」

臺灣巡查對雨新說話時態度倨傲，但這時剛好有個內地人走進來，臺灣巡查對內地人說話竟是輕聲細語，絲毫沒有架子。雨新當時還很年輕，見了臺灣巡查那種點頭哈腰的態度，不禁大為惱怒。

「如果我寫得不對，你就告訴我錯在哪裡，不就得了？」

巡查一聽，瞪眼罵道：

「你這個本島人，竟敢對我說話無禮！」

「你不也是本島人嗎？」雨新脫口說道。

臺灣巡查頓時氣得臉紅脖子粗。在被雨新當面提醒之前，他或許真的已忘了自己也是臺灣人。後來兩個人之間吵了些什麼話，雨新已記不得了。當雨新恢復理智時，臉上已遭臺灣巡查揍了一拳，正隱隱生疼。若不是此時剛好有個內地巡查走進來，雨新很可能會對那個臺灣巡查大打出手。

這名內地巡查對臺灣人的態度反而比臺灣巡查寬大得多。一來或許他看見雨新頭上帽子的兩條白線，知道雨新既然能以臺灣人身分進入臺北高校就讀，將來很可能當官，二來或許這名內地巡查的個性天生較為慈和。他拿起雨新呈交的資料細看，指出兩、三處錯誤，要雨新拿回去修改。

雨新向內地巡查道了謝，走出派出所時，眼前因淚水而一片模糊。雨新雖然從小就討厭巡查，但過去還不曾受過這麼大的羞辱。臺灣巡查可說是名副其實的狐假虎威，被說破後卻又惱羞成怒。一想到數不清的臺灣同胞都因這種人而吃足了苦頭，雨新的心裡頓時萌生一股堅定的復仇之心。

雨新經常懷念過世的姊夫。雨新最大的姊姊的丈夫，是第一個成為法官的臺灣人，年紀輕輕便負有英才之名，可惜體弱多病，當上法官後不久便因肺病而去世。姊夫在世的時候，有一次身穿便服走在路上，遇到一個當地轄區的巡查找他麻煩。原本只要立即表明身分就沒事了，但姊夫卻故意不動聲色，任由對方不斷辱罵，最後才緩緩拿出名片，舉到對方面前。那名巡查原本罵得口沫橫飛，見了名片頓時臉無血色，嚇得全身直發抖，連旁人看了也不禁為他感到悲哀。那名巡查似乎很怕會因此丟了飯碗，當天晚上又委託別人到家裡登門道歉。雨新當時還在就讀公學校，但這一幕已深深烙印在心裡。如果姊夫還活著，今天絕對不會任憑那個臺灣巡查如此欺侮而無力對抗。強烈的正義感與懊惱感，令雨新下定決心要獲得令巡查望之生懼的地位。

從這件事便可看出，雨新的動機其實相當意氣用事且屈就現實。但雨新認為自己是一個具有異常潔癖的男人。他相信自己唯一的生存之道就是成為法律之鬼，以此為盾，以此為劍，對抗這世上一切不公不義。

雨新的資質稱不上英才，但相當努力。一旦決定了方向，就會一步一腳印地朝目標邁進，即使遭遇再大的挫折也不會氣餒或屈服。考大學的時候，他第二次才合格，考高等文官考試的時候，他也是第二次才合格。雖然過程並不順遂，但每一次的努力都讓他更接近目標一點。

就像其他感受過日本內地氛圍的臺灣人一樣，雨新喜歡日本內地更勝於臺灣。在大學裡，同學及教授不曾對雨新有絲毫歧視，而且同學們在見識了雨新課業上的實力之後，都感到由衷佩服而不帶半點敵意。但比起這些校園內的人際關係，更讓雨新感到驚訝的是日本內地的巡查都相當親切和善。剛到東京的時候，雨新曾有一次為了拜訪學長的家而在省線的中野站下了車。這時的雨新不僅是鄉下來的高中生，而且一聽口音就知道是個臺灣人，但是當雨新向當地分駐所的巡查問路時，那名巡查將雨新帶進所內，攤開地圖詳加解說。由於那個學長的家位在複雜的巷弄之內，巡查最後說道：

「這地方不好找，乾脆我帶你去吧。」

那名巡查帶著雨新直到學長家的家門口。由於這與從前對殖民地巡查根深蒂固的印象截然不同，雨新不由得大為感動。

「沒錯、沒錯，這才是巡查該有的樣子。」

雨新深深感受到了這名巡查的熱心與親切，心裡卻也因此越發憎恨臺灣的巡查，尤其是由臺灣人擔任的巡查。自從對巡查的刻板印象遭到顛覆後，雨新對日本人也澈底改觀。

重考了一年之後，雨新終於考上了大學。這年夏天，雨新為了結婚而回到了臺灣。雨新的父親是臺南屈指可數的罐頭商人，白手起家成功獲得財富，但學歷低且觀念守舊。自古有錢人總是三妻四妾，雨新的父親也不例外。家裡共有三個「媽媽」，雨新的親生母親是二夫人，此時已經過世了。雨新有兩個同母的姊姊及一個同母的弟弟，兩個姊姊都已嫁人，弟弟則還在上高校。除此之外，還有兩個異母的哥哥及兩個異母的弟弟。一個哥哥是大夫人的養子，另一個哥哥是三夫人的兒子。這兩個哥哥都不愛念書，平日的工作就是負責幫父親看店。尤其是長男最為遊手好閒，經常偷拿店裡的錢出去吃喝嫖賭，好幾次差點被父親斷絕關係，但由於大夫人在家裡頗有地位，所以長年以來倒也相安無事。

像這樣的大家庭雖然乍看之下熱鬧風光，其實雨新從小受盡了外人難以想像的委屈。雨新的母親雖是二夫人，但原本的身分只是大夫人嫁進王家時帶來的「媠媒嫺」，也就是丫鬟。後來王家飛黃騰達，大夫人卻無子嗣，雨新的母親才升格為側室。因此雨新的母親生前一直受到大夫人鄙視，雨新等四個孩子在其他家人面前當然也有些抬不起頭。

在這樣的成長環境之下，雨新雖然周圍有不少「媽媽」及兄弟姊妹，卻一直活得相當孤獨。再加上親生母親在雨新還就讀公學校時就去世了，他在家庭內感受不到溫暖，從小就渴望獲得關愛。雨新雖然習慣孤獨，卻厭惡孤獨。既然沒能生活在理想的家庭，乾脆建立一個屬於自己的家庭。對成家的強烈慾望，讓雨新在選擇對象時沒辦法挑三揀四。只要是個溫柔的女人，且能填補自己的空虛心靈，除此之外別無所求。

父親當然並不反對這個考上大學的兒子娶妻。但父親算盤打得很精，生怕兒子太急著結婚而吃了虧。

「結婚也是一種事業。這年頭要靠做生意賺得五萬圓或許不容易，但憑你的學歷，靠結婚賺得五萬圓應該不是難事。」

雨新在這件事上的想法竟與父親不謀而合。男人靠出賣身體賺錢，說穿了幾乎跟男妓沒兩樣，雨新卻將自己比喻為第二個蕭伯納。何況自己身為未來的檢察官，必須擁有一些家財才能抵抗誘惑。

雨新聽到了傳聞，西部第一大地主的劉家有個待嫁的女兒，嫁妝竟是二十甲步（一甲步約一公頃）的農田。於是雨新在劉家親戚的幫助下，守在一條名為銀座通的鬧街上，等待劉家女兒通過，想要一睹其容貌。或許是二十甲步農田的魅力太大，雨新一見劉家女兒便非常中意，立即派人正式說媒。雨新對這門親事有著十成的把握。

沒想到在相了一次親之後，對方竟然拒絕了。雨新得知後相當驚訝，自尊心大受打擊。

「我到底有哪裡她看不上眼？」

這樣的想法，正反映出了雨新內心的過度自信，以及傲慢而單純的女性觀。竟然會有女人不喜歡有錢且高學歷的男人，這是雨新難以想像的事。後來雨新打聽到有位學長在劉家女兒從前就讀的女校當教師，還特地前往拜訪該學長，懇求學長勸劉家女兒回心轉意。那學長相當樂於助人，二話不說便答應了。到了兩人約好見面的日子，雨新再度造訪學長家，學長搖了搖頭，一臉納悶地說道：

「真是古怪，她說什麼也不肯接受。」

「難道是她已經有對象了？」

「或許吧。」

學長含糊其辭，臉上帶著苦笑。雨新左思右想，還是想不透對方為何不喜歡自己。碰了這個軟釘子之後，雨新一方面承認自己的挫敗，一方面卻也認定對方是個愚蠢的女人。為了爭一口氣，雨新決定無論如何都要找一個比她更好的結婚對象。

過了不久，雨新又找到了一個合適人選。這次的對象也是鄉下大地主的女兒，由於父親早逝，只有母女兩人加上一個年紀幼小的弟弟相依為命。上次那個劉家女兒由於兄弟姊妹眾多，或許嫁妝還不及這次的對象。親事談得相當順利，在暑假結束前，雨新便與這次的對象在臺南舉辦了盛大的婚禮。但結了婚之後，雨新才發現新婚妻子碧珍幾乎沒有任何嫁妝。原來她的母親雖然家財萬貫，卻相當吝嗇，連獨生女的嫁妝也捨不得出。雨新完全沒有料到會是這樣的結果，但馬上就釋懷了。他勸父親別再發牢騷，並在九月初帶著新婚妻子回到了東京。

碧珍是個相當平庸的女人，沒有什麼缺點，但也沒有什麼長處。對雨新而言，只要每天回到公寓時有個人在等著自己，就心滿意足了。不久之後，妻子有了身孕，孩子還沒出生，雨新就考上了高等文官考試。妻子生下的是男孩，更是讓雨新喜出望外。大學剛畢業的雨新，便帶著妻小前往京都走馬上任，心中的春風得意可想而知。

二

然而雨新旋即發現，檢察官工作所帶來的名譽及滿足，與當初的預期頗有落差。法院的行政人員及辦事小弟都對自己相當尊敬。但雨新心裡很清楚，那是因為自己是「檢事補」，而非因為自己是臺灣人王雨新。不過雨新並不在乎，反正自己並不打算一輩子在日本內地當檢察官。何況自己畢竟是殖民地出身，光是能夠從事一個令眾人懼怕的工作，當初的目的就已實現了大半。

雨新殷切期盼著過幾年能夠回到臺灣任職。有了檢察官這個身分為後盾，就可以澈底追查貪汙舞弊。

故鄉臺灣的法律不須經日本帝國議會通過，只要臺灣總督下一道政令，馬上就能生效。因此有不少勢力私下賄賂官員，以換取對自己有利的法律。例如有一部法律稱為《輪作法》，強迫農民為糖廠種植甘蔗。據說在這部法律背後，糖廠與官員之間有著明目張膽的利益輸送。依照《輪作法》的規定，農田每三年必須種植一次甘蔗，這意味著田地必須採行深耕法。如此一來，原本在淺層地面的肥沃土壤就會埋入深處，接下來種植稻米時收穫就會銳減。所有農民皆反對這項政策，官員卻以水利問題及確保製糖原料為藉口而強行推動。收購甘蔗是由糖廠壟斷，不論品質的等級或重量全都由糖廠決定，農民只能任憑宰割。因此臺灣有句俗諺說：「第一憨，種甘蔗乎會社磅」（最笨的就是種甘蔗交給糖廠秤重）。雨新相信自己若能在臺灣擔任檢察官，一定能揭發官員與糖廠之間的惡行惡狀，澈底顛覆這些陋習。一想到這點，即便現在的工作再苦、再枯燥乏味，雨新還是能咬牙忍耐。

京都是個季節分明的都市，四季景緻變化萬千。楓紅的季節一過，緊接而來的便是天寒地凍的嚴冬。等好不容易適應了寒冷，櫻花則已開始悄悄綻放。雨新出生於南方島嶼，從不曾見識過櫻花之美。每到春天，擁有悠久歷史的古都總是會籠罩在花海之中，那副美景令雨新深愛不已。不過比起櫻花，或許更讓雨新著迷的是漫長歷史為京都帶來的氛圍。那種莊嚴而幽深的氣氛，與自己的故鄉臺南頗有異曲同工之妙。在來到日本內地之前，雨新只聽過櫻花，卻不曾親眼見過櫻花。從前就讀公學校時，級任導師雖是鹿兒島人，但上課途中經常岔開話題，大談櫻花之道。他尤其愛強調櫻花瞬息綻放、轉眼凋零的習性，正象徵著日本的武士精神。如今百聞不如一見，櫻花之美確實令雨新讚嘆不已。但那種輕易凋謝的花性，卻讓雨新頗不以為然。如此鏡花水月的現象，日本人卻視之為珍寶，可見得這是個乏善可陳的民族。

櫻花雖美，但長久以來一直是臺灣府城的臺南，卻也有一幅景色不遑多讓，那就是綻放在道路兩旁的鳳凰花。每年到了五月，鳳凰木總是會開出有如血一般鮮紅欲滴的花朵，與深藍色的天空形成強烈對比。這種花呈現出的是南方島嶼的熱情，有著最原始、純真而鮮豔的顏色，而且除非遇上颱風無情摧殘，否則並不輕易凋謝。堅持不懈，貫徹到底，這才是此時雨新心中的最佳寫照。

由此便可看出，雨新總是習慣站在批判的角度看待日本的人事物。雖然從小就被灌輸了大和民族最優秀的古怪觀念，但雨新從不曾囫圇吞棗地信以為真。雨新認為個人的資質比民族性更加重要得多。可惜在現實生活中，當個人面對了民族這個大怪獸時，即便有再優秀的資質，往往也是無能為力。

就在梅雨下個不停的六月，發生了一件事。雨新打從上任之後，便主要負責經濟案件。但隨著戰況愈來愈惡化，案件的數量也與日俱增。這天傍晚，雨新從法院回到家裡，一進門便看見玄關前擺了一個大包袱。

雨新正要將包袱拿起來端詳，妻子已從後頭走出來說道：

「一個不認識的女人，拿了這東西來家裡。我雖然拒絕了，但她就是不肯離開。最後我拗不過，只好讓她進家門，她把這東西一放就走了。」

「噢……」雨新伸手在包袱上一摸，從觸感便知道裡頭裝的是白米。

「大概是米吧。」

碧珍深深嘆了口氣後說道。妻子的這個反應，雨新當然都看在眼裡。由於自己的職業是檢察官，不能像其他人一樣光明正大地進行黑市買賣，因此自從來到了京都之後，夫妻倆便少有機會吃到白米飯。政府每個月都會支給俸祿，家裡並不缺上黑市買米的錢，但雨新嚴格禁止妻子這麼做。買黑市的米對雨新而言除了有道德上的不安之外，更重要的是自己既然從事維護法律的工作，理應對自己的職業忠誠。但也因為這個緣故，碧珍對丈夫的職業頗有微詞。光靠政府配給的糧食，根本無法填飽肚子，雨新自己也相當清楚。每天中午，雨新都必須到法院附近的食堂排隊買雜炊或烏龍麵吃。有幾次排到前面只剩三、四個人時，食物竟然賣完了，讓雨新不禁氣得直跳腳。如果當時妻子在身邊，搞不好雨新還會忍不住在她頭上敲幾下洩憤。連自己也是這樣，雨新並非不能理解妻子心中的不滿。幸好雨新有個朋友跟內地女人結了婚之後住在京都，雙方妻子頗有往來，對方總是會提供一些食物。但如果付錢給對方，就成了黑市買賣，因此碧珍總是要臺灣的親人寄來一些砂糖、糖果等物，拿這些東西跟對方交換。基於現實層面的考量，雨新也只能睜一隻眼閉一隻眼。但是像今天這樣，明明食物自己送上了門，卻還得往外推，實在令雨新深深為自己的工作感到悲哀。那送米來的人不知自己的處境，這麼做根本是折磨人。雨新不禁咂了個嘴，心裡暗自咕噥。

「那送米來的女人沒說姓什麼？」雨新問道。

「好像是姓梅村吧。」

「我就知道。」

雨新脫下鞋子，抱著公事包走進書房。碧珍泡了杯茶，也來到書房裡。

「那個梅村犯的是什麼罪？」

「他跟農業工會私下勾結，侵占了一批足袋鞋[1]。」

「你會起訴他嗎？」

「應該會吧。」

「這麼說來，這些米是非還不可了。」

雖然並非毫不惋惜，但碧珍已有了歸還這些白米的覺悟。一想到自己那個因營養不良而

1 足袋鞋：日本傳統的布鞋。

骨瘦如柴、體弱多病的兒子，雨新便感到心情鬱悶。

過去也曾有過偵訊中的嫌犯家屬或相關人士找上門來的例子，但對方把東西放了就走，這還是頭一遭。雨新拐彎抹角地向同事們打聽，才知道原來同事們也都遇過相同的狀況。這種請鬼抓藥的荒唐行徑之所以還有人做，一來或許是抱著死馬當活馬醫的想法，二來或許也是因為經常能收到效果。以自己這個案子為例，雖然不可能不起訴梅村，但只要將經濟法規的解釋稍作變更，起訴罪名的輕重便截然不同。

「生殺全在我一念之間！」

雨新能夠忍受如此貧困的生活，靠的全是這股優越感。但這種掌握他人命運的喜悅畢竟只存在於雨新的心中。對妻子碧珍而言，丈夫的工作只帶來了生活上的窘迫。碧珍的肚子裡懷了第二個孩子，卻無法得到充足的營養。

「簡直像在引誘我們心中的貪念。」

雨新勉強擠出微笑。雖然語氣已盡量說得溫柔，妻子卻低頭不語。

「要比貪，我可不會輸給別人。說白了，這世上哪個人不貪？但不管怎麼說，我畢竟是個檢察官。我知道妳吃了很多苦，但也只能忍耐。」

「這也是沒辦法的事。」

「妳放心，熬過這陣子就行了。只要我回臺灣當檢察官，妳就會明白這一切都值得。」

「回了臺灣之後，你還要繼續當檢察官？」

妻子說得輕描淡寫，語氣中卻流露出強烈的不滿。雨新忍不住抬頭說道：

「妳應該知道，能夠不受警察欺壓，對我們的生活有多大幫助。在這裡或許沒感覺，等到回臺灣後，妳就能體會了。」

「若只是不想受警察欺壓，你可以當律師。同樣是做法律工作，檢察官只會害人，律師卻是救人，律師比檢察官高尚得多。」

「或許妳說得沒錯，但檢察官維護正義，也是一種救人。」

「不管怎麼說，我就是不喜歡。」

雨新一聽，心中頓時對妻子湧起一股厭惡感。妻子若乖巧聽話，雨新會對她又愛又憐，然而一旦得知這個世界上唯一的「自己人」竟然不同情自己，雨新頓時固執得無可救藥。

「總之這米得拿去還。」雨新冷冷地說道。

「我也知道非還不可。我並不是可惜這些米，只是覺得你當醫生或銀行員，都比當檢察官好得多。」

那袋米在門口擺了兩、三天，雨新在法院查到對方的地址，派辦事小弟將米送了回去。

站在個人的觀點，雨新認為黑市交易只不過是反映出了控制經濟體制的矛盾，這並非道德層面的問題。以梅村的案子為例，雖然明顯違反了經濟統制法規，而且送米賄賂的行徑更是法理難容，但自從雨新克服了誘惑之後，在心情上對梅村也變得寬大許多。何況在梅村以嫌疑犯的身分接受偵訊的過程中，他一直表現得相當配合，或許是希望藉此博取雨新的同情。但是站在法律的觀點，現實狀況實在不容許雨新對他作出不起訴處分。然而就在雨新確定起訴梅村的當下，原本恭順合作的梅村竟然像變了一個人。他怒氣沖沖地擋在雨新面前，罵道：

「你憑什麼查我的案子？」

原本善良的百姓因畏懼接受制裁而變得歇斯底里，這種情況並不罕見，因此雨新也不驚惶，只是以深藏在眼鏡後頭的雙眸瞪了對方一眼。梅村彷彿忘了自己的身分是被告，對著雨新破口大罵：

「我是日本人！你這個清國奴憑什麼查我的案子？」

「你說什麼？」

雨新踹開椅子，起身朝著梅村的臉上揍了一拳，全身因憤怒而微微顫抖。

「有種再說一次！」

「要我說幾次都可以！清國奴！清國奴！」

巡查急忙奔近來，將梅村拉了出去。但「清國奴」這句話不斷迴繞在雨新的耳畔，久久不曾消失。

這股激動的情緒令長久以來沉睡在心底的民族之血瞬間沸騰。孩提時代的回憶有如閃電般在腦中浮現。

清國奴！

這正是雨新生平最痛恨的一句話。

在雨新就讀公學校的時候，級任導師是個直爽豪邁的男人。上課的時候，他經常以「阿清」來稱呼學生。這個稱呼源自於清朝的「清」字，該教師原本以為這只是單純的稱呼，並沒有什麼惡意，但每個臺灣學生都相當厭惡這個教師。

上了中學之後，校園裡有棵芒果樹，有內地學生以小刀在樹幹上刻了「清國奴滾回支那」一語。由於刻字的學生是校長的兒子，因此沒有人敢公開抗議或加以懲罰。每當走過那棵芒果樹前方，雨新總是恨得咬牙切齒。

到底誰才是臺灣這塊土地的主人？明治二十八年，日本將臺灣納入版圖時，曾發出公告，若有臺灣人不願歸化日本籍，可在規定期限內遷居至大陸。當時確實有不少臺灣人就此離開了臺灣，但是絕大部分臺灣人在臺灣都有著辛苦打拚奠定下的基業，即便面臨再大的困境，也不忍棄之而去。留下來的結果，便等於是願意淪為被統治者，接受不平等的對待。然而像雨新這種年輕人，出生時臺灣已歸屬日本版圖，他們打從出生的那一瞬間便已是帝國臣民，並沒有選擇的權利。即便如此，跟住在臺灣的內地人相比，他們依然只算是一群較為低賤的帝國臣民。臺灣雖然財稅豐足，但教育機構幾乎全是為了內地人而設立，臺灣人要擠進那道窄門可說是難上加難。其結果造成無數有為青年因喪失志向而變得憤世嫉俗，最後因強大的自卑感而一蹶不振。雨新努力不懈地一一突破了這些難關，成功將自卑感轉化為優越感，但是說穿了，優越感與自卑感其實是一體兩面的。

在聽到「清國奴」這句辱罵的瞬間，雨新整個人傻住了。到目前為止的人生雖然有諸多波折，但雨新一直當自己是日本人。諷刺的是，偏偏有不少日本人喜歡逼迫雨新想起自己是中國人的子孫。倘若雨新並沒有將自己身為臺灣人一事引為奇恥大辱，那麼在遭到黑市商人梅村如此辱罵時，當然也就不會氣得暴跳如雷。憤怒與絕望令雨新那一整天幾乎連開口說話的力氣也沒有。雨新就這麼雙目含淚，踏著踉踉蹌蹌的步伐，一邊聽著心中的吶喊，一邊在綿綿細雨中踏上歸途。

雨新板著一張臉，一句話也不想說，只顧著將摻了玉米粒的飯扒進嘴裡。沿著屋頂滑落的雨水，彷彿不斷敲打著鬱悶的心靈。

「這有什麼好氣的？」

碧珍說道。她最害怕的事情之一，就是丈夫在吃飯時像這樣悶不吭聲。平常是個溫柔的丈夫，此時卻像是變了一個人。

「他是被告，你是檢察官，既然他惹惱了你，就讓他吃些苦頭不就得了？」

雨新驀然抬頭，凝視著妻子的臉。碧珍滿不在乎地接著說道：

「連這個也做不到，你當檢察官有什麼意思？連黑市的米也不敢買，每天餓著肚子，到底是為了什麼？身為檢察官卻輸給被告，那像什麼話？」

沒錯！應該是我壓他，而不是他壓我！只要讓我一個不高興，我可以在法律允許的範圍內給予他最重的懲罰！我能夠以法律為擋箭牌，光明正大地向他報復！我努力當上檢察官，不正是為了這個目的嗎？

但是自己身為強者卻必須遭弱者欺壓，卻是個難以否認的悲哀事實。雨新的心中燃燒著狂暴的怒火，多麼希望將對方澈底凌虐一頓。自己並不是個懦弱的人，這種事若真的要做，可說是一點也不困難。但此時此刻自己所面對的是一道名為「民族」的深淵，在這道深淵面前，個人的力量實在太過微不足道，什麼也改變不了。這才是讓雨新感到萬分沮喪的真正理由。雨新這輩子最痛恨的就是權力政治。要對抗權力，雨新想到的辦法就是進入權力之中，並且反過來加以利用。但如今雨新站在斷崖邊，才終於看清楚這道深淵是多麼深不可測。

在民族情結的面前，連法律也形同虛設，正義更是虛張聲勢的紙老虎。到頭來，臺灣人即便擁有了維護正義的權力，也無法讓日本人打從心底服從。

事實上少有犯罪者能夠虛心接受懲罰，這是再自然也不過的事情。但雨新早已忘了這個真理，一心只把這件事歸咎於異民族之間的鴻溝。這種偏激思想的背後，存在著一種被害妄想的悲哀。

這天晚上淒風苦雨下個不停，陰暗得有如置身於地獄深處。雨新緊緊關上書房的門窗，獨自沉浸在自怨自艾的空想之中。驀然間，雨新的腦海浮現了南方島嶼特有的清澈藍天。故鄉臺南從不曾像日本這樣陰雨綿綿。每年進入夏天後，偶爾會有大雷雨翻越了山頭，滿山遍野地席捲而來，但轉眼間就會離岸出海。雨過天晴之後，暑氣一掃而空，木瓜、蓮霧、番石榴的樹枝上皆冒出翠綠的新芽，白鷺鷥、白頭翁及烏秋皆振喉高歌。眼淚能帶來笑容，不幸能讓幸福變得更美。那段懵懵懂懂的少年時光裡，雨新心中的夢想有如南方島嶼的大自然那麼耀眼燦爛。雖然置身在形同廢墟的街道上，整個人卻有如一顆赤裸裸的太陽。可惜破滅的美夢愈是美麗，愈是讓此刻的雨新深深感受到自己的不幸。皮膚底下的血液奔流有如找不到出口的泥沼，只能不斷沉澱，變得汙黑、腐臭，不再有半點活力。雨新感覺自己彷彿置身在伸手不見五指的黑暗之中，全身沾滿了泥巴及鮮血，只能不斷掙扎、摸索及發出虛弱無力的哀號。

三

不久之後的某個星期日早上，有個臺灣人前來登門拜訪。這個人的年紀比雨新大上十歲左右，身材肥胖臃腫，一副企業家風貌。他掏出雨新的朋友所寫的介紹信，說道：

「我叫蘇榮福，聽說你在這裡擔任檢察官，早就想來跟你打聲招呼。」

內臺航路[2]的起點為神戶港，以此地為中心，周邊一帶的關西各都市皆居住著不少臺灣人。這些臺灣人的職業大多是貿易商，經手臺灣特產或是銷往臺灣的海產。

然而蘇榮福所遞出的名片上頭所寫的頭銜，卻是「種苗商」。他聲稱自己是以京都的下賀茂為據點，事業頗具規模。

「挺有趣的買賣，經營得順利嗎？」

「這個嘛，還過得去。」

「你買賣哪些種，哪些苗？」

「只要是有種有苗的植物，幾乎全都賣。白蘿蔔、白菜、番茄、甘藍菜、大豆、紅豆、油菜籽，可說是應有盡有。」

「自從爆發戰爭後，家家戶戶都自己種植蔬菜，你這買賣或許挺不錯。」

「或許吧。但我這種苗商的頭銜只是個幌子。」

明明是初次見面，蘇榮福說話卻相當大膽，彷彿忘了對方的身分是檢察官，單刀直入地說出了來意。

2　內臺航路：往來於日本島與臺灣之間的船運航線。

「我就跟其他大部分住在日本的臺灣人一樣，是因為討厭臺灣才遷來日本，到今年已過了十個年頭。我原本在神戶港的街上賣筍干、開臺灣料理餐廳，經營過很多事業，但都沒有成功。後來有個任職於岡山縣農會的內地朋友請我幫忙引進一些黃麻種子，因為這個機緣，我才當起了種子商人。黃麻的利潤意外的好，讓我賺了一些錢，可惜戰局愈來愈惡化之後，這條路子也走不通了。所謂的控制經濟，根本是要我們的老命。像我們這種人，沒有資本也沒有地盤，何況實施控制之後，比的是過去的經營業績，我們經商時間短，光靠配給的那一點東西根本無法餬口。我豁了出去，乾脆將配給到的紅豆及大豆拿到黑市賣了。」

這個男人雖然學歷低，但似乎挺有經商頭腦。

「但這件事卻讓我惹上了麻煩。坦白說，其實我幹的事情警察早就知道了。但我經常拿酒、米、紅豆等東西給負責的刑警，所以他們總是睜一隻眼閉一隻眼。可是自從消息傳進署長的耳裡後，我就經常被叫到署裡問話。那些刑警明明拿了我不少好處，此時見苗頭不對，竟然忘恩負義地反過來威脅我。當然我從事黑市交易是事實，被抓住把柄也是自作自受，但我就是嚥不下這口氣。如果遭到逮捕，我已有接受懲罰的覺悟，但要死應該大家一起死，如果不把他們也拖下水，我絕不甘心。」

「原來如此。」雨新觀察著對方的一舉一動。根據雨新擔任檢察官的直覺，這男人從事黑市交易卻不覺得自己有錯，這樣的態度雖然厚臉皮，但臉上的表情卻流露出幾分少年般的純真稚氣。雨新心想，這男人應該不是天性狡獪，從事黑市交易應該也不全是基於貪念。說穿了，他只是個不靠黑市交易就無法過活的可憐人。從小在殖民地長大，所有賺錢的管道都被內地人奪走了，他只好鋌而走險，為了活下去而走上人生岔路。

雨新的腦海再度浮現了上次遭辱罵為「清國奴」的回憶。那副景象已深深烙印在雨新的心中，每次想起總是感覺胸口隱隱抽痛。這道怵目驚心的傷口令雨新忍不住想要對臺灣人伸出援手。

「那些刑警真的收了你不少東西？」雨新再次確認。

「我們都是臺灣人，到了這個節骨眼，我騙你做什麼？」

「既然如此，你為何要害怕對方威脅？如果他們把你移送檢事局，他們也會變成共犯。」

「他們可是警察，就算把我殺了，我也只能自認倒楣。」

「沒那回事，警察一點也不可怕。」雨新緩緩說道。

「對你來說當然不可怕。你是檢察官，當然不用害怕。」榮福以自言自語般的口吻說道：「我們臺灣人之中能有一個像你這樣讓警察害怕的人物，就像是打了一劑強心針。你是我們全臺灣人的光榮。」

榮福的臉上洋溢著筆墨難以形容的感動。接著他不斷讚美雨新，說得口沫橫飛，雨新只是默默聽著，半晌後才說道：

「就算我想幫你，但你這案子若沒有送檢，我也無從幫起。」

「當初跟我掛鉤的是個經常進出檢事局的刑警，他姓牛島，嘴上留著鬍子。」

「原來是他，那傢伙確實很高傲。」

「你只要幫我警告他一聲就行了。他在這個案子上也脫不了關係，應該不敢輕易把我送檢，但我實在受不了他三天兩頭就來找我麻煩。」

「若是這種小事，當然沒有問題。」

雨新相當爽快地答應了。種苗商人那略帶稚氣的臉孔豁然開朗。

臨走前，他留下了一個包袱。雨新本來拒絕不收，但他說這只是臺灣人與臺灣人聯絡感情的一點見面禮，不是什麼辦事的謝禮，說什麼也不肯帶走。解開一看，裡頭塞滿了糯米及紅豆。

兩、三天之後，雨新在法院的走廊遇上了那名姓牛島的刑警。

「午安。」牛島打了聲招呼後便要離去，雨新趕緊將他叫住。

「對了，牛島。」

「是，請問有什麼吩咐？」

「聽說你跟蘇榮福交情不錯？」

對方裝傻沒有答話，雨新接著又說道：

「就是你那個轄區內的種子商人。」

「王檢察官認識那個人？」牛島問。

「當然認識。上次他來找我，提到跟你經常來往呢。」

牛島臉上的笑容驟然消失。雨新看得一清二楚，卻裝作沒發現，繼續說道：

「他這個人或許有些難相處，請幫我多關照他。」

「是……」

牛島張口結舌，不知如何回應，雨新轉身走進了自己的房間。

不久後榮福再次前來拜訪，雨新從他口中得知走廊上這兩、三句話發揮了十足的效果，心中的驚愕更勝於欣慰。

「刑警只敢對小老百姓耀武揚威，一遇上權貴就成了縮頭烏龜。那天他馬上來討好我，還請我上餐廳吃了頓飯呢。我嚇了一跳，心裡偷偷笑個不停，哈哈哈……」

從此之後，榮福便經常到雨新的家裡作客。不論性格或生活環境，兩人都沒有絲毫共通點，但雨新沒有什麼臺灣朋友，因此也沒有理由拒絕。榮福似乎覺得能夠與檢察官一起喝酒是件相當光采的事，經常到處向人炫耀，雨新也不以為意。榮福因從事黑市交易，物資取得容易，每次來拜訪都會帶來許多糧食。自從兩人開始往來之後，雨新冬天不缺木炭，新年不缺年糕。曾有一、兩次，雨新拗不過榮福的盛情邀約，到了榮福的家裡作客。榮福的店面比傳聞還大得多，不僅妻子是內地人，就連傭人也是內地人。榮福在家裡時作威作福，地位如同君王，與在臺灣必須對內地人卑躬屈膝的殖民地生活，可說是形成強烈對比。

但是就在戰爭即將結束的不久前，榮福終於遭到了逮捕。當時正是物資最匱乏的時候，船運面臨無貨可運的窘境，榮福以供貨給海軍為名義，從臺灣運送一批香蕉乾，送入海軍倉庫。另一方面，榮福勾結海軍採辦人員，以這批貨是蟲蛀嚴重的不良品為由拒絕簽收，再由榮福拿到市場上販售以牟取暴利。這起弊案曝光之後，海軍採辦人員首先遭到逮捕，送交軍法會議審判。雨新雖身為檢察官，卻也無能為力。

「賠錢生意沒人做，殺頭生意有人做，只能怪他自己不要命。」

「我們家受了他不少幫助，你還是幫幫他吧。」碧珍說道。

「若沒有移送到我這裡來，我想幫也幫不了。何況最近像這樣的案子太多，恐怕還沒審理完，戰爭已經打完了。雖然隨便說話恐怕會惹禍上身，但這陣子法院裡大家都在談這件事。」

「真希望戰爭早點結束。只要戰爭一結束，不僅榮福能獲得釋放，我們也能回臺灣了。」

碧珍已無法再忍受內地的生活。自從去年生下女兒之後，她就常常吵著想回臺灣，令雨新不知如何是好。如果不是榮福經常提供物資救濟，原本乳汁就不多的碧珍一定會更加骨瘦如柴，嬰兒也會營養失調而死。就這層意義上而言，榮福對雨新一家人著實有大恩。即使妻子沒有提，雨新也很想把榮福救出來。不，就算不考慮私人的恩情，雨新也很想對包含榮福在內的所有臺灣人伸出援手。時局愈來愈緊迫，窮途末路的軍方只要查出任何人稍有不當言行，不分內外地人，全都會加以逮捕並舉發。不少在京都的大學遊學中的臺灣學生都成了受害者，雨新遇上這類情況都會盡可能給予幫助。但其背後的動機並非友愛、仁慈這類崇高的精神，而是出於一股想拋也拋不開的民族悲情。包含雨新在內，所有臺灣人都有如卑賤的雜草，任憑他人踐踏、傷害，卻連哀嚎也不被允許。所幸雜草有著不論面對任何逆境都能繼續紮根、繼續繁衍的生命力。但在這生命力的背後，當然免不了有一些不符法律規範的旁門左道。

每當想起這些，雨新便忘了自己身為檢察官應有的立場。雖然法律理應居於神聖的地位，但民族的本能一旦萌生，雨新從過去的經驗深深體會到法律將是多麼不堪一擊。這無關邏輯或理性，而是一種彷彿圍繞營火、唱著歌謠的原始民族體內所流動的共通默契。不知該說是幸或不幸，法律的定義會因解釋者的判斷而有著極大的誤差。能夠將法律依心中的意願而給予不同解讀，成了雨新最後的精神依靠。

然而就在不久之後，雨新終於從心靈的枷鎖中獲得解放。八月十五日對全日本人而言是陷入無力與絕望深淵的一天，對雨新而言卻是最感慨萬千的一天。在聽了天皇宣布投降的廣播之前，雨新一直以為天皇贊成焦土作戰。雨新向來認為日本人根本不懂生命的可貴，因此猜測日本人與其投降，一定寧願選擇像櫻花一樣傲然凋落。然而現實的結果卻與雨新的預期完全相反，這讓雨新忍不住懷疑自己是不是聽錯了。感激之情在心中油然而生，就在這股情緒達到最高點的時候，眼眶的淚水幾乎滑落。

「從今天開始，我們不會再被喚作清國奴，我也不必再以檢察官身分武裝自己了。」

就在美國的空軍自厚木機場降落後不久的某一天，雨新為了保釋榮福，帶著榮福的一個親戚前往了舞鶴。榮福一直被羈押在舞鶴的警署內，雨新向署長遞出名片，對方二話不說便答應讓雨新會見榮福，絲毫沒有刁難。最令雨新感到吃驚的一點，是榮福竟然還不知道戰爭已經結束了。雨新一對他說出這個消息，他突然縱聲大喊：

「他們也有這一天！」

雨新一愣，不由得默默凝視榮福的表情。長達兩個月的羈押生活，令榮福削瘦不少，面貌已與從前截然不同。歷經煎熬後重獲自由，任何人都會大呼痛快，這並不是什麼奇事。但榮福喊出這句話時的語氣，竟讓雨新感受到了從前日本人辱罵自己時的那股優越感。就因為榮福這句話，雨新過去對榮福這個人抱持的幻想被澈底顛覆。

在接下來的日子裡，雨新更深刻感受到人類的歷史只是在不斷重演。民族歧視並沒有因戰爭結束而消失，有的只是優劣地位的逆轉。最囂張跋扈的軍人成了最卑微的戰爭罪犯，總是遭受排擠與欺凌的自由主義者與共產主義者成了最風光的英雄。同樣的逆轉現象，當然也發生在日本人與朝鮮人身上。

從前日本人在臺灣及中國大陸幹的那些事，現在輪到臺灣人在日本內地依樣畫葫蘆地照著幹。那些臺灣人似乎從沒想過自己能站上勝利者地位，憑的全是時運帶來的一時僥倖。日本的法律不論好壞，似乎都已對他們不具約束力。強迫政府機關向臺灣人特別配給糧食及衣物，已算是較客氣的做法了。有些臺灣人借了卡車到鄉下違法收購白米，在車上掛了青天白日旗，大剌剌地直接運到都市裡。有些臺灣人在擠滿了日本人的列車上占據了一節車廂，寫上「中華民國專用車廂」，明明車廂裡沒幾個人，但如果有不知情的日本人誤走進來，就會遭到臺灣人圍毆。

每當雨新看到這些亂象，都忍不住別過了頭。臺灣人能夠苦苦熬過遭受欺壓的漫長歲月，全憑著一股對統治者、掌權者的怒火，如今局勢逆轉、地位互換，臺灣人彷彿都忘了從前被這麼對待時的感受。當然過去被欺壓久了，多少會想要讓對方也嘗嘗受辱的悲哀，這也是人之常情。但雨新一想到這些宛如特權階級般恣意妄為的人，竟不是日本人，而是自己的同胞，便感到全身寒毛直豎。

某一天，榮福難得又到雨新的家中作客。戰爭結束之後，榮福真正發揮其經商本領，財富更是暴增。譬如他找了一些因故鄉不再寄錢而無法繼續求學的學生，到北海道搬運魷魚，載回京都販售。即便價格拉抬至三倍，同樣一轉眼便銷售一空。榮福由財產像吹氣球一樣迅速膨脹，更成為學生們眼中的老大哥，氣焰不可一世。

「世上再也沒有人比日本人更欺善怕惡的了。譬如從前你幫我警告過的那個牛島，他現在已經變成我的小弟了。但如果那時你沒幫助我，真不知道我會被他害得多慘。」

「他現在還是在當警察吧。」

「是啊，但他在我面前已經抬不起頭了。其實他是個大惡棍，每次到鄉下查扣了違法的油菜籽或白米，就會交給我拿去賣。但那個向我買貨的傢伙也是個大惡棍，他知道我不敢張揚，竟然拿了貨不付錢。我一方面被牛島騎在頭頂上，一方面又被買家黑吃黑，簡直是裡外不是人。幸好戰爭一結束，他們全都不敢再找我麻煩了。」

榮福得意洋洋地說個不停，雨新再也按捺不住，說道：

「好了，別說了。」

榮福一愣，瞠目結舌了好一會，忽然像是想起了什麼，不肯罷休地繼續說道：

「戰爭已經結束了，你怎麼還在怕日本人？難道你是擔心我們有一天又會被日本人征服嗎？老實說，你太膽小如鼠了。就算真有那麼一天，又怎麼樣？這世間不就是你欺壓我、我欺壓你嗎？能壓榨的時候盡量壓榨，能賺錢的時候盡量賺錢，才是不吃虧的做法。像你這樣每天安分守己過日子，有誰會佩服你？我勸你不如好好想想怎麼賺錢吧。這世上沒有錢辦不到的事，聽我的準沒錯。」

雨新不禁感到萬分後悔，原來當初只是被榮福利用了而已。那時候自己滿腦子只有民族悲情，竟沒有看透每個人都知道的真相。深淵並不只存在於民族與民族之間，更深植在每個人的心中。

四

隔年剛入夏時，雨新帶著妻子及兩個孩子回到了故鄉。臺南市雖是歷史悠久的古城，但自從省都遷移至臺北後便逐漸凋零，在戰爭結束前夕又遭遇美軍空襲，整個城市化為廢墟，當年的面貌已不復見。

王家就位在連接臺南車站至大正公園的寬大柏油街道旁。這條街可說是古都臺南最重要的街道，臺南醫院及赤崁大飯店都成了斷垣殘壁，舊式兩層樓建築的王家卻奇蹟似的倖免於難。這座建築有著紅色屋頂及藍色外牆，前半部為裝設了玻璃窗的商店棟，穿過鋪設了紅磚的寬廣中庭，便可抵達同樣是兩層樓的住家棟。前棟與後棟的二樓同樣有走廊相通，若站在突出於亭仔腳上方的走馬樓處，伸手就可觸摸到一棵棵鳳凰木。此時正值初夏，樹上開著一朵朵血紅的花朵。

雖然戰爭已結束，房屋也沒有在空襲時毀損，但王家的尊嚴卻只剩下這座樓房的外觀。隨著戰爭進入尾聲，同業逐漸由公會合併，雨新的父親雖被遴選為會長，但由於物資匱乏，有整整兩年的時間幾乎處於停業狀態。戰後雖然所有限制都自動失效，但由於無法與日本內地往來，生意事實上並沒有起色。不僅如此，國民黨在接管之後，財政收支無法維持平衡，政府只好濫印紙鈔，官僚則想盡辦法中飽私囊。光復一詞有名無實，街上的無業遊民愈來愈多，物價連日飆漲。五十年來早已習慣於安定經濟的父親無法理解這些經濟上的巨大變化，一見物價上升就趕緊將手邊囤積的物資全部賣光，還沾沾自喜地自認為賺了一筆。雨新回到家見了父親的荒唐做法，著實嚇了一跳。勸了父親兩句，父親卻大罵：

「你根本不懂做生意！」

父親對經商有著絕對的自信。在父親的眼裡，雨新只是個空有學問的懵懂小子。

臺灣有句俗諺說：「狀元子易生，生意子難生」，意思是要生出一個有生意頭腦的孩子，比生出一個會讀書的孩子還難得多。雨新的父親只是為了自己的面子才讓兒子求學深造，但在學問以外的方面從不認為兒子贏過自己。何況兒子能夠讀那麼多書，靠的是自己的財力，換句話說全是自己的功勞。父親由於年輕時吃了不少苦，因此在金錢上可說是錙銖必較。雨新還在讀高校的時候，曾有一次，父親帶著他到北投泡溫泉。在旅館付錢的時候，女服務生算錯了錢，多找了兩圓。父親等女服務生一走，仔細又算了一次，確認多了兩圓後，趕緊催促雨新動身，兩人像逃命般倉皇逃下了山。明明只是兩圓之差，父親在車站等火車的時候，依然是一副惴惴不安的表情，深怕旅館女服務生追上來討錢。只不過平白賺到兩圓就樂不可支的父親，確實有著商人的狡獪。雨新看在眼裡，覺得這樣的父親既值得倚靠，又有些愚蠢。父親平日向臺南的乞丐收容中心捐了不少錢，此外也擔任許多慈善事業的會長或理事，說起來倒也算是盡了有錢人應盡的社會義務，但在沒有人看見的小地方，卻又像個暴發戶一樣極盡貪婪之能事。而且年紀愈大，這樣的傾向愈明顯。近年來由於經商不順，父親努力的方向已不再是賺錢，而是保住自己的名聲。雨新回來兩、三天之後，父親將他叫到面前說道：

「你怎麼不快去找工作？你是唯一有擔任檢察官經驗的臺灣人，應該認識不少學長或朋友，要找到工作肯定不難。」

父親這番話確實沒有說錯，但此時的雨新已是身心俱疲的狀態。在京都當了兩年多的檢察官，雨新發現自己並不適合檢察官這個工作。

既然要當檢察官，就應該做得讓全天下人人懼怕。如果當個好好先生，只會淪為笑柄而已。在臺灣還是殖民地的時代，不少臺灣人自甘墮為日本人的走狗。雨新長年來貫徹意志的原動力，就是對這些日本人及臺灣人的恨意。因此當戰爭一結束，雨新不得不承認自己最憎恨的人就在自己的生活周遭。這帶給了雨新極大的痛苦與煎熬。沒有接受過統治階級訓練的一群人，突然獲得統治階級的特權，就好像把尖刀放在瘋子手裡一樣可怕。表面上高舉青天白日旗，私底下卻為了盜領保險金而縱火的惡棍，以及那些專做黑市買賣的黑道分子，全是臺灣人而不是日本人。這樣的事實讓雨新產生了不知該不該恨的矛盾。雨新最後只能選擇閉上雙眼，摀住耳朵，將怒火深藏在心底，默默地忍受這一切。這不僅是對「現實」的妥協，也是對「現實」的逃避，天底下絕對不會有這樣的檢察官。因此一安排好回臺灣的船，雨新立即如逃難般離開了日本。

雨新以為逃離日本就能逃離「現實」，但事實證明這只是天真的錯覺。雨新一踏上基隆港的陸地，眼中所見的事物便已背叛了自己的期待。熱帶的太陽耀眼得令人難以睜開雙眼，但太陽底下的臺灣社會卻是悲慘得令人不忍卒睹。日本人已走，臺灣人以為終於輪到自己當家，沒想到以陳儀為首的國民黨一派旋即取代了日本人的地位。這些人濫用公帑，而且牽親引戚，霸占政府組織及企業，終日花天酒地，導致物價高漲以及失業率節節攀升，臺灣人皆過著黑天暗地的日子。這些現象若是肇因於兩個完全不同的民族，問題將單純得多。或是雨新能將這些現象視為單純的階級問題，也能夠毫不遲疑地讓憎恨占據內心。可惜這兩種解釋都並非事實。為了消除現實與情感之間的落差，雨新可說是費盡了苦心。

父親不斷催促雨新到臺北找工作，雨新卻實在提不起勁。如果可以的話，雨新很想在家裡過著遊手好閒的日子。可惜雨新很清楚家裡的氣氛不允許自己這麼做。王家雖然在天災中僥倖逃過一劫，但有形與無形的人災卻帶給了王家莫大打擊。雖說以王家當前的經濟狀況而言，留雨新一家四口在老家吃個一、兩年閒飯並不成問題，但家裡的「母親們」及同父異母的兄弟們絕對不會默許這種事情。何況雨新的母親是在家中地位最低的二夫人，雨新雖然有著高學歷，但在家中卻幾乎沒有發言權。再者，雨新一旦過起不務正業的生活，妻子碧珍在家裡的立場也會變得更加尷尬。碧珍沒有從娘家帶來眾人預期的嫁妝，早就引起了公公的不滿，丈夫如果又不工作而在家裡吃白食，碧珍在這個住了好幾個大姑、小姑的家裡當然也會更加遭到白眼。

碧珍催促雨新出外謀職，甚至比父親更加積極。雨新並不是不能理解碧珍的心情，但還是壓抑不了心中的怒火，揚起眉毛對著碧珍大罵：

「怎麼連妳也對我說這種話！」

「我也是逼不得已。」

「什麼逼不得已？如果我這時出去找工作，除了當檢察官之外，我還能做什麼？妳不是要我回臺灣之後別再當檢察官嗎？」

雨新的心裡雖然還舉棋不定，但長年來早已累積了無數怒火。這些激烈的怒火無處宣洩，只能不斷悶燒。一旦爆發開來，勢必將會一發不可收拾。雨新努力壓抑著情緒，咬牙切齒地說道：

「我的個性妳應該很清楚。如果我繼續當檢察官，一定會賭上性命。到時出了什麼意外，妳可別怨我。」

「我並不是要你下什麼重大決定，只是希望你能靠自己賺錢養活我們母子而已。要是繼續住在這個家，我一定會神經衰弱。」

「若只是這樣，我們可以搬出去住。」

「話是這麼說沒錯，但沒有錢，我們能搬去哪裡？」

「我去找老爸要。」

「你可以試試看，但我想只是白費力氣。」

碧珍斬釘截鐵地預言了交涉的結果。

當天晚上，雨新趁著父親在庭院裡乘涼時，上前提了想要搬出去住的事。父親一聽，登時板起了臉，說道：

「你知道我光是供你上大學，就花了多少錢嗎？就連當初每個月寄錢給你，家裡那些人也埋怨個不停，全靠我說服他們。你大學畢業之後，我還是一直寄錢給你，現在你已經是個有頭有臉的人了，怎麼還跟我要錢？你弟弟大學念到一半就不念了，本來他可以繼續上學，但他卻願意到中學教書，拿錢給家裡。你要找工作一定更加容易，卻反而來跟我討錢，這不是很奇怪嗎？」

「但家裡還有屋有田，反正將來都會分財產，為什麼不現在給我？」

「我在你這個年紀的時候，每天都在別人家裡吃飯，拿一點微薄的薪水，養活你祖母。跟我比起來，你們這些年輕小子真的是沒吃過苦，不知道錢財的可貴。如果你想搬出去，我不會阻止，但你得自己賺錢。只要我還有一口氣在，你別想分財產。」

雨新的交涉不僅沒有成功，還被父親痛罵了一頓。

這天晚上，雨新與妻子大吵了一架。自結婚以來，兩人從不曾發生如此激烈的爭執。雨新原本就心情煩躁，妻子又在身邊發牢騷，想不動肝火也難。現在的社會制度實在很沒道理，男人整天必須做牛做馬，女人卻可以在家中悠閒度日。女人可以拿做家事、照顧孩子當藉口，光明正大地不務正業，相較之下，遭到責備的總是男人。更何況如果妻子當初結婚時帶來了足夠的嫁妝，如今一家人又怎麼會陷入這樣的困境？

雨新的心中充滿了這些抱怨，但當然沒有說出口。雖然當初並非為了財產才娶她為妻，但雨新還是不禁感慨如果妻子有嫁妝，一家四口就能自立自足，面對社會巨變也能冷眼旁觀。

「如果你不找個正當工作，我就搬回家。」

碧珍的態度異常強硬，但這反而更加激怒了雨新。

「若妳想回去，那就回去吧。」

「我真的會搬回家。」

「回吧！如果妳還有家可回，那就回吧！妳嫁過來的時候，妳媽媽只給了妳一些碗跟筷子，簡直把妳當成了乞丐，當成了燙手山芋！」

碧珍一聽，頓時激烈地啜泣起來。她的母親如今才四十多歲，還相當年輕，丈夫去世之後，便公然和情夫同進同出。如今家中大小事全由情夫掌控，就連唯一的兒子，也就是碧珍的弟弟，也被母親嫌礙事，送往了親戚家。嫁進了大家庭的媳婦，大多得面臨碧珍此時的處境。娘家興旺，媳婦會被說仗勢凌人，娘家凋零，媳婦又會被瞧不起。遭公婆數落也就罷了，如今竟連丈夫也這麼罵自己，怪不得碧珍會傷心欲絕。

雨新穿上長褲及涼鞋，奔出了家門。妻子的啜泣聲不斷在耳畔繚繞，久久不曾散去。雨新走過兩旁種著鳳凰木的大道，來到了圓環處時，看見白色的滿月高高掛在州廳遺址的正上方。有著銀座通之稱的鬧街幾乎因空襲而全毀，此時只剩下一些將一樓殘缺部分改建而成的寒酸店面，門口雜亂無章地擺滿了日本人離開時拋售的老舊家具。此外還有一些在路旁販賣上海私菸的攤販，電土燈的青色光芒看起來格外刺眼。

難道這就是令自己念念不忘的臺灣？難道這就是自己從小生活的臺灣社會？難道這就是臺南望族王家的真正面貌？這一切的一切，都與雨新心中的期望背道而馳。在雨新的眼裡，這些無非是必須破除的封建堡壘。每一棟屋舍都沒了屋頂，即使站在路上也能看見灑落中庭的蒼白月光。但這美麗的月光卻不曾照進臺灣人的心中。名為光復的虛偽看板，埋沒了整座臺南街道。民眾心中的美夢，也永遠跟著這些老舊建築一同化為廢墟。既然要讓一切成為廢墟，為什麼不連那有名無實、互相憎恨的家庭也一起毀了？如果還有活下去的動力，大可以一磚一瓦地重建新的家庭。

雨新不知不覺走到了運河邊的道路上。河水在月光下閃爍著青色光芒，揚起了帆的戎克船在水面上輕輕搖曳，發出了吱嘎聲響。那就像是世人為了活著而緊咬牙關的悲痛之聲。如果仔細聆聽，彷彿還能聽見一里外的安平廢港所傳來的海潮聲。不，或許那根本不是什麼海潮聲。妻子在兩個沉睡中的孩子旁邊低聲啜泣的畫面，清晰地浮現在雨新的腦海。

隔天，雨新便出發到臺北找工作了。

五

找工作的過程比原本的預期還要順利。

雨新拜訪了一個在高等法院當法官的學長，對方要求雨新提供證明文件，以證明履歷表上的學經歷並沒有造假。

「中國人很愛虛報學經歷，上次我才聽說有人連日語也說不流利，竟然在履歷表上寫著臺北帝大法學院、臺北高等經濟學院之類根本不存在的學系。」那個學長帶著苦笑說明了理由。

對方確認文件沒有造假之後，立即錄取了雨新。雨新成為新竹地方法院的檢察官，從臺北搭火車到那裡約兩小時車程。

剛回臺灣時雖然裹足不前，如今重新當上檢察官，雨新對自己的職務投注了最執著的熱情。心中的怒火早已醞釀成熟，雨新帶著逢佛殺佛、逢祖殺祖的氣勢處理著一件件經手案件。

事實上戰後臺灣所發生的每一起案件，都足以令雨新怒髮衝冠。其中最令雨新作嘔的是行政官僚的腐敗。打從封建君主的時代起，只要城池易主，行政官員就會全部調換成君主的親信，就連看門的守衛也不例外。官員們就算朋黨營私，只要將不當利益的一部分獻給長官，就可以平安無事。因此在臺灣易主之後，地方官員私自將接收來的日本人財產販賣給商人換取金錢，或是購買官方用品的時候索取回扣，類似這樣的案件層出不窮，只要是想得到的壞事全都發生了。警察經常會利用一些微不足道的藉口將百姓關進看守所，另外派中間人前往交涉釋放費用。願意掏錢的人當天就能獲得釋放，但如果交涉破裂，有時嫌犯甚至會被關在看守所裡長達一、兩個月。若是將案子移交給檢察官，有罪無罪當然就能確定，但這麼做得不到好處，因此警察總是盡量不移送。雨新經常遇上嫌犯家屬向自己哭訴，只好三番兩次到警察局催促。來自大陸的肥胖警察局長總是會說：

「應該是調查還沒有結束，我會叫他們加緊調查，再給你回報。」

局長的說詞總是推託敷衍，滑溜得有如鰻魚一般，令人抓不到把柄。他的口氣雖然恭敬，臉上卻是一副別來擋我財路的表情。雨新雖然怒火中燒，卻也拿這些警察沒轍。中國並沒有提審法，嫌犯無法自行提出送檢要求，就算在看守所被關了一百天，也只能啞巴吃黃蓮。

「警察存在的意義到底是什麼？臺灣的警察根本是權貴的鷹犬！法律、人民及像我這樣的執法者，全被警察玩弄在股掌之間！」

刻板的正義感令雨新義憤填膺，但這只代表著雨新對中國社會的認識不夠透澈。雨新出生於殖民地且嫉惡如仇，當然不會將中國五千年歷史所孕育出的頑強劣根性及複雜人性放在眼裡。

對這個重新回到祖國懷抱的社會而言，雨新無疑是個異端份子，偏偏雨新並沒有認清這個事實，一心只把自己當成面對手術檯的外科醫師，正為了把病人身上的腐爛肉塊切除而緊張得手心冒汗。到了這個地步，雨新已顧不得什麼民族問題。

就在雨新上任後不久，有一艘稻米走私船，因在距離新竹市不遠處的漁港外海觸礁而落網。遭逮捕的嫌犯竟然全是臺灣人。雖然臺灣盛產稻米，但輸出的權利掌握在政府手中，一般人民不得擅自輸出。這段時期通貨膨脹及工廠停擺造成失業者大量增加，百姓的生活愈來愈艱困。雨新認為走私稻米會加速米價的攀升，應該加以嚴懲。嫌犯剛開始得知檢察官是臺灣人時，本來以為可以高枕無憂，直到見到雨新態度嚴峻，才開始驚惶失措，最後甚至惱羞成怒，對著雨新抱怨道：

「我們也不是自願做走私這門生意，如果能像你這樣有份好工作，坐在政府機關裡就能每個月領錢，誰還會願意幹走私？」

「別說這些推卸責任的話，你們根本沒想過自己的行為會讓多少臺灣人餓肚子。」

「這你不應該怪我們，應該去怪政府。比我們還更大規模、更明目張膽的走私船多得是。那些在基隆港裡受警察及海關保護的大船，裡頭走私的貨一艘就可以抵我們上千艘，你怎麼不去抓他們？只敢拍蒼蠅，不敢打老虎？」

「……」

這一番話讓雨新頓時氣得臉紅脖子粗。想要張口喝罵，卻一個字也說不出口。

「說穿了你也是欺善怕惡，藉由找臺灣人麻煩來討好阿山（外省人）！」

「住口！王八蛋！」雨新終於喊出了聲音。原本鬱積在心中的怨氣瞬間潰堤，滔滔不絕地向外傾瀉而出。「只要犯了法，管你是臺灣人還是外省人，我一律嚴辦！」

「希望你說到做到，讓我們開開眼界，哈哈哈……」

雨新氣得站了起來。雖然愣愣地站在桌前沒有移動腳步，一對眼神卻有如凝視著獵物的獅子，全身殺氣騰騰。原本抱怨連連的男人見狀，嚇得縮起身子，深深後悔自己惹錯了人。

然而這件事只是險峻道路上的小小波折而已。即便前方將面臨巨大的斷崖，雨新也已沒有退路。

戰爭結束之後，聯合國為了救濟臺灣的貧民及戰爭受害者，在臺灣設立了聯合國善後救濟總署的分署，透過各縣市政府發放奶粉、罐頭及衣物。沒想到這些物資竟然堆積在新竹市內的批發商店門口，被當成商品公然販售。雨新質問店員，對方聲稱這是收購來的處分品，還拿出了收據為證。收據上頭確實蓋著市長祕書的印章。

「你們是靠投標的方式買到的？」

「不是，是透過仲介人。」

「好，立刻把那個仲介人找來。」

仲介人是個臺灣人，他聲稱自己是個與市政府常有往來的商人，因受了祕書委託才居中仲介。

「你說的都是真的嗎？」

雨新經過再三確認及詳細調查，掌握了確切證據之後，親自帶著法警突襲市政府，將市長祕書逮捕並帶回法院。

市長祕書是市長夫人的弟弟，受了嚴厲逼問後，終於坦承販賣救援物資的行為是由市長親自下令，賣得的錢大部分都進了市長口袋。祕書遭逮捕時，市長還沒有上班，事後市長接到消息，據說相當慌張。雨新謝絕一切會客，審問了整整一天，深夜才回到家中。卻有個男人自稱是市長派來的使者，一直在家裡等著自己。

「有什麼事嗎？若是關於市長祕書的事，現在說什麼都沒用，請回吧。」

「哎呀，請別這麼拒人於千里之外。」

那男人看來是個老油條，沒辦法輕易打發。他先天南地北地說了一會閒話，才慢慢切入正題。

「你身為檢察官，這麼做是理所當然，可是俗話說得好，花花轎子也是人抬人。市長祕書涉嫌貪瀆一事如果傳揚出去，將造成人民對政府的不信任，影響民心的安定。市長已拍胸脯保證會將祕書嚴懲，請你給市長一次面子，這次就高抬貴手吧。」

「……」

這番話早在雨新的意料之中。雨新緊閉雙唇，只是默默地聽著。

「市長還說，只要你願意幫這個忙，他什麼都願意配合。祕書私吞的金額，市長願意自掏腰包填補，若你有其它條件，也可以儘管開口。」

雨新哼了一聲，說道：

「你回去告訴市長，王檢察官舉發市長祕書並不是為了錢。」

「請先別這麼生氣，先聽我一言。對於你的正義感，我也由衷佩服。你真的是最稱職的檢察官。但這世間很多事情光靠蠻幹是行不通的。你若將來想要飛黃騰達，就得學會多一點包容。市長在司法界的人面很廣，你如果要跟他硬來，最後肯定會碰釘子。為了你的前途著想，我認為在事情鬧大之前，最好是大家私下解決吧。」

那男人反覆遊說了一個小時以上，最後見說服不了雨新，不知打起什麼主意，竟相當乾脆地起身告辭。男人的態度雖然恭謹，卻令雨新更加感到不舒服。男人離去後，雨新依然雙手插胸，在椅子上愣愣地坐了好一會。

隔天早上，雨新一進法院，突然有個平常沒什麼交情的外省同事走了過來，說道：「我給你一個忠告，最好留點情面，別想趕盡殺絕。我們雖然是檢察官，但若惹錯了對象，同樣會吃不了兜著走。」

同事或許只是基於好心才出言提醒，但雨新想起昨晚那個男人，不禁懷疑連眼前這個同事也已遭到收買。回想起來，今天每個同事的眼神中都流露著恐懼、驚愕與憐憫。

晚上一回到家，妻子也是一臉憂心忡忡，劈頭便問：

「老公，這麼做真的不會有事嗎？」

「女人別多嘴。」雨新此時的心情非常糟。

「你認真工作是很好，但我實在放心不下。今天剛好有個盲眼的算命先生從門口經過，我請他一算，你的運勢似乎不太好。」

「他有沒有算出我過不久就會慘死？」

「你別胡言亂語。總而言之，做事小心點準沒錯。你要辦貪官汙吏並不是不行，但天底下貪官汙吏這麼多，你辦得完嗎？」

「辦不完，難道就放著不管了？」

市長得知雨新不肯讓步，擔心這案子遲早會將自己扯下水，決定進行反擊。他主動對小舅子的瀆職提出了告訴，另一方面又驅車前往臺北，向平日庇護他的某高官求救。市長的這些行動不斷傳入雨新的耳裡，但無論如何要逮捕市長的決心絲毫沒有動搖。

這一天早上，雨新突然被叫進了法院長室。

「調查進展順利嗎？」法院長問道。

法院長畢業於美國某大學，是個福州出身的老紳士。

「一切順利，已經進入最後階段了。」

「那很好。」法院長摘下眼鏡，從胸前口袋掏出一條白手帕，慢條斯理地擦了起來。「對了，我收到了你的調職命令，上頭似乎要把你調到臺北。你若不願意，當然可以拒絕。不過從新竹調到臺北，也算是升遷，你看如何？」

「就算要調，也得先處理完這次的案子。」雨新激動地說道。

法院長的臉上依然帶著不著邊際的微笑，說道：

「你這麼說也是有道理，不過你可要想清楚，錯過了這個機會，實在有點可惜。」

雨新聽出法院長的言下之意，是在威脅自己不得拒絕調職。雨新不禁勃然大怒，一走出院長室，便立刻動身前往逮捕市長。

市長早已接到了雨新即將前往逮捕他的消息。雨新帶了四名法警，親自拿著拘票，到了市政府一看，市政府的內外竟然站滿了市警察局的巡查。

平日經常與雨新作對的肥胖警察局長就擋在市政府的大門口。

「嗨，王檢察官，今天來這裡有何貴幹？」羅姓警察局長率先發話。

「既然你在這裡，那正好。我現在要逮捕市長，我希望你守住門口，以防他逃走。」

「真是來勢洶洶啊。」局長調侃道。

雨新正要帶著四名法警走進市政府，局長忽然對著雨新身後的法警說道：

「站住，你們幾個不准進去。」

「羅局長！他們是我的部下，請你別阻擋。」

「我只是在執行市長的命令。」

「什麼？」

「市長吩咐，不能讓法警進入市政府。」

「你在說什麼傻話？市長是貪官汙吏！你這是妨礙執法！」

「市長說，他只願意見你一個人，請進吧。」

「好。」

局長率先邁步，背後跟著怒氣沖沖的年輕檢察官。鞋聲橐橐，迴盪在走廊上。

市長室裡站著大約十個男人，身材矮小肥胖的市長氣定神閒地坐在中間的大椅子上，傲然瞪視著雨新。

「郭市長，我現在以貪汙罪嫌逮捕你。」雨新毫不畏懼地喊道。

市長面無表情地說道：

「你有拘票嗎？」

「有。」

「拿出來我看看。」

雨新從內側口袋掏出一張紙，舉到市長鼻尖前方。市長一手扯過，朝紙上瞥了一眼，便將紙塞進自己的口袋。

「好了，現在跟我走吧。」

雨新這句話一出口，原本默不作聲的市長忽然捧腹大笑。

「哈哈哈哈……」

笑了好一會之後，市長才說道：

「你這個不知天高地厚的小子。你有辦法逮捕我，就試試看吧！」

周圍幾個凶神惡煞般的男人也跟著哈哈大笑。

雨新氣得滿臉通紅，轉頭向警察局長大喊：

「把市長抓起來！這是命令！」

「哈哈哈哈……」身材高大肥胖的局長縱聲大笑，幾乎要在地上打滾。「檢察官，市長可是我的上司！你又沒喝酒，怎麼會開這種玩笑？」

當雨新回過神來，自己已經奔下市政府前的石階，背後傳來一陣陣哄笑聲。雨新立即趕回法院，奔進院長室說道：

「這是對神聖司法權的最大褻瀆！必須嚴厲制裁！絕對不能就這麼算了！」

雨新氣急敗壞地說著。年老的院長既沒有制止雨新，也沒有開口說話，等到雨新說完了之後，院長才開口問道：

「拘票在哪裡？」

「被市長搶走了。」

「你身為檢察官，連拘票都被搶走了，你就這麼摸摸鼻子走回來？神聖司法權的臉都被你丟光了！你現在快去把拘票拿回來，有什麼話，到時候再說。」

雨新霎時像遭人潑了一盆冷水，一時張口結舌，說不出一個字。理應捍衛司法的法院院長，竟然會說出這種話。

雨新一回到自己的辦公室，立即坐在桌前寫下了辭呈。雨新已不想再跟這些人繼續共事下去。既然他們逼自己辭職，那就如他們所願吧。當雨新再次打開院長室的門時，眼淚差點奪眶而出。

「你是自願請辭，我並沒有逼你，這點希望你不要誤解。沒有人能夠強迫檢察官辭職。」院長接下辭呈，凝視雨新的臉，再次強調自己的立場。

六

南方島嶼的天空萬里無雲，放眼望去盡是無邊無際的藍天。從月曆上來看，此時理應入秋，省都臺北卻依然炎熱。

雨新在九月辭去檢察官職務，帶著妻子與兩個孩子搬回臺南，不久後又隻身回到臺北找工作。即便心裡再怎麼厭惡老家的封建氛圍，但到了走投無路的時候，也只有老家是妻小的棲身之所。妻子形容老家是「針山」，但如今這個「針山」是一家人的唯一避風港。

「我知道妳不好受，希望妳能忍耐一陣子。」

碧珍聽丈夫這麼說，也沒辦法拒絕。

「我不會就這麼無所事事下去，只要找到好工作，馬上會來接你們。」

距離雨新這麼說服妻子，也已過了兩個月。雖然人在臺北，卻不知該上哪裡找工作。人生不像小說，沒辦法區分章節，也沒辦法告一段落。就算再怎麼乏善可陳的生活，還是得持續下去。

到了這個地步，為了維持生計，雨新已有了不管什麼工作都得幹的覺悟。雨新曾考慮過再次走進學術的世界，登上象牙塔的頂端睥睨天下，也曾想過乾脆找一家公司上班算了。但雨新想要東山再起的心願，卻並非輕易能夠為社會接受。前輩、好友們皆對雨新的英雄行為讚不絕口，並且嚴厲批判國民黨政府的愚昧不明。但讚美歸讚美，卻沒有人願意替成為犧牲者的雨新提供生活上的援助。當然雨新做那些事不是為了受到稱讚，或許本來就不應該有這樣的期待。但問題是雨新離開了司法界，就像是被抓上岸的河童，根本沒有其它謀生之道。雨新到處拜訪熟人、朋友，走得兩腿快斷了，才終於遇上一位學長願意收留。那學長是某中學的校長，決定聘用雨新擔任英語教師。雨新這陣子可說是歷盡滄桑，好不容易謀得一職，感動得幾乎落淚。

「請你來當中學教師，簡直是殺雞用牛刀。不過你放心，只要沉住氣，這世間遲早會撥雲見日。」學長說道。

但在雨新的心裡，只要人類存在一天，這布滿烏雲的黑暗世界就會永遠持續下去。沒有人能夠從這個世界逃離，就好像沒有人能夠躲避熱帶的灼熱陽光。

中學教師的收入相當微薄，加上學校積欠了兩個月薪水，雨新將身上的錢付了房租之後已所剩無幾，根本不可能讓妻小上臺北同住。每天雨新皆頂著大太陽，走著相同的路，到學校教書。

雨新任教的中學鄰近植物園，每天上學及放學都會從植物園旁經過。有時他會躺在園內的草坪上，仰望受椰子樹包圍的蔚藍天空。

為什麼南方島嶼的天空會這麼藍？為什麼跟天空比起來，下方的世界會如此昏暗？要在這個社會存活，這些「為什麼」全部不能問。既然活在這個世界裡，就沒有問「為什麼」的權利。為什麼人要活著？為什麼人會相信世上有神？為什麼人有養育妻兒的義務？為什麼植物在秋天會掉葉子？雨新凝視著天空，無數的疑問就像天上的白雲一樣不斷湧現。人總是會對自己拋出各式各樣的疑問，但人總是連最簡單的問題也回答不了。

從前就讀於臺北高等學校的時候，雨新是辯論社的社員，曾參加過全島遊說之旅。雖然正值年少輕狂的年紀，雨新的心態卻像隱花植物一樣陰沉憂鬱。沒有什麼朋友，在家裡一點也不開心，也找不到什麼有趣的樂子。有那麼一天，暑假前的學期考剛結束，過不久就要舉辦演講大會，雨新卻想不出該講什麼題目。於是雨新來到了這座植物園，走在樟樹、大王椰子、芭蕉椰子及其它各種茂盛的熱帶植物之間，朝著廟的方向前進。明治二十八年，樺山總督首次針對臺灣政策發表演講，正是在這個地方。如今園內一個人也沒有，耳中只聽得見刺耳的蟬鳴聲。偶然間，雨新抬頭仰望廟的屋頂上方。那片一望無際的藍天，令雨新的心情豁然開朗，對未來也萌生了希望。沒錯，這世上不會只有壞事。就像植物一樣，人生也會隨著季節而產生變化。

「冬至春不遠……」偶然間脫口說出的這句話，成了雨新的演講題目。高中生的演講大多不是為了說服他人，而是為了自我陶醉，雨新也不例外。何況當時雨新只在學校學過日語，說得不算流利。不過雨新很清楚自己的斤兩，堅守「三流演講與日本狆[3]的臉都是愈短愈好」的原則，草草結束了自己的演講。

從那天到現在，已十年了。雨新再度走在植物園裡，回想著那段心中還抱持希望的時代。如果可以的話，多麼希望再說一次「冬至春不遠」。可惜現在的雨新已不再相信天上與人間的遷移有任何因果關係。藍天的唯一存在目的，就是讓世人的醜態在陽光底下一覽無遺。

雨新唯一的欣慰，是自詡為一個優秀的教育家。微薄的收入、父親的表情及妻子的嘆息，全都被雨新拋在腦後。只要一走進教室，雨新便將全部心思放在課堂上。北風與寒雨交錯的冬天，雨新一直窩在冰冷的房間裡，就連過年也沒有回臺南向親戚、朋友們拜年。親戚

3 日本狆：寵物犬的品種名。

們皆感到納悶，朋友們則幾乎已忘了這個人。

但天底下有兩個人並沒有忘了雨新。

民眾對國民黨的暴政已到了忍無可忍的地步。二月二十七日，專賣局的查緝員在街上發現一名女子正在販賣私菸，查緝員想要沒收女人手中的私菸，旁邊有個臺灣人企圖阻止，查緝員竟開槍將臺灣人射殺。那名臺灣人剛好是頗有威望的黑道流氓，因此這起事件成了爆發劇烈衝突的導火線。到了隔天，也就是一九四七年二月二十八日，一大群流氓組成了遊行隊伍，以祭拜城隍時使用的舞獅領頭，浩浩蕩蕩地朝專賣局前進。專賣局長見苗頭不對，早已躲得不見蹤影。遊行隊伍找不到專賣局長，於是繼續前進至長官公署，要求行政長官陳儀槍決殺人兇手、對死者家屬發給弔慰金及撤換專賣局長。陳儀若是個偉大的政治家，此時只要親自站在長官公署的陽臺上，對民眾發表一番演說，想必就能平息眾怒。但陳儀平日壓榨了太多民脂民膏，深恐遭到民眾報復，竟然派人持機關槍自公署的屋頂上朝民眾開槍。大量的鮮血令民眾瞬間失去理智，原本看熱鬧的人群中包含一些外省人，這些人立即遭到不分青紅皂白的圍攻。接著群眾分成了數路，有的縱火燒毀專賣局，有的占領廣播電臺，鼓吹全島臺灣人起義抗暴。除了長官公署之外的整個臺北市幾乎全由臺灣人占領，而且這股風潮接著又像傳染病一樣不斷蔓延，不久後全島都在臺灣人的掌控之中。陳儀見形勢不利，態度開始軟化，一方面完全接納臺灣人組成的二二八事件處理委員會所提出的條件，答應在臺灣實施省政自治，一方面卻又向蔣介石發出請求援軍的祕密電報。

在臺灣人控制了臺灣的短暫期間，中學生皆被要求肩負起維持治安的責任。雨新身為中學的主任，理應站在第一線指揮學生，不巧的是雨新剛好得了感冒，在家裡休養。收音機不斷傳出呼籲臺灣年輕人參與行動的號召，雨新感覺那一字一句都在催促著自己。行動吧！快行動吧！雨新在心中吶喊。但任憑這些聲音在腦袋裡迴盪，卻換不來實際的動作。

當年在演講臺上大談「冬至春不遠」的高中生，浮現在雨新的眼前。雨新緩緩抽起垂掛在腰際的醬油色毛巾，抹去額頭的汗滴，接著拿起桌上的水壺，慢條斯理地將水倒在杯裡。我還在這裡磨蹭什麼！敵人已經快來到眼前了！雨新的內心萬分焦急，表面上卻依然無動於衷。行動吧！快行動吧！別想那麼多，做就對了！想到冬天過了，春天過了，夏天過了，秋天也過了！但現在的自己就好像是站在人生的深淵旁，俯瞰著深淵的底部。不，或許這麼形容並不恰當，因為那深淵根本深不見底。這深淵真的有底嗎？如果有底，那是什麼顏色？在那裡會聽見嘆息與吶喊嗎？抑或那些嘆息與吶喊都是由站在深淵旁的人所發出？如今我什麼也不想做，是因為我害怕跌入這萬丈深淵嗎？沒錯，就像那個蘇榮福所說的，我是個膽小如鼠的人。我只是在正義的面具底下過著自我安慰的日子。一旦失去了面具，我的醜陋本性就攤在陽光下了。

到了隔天，收音機傳出的廣播內容已截然不同。陳儀數次對著麥克風發表聲明，對臺灣人口口聲聲稱同胞，卻將二二八事件的英雄們貶為叛徒，更把負責維持治安的年輕人斥為流氓惡棍。蔣介石的援軍已在今天自基隆港登陸，一上岸就拿著機關槍對臺灣人掃射。

聽完了廣播，雨新的心中驀然燃起一股鬥志。流氓翻臉不認帳並不稀奇，但政治家翻臉不認帳，這輩子還是第一次聽到。

雨新鑽出被窩，整裝後走下樓梯。房東太太說道：

「現在外頭好危險，最好別隨便出門。」

雨新只是淡淡一笑，便邁步走出門外。雖然已入三月，但一陣風颳來，依然頗有寒意。遠方傳來劈劈啪啪的步槍槍響，簡直像在放鞭炮。雨新一邊聽著槍聲，一邊走到公車行駛的大馬路上。

就在這個時候，雨新察覺身上沒帶錢包。

於是雨新沿著原路走回住處。就在打開門的那一瞬間，背後傳來汽車的煞車聲。雨新轉頭一看，一輛汽車停在家門前，數名手持武器的警察跳下了車。雨新一見，霎時臉無血色。

「王檢察官，我來接你了。」肥胖的警察局長一邊走上前來一邊大喊。「不想吃子彈，就給我乖乖上車，別給我耍花樣。」

局長手中的手槍閃爍著怵目驚心的光澤。在最後這一瞬間，雨新拚命想著有沒有什麼辦法可以逃命。但眼見沒有逃脫的指望，雨新只好任憑局長的手下抓住自己的手腕，乖乖坐上了汽車。車子在引擎聲中逐漸駛離，這輛車最後去了哪裡，沒有人知道。

三天後，碧珍擔心丈夫的安危，來到了臺北。房東太太告知了那天的情況，碧珍愣愣地站著，眼淚已撲簌簌地滾落。臺南也跟臺北一樣，有大量臺灣人遭到殘殺，而且絕大部分是無辜百姓。趁天下大亂的時候報私仇，是中國社會的常識，臺灣人不懂這一套，不懂就是該死。或許這證明臺灣人不是中國人，也或許這證明臺灣人是中國人中的異類。

臺北的郊區路旁到處可見遭殺害的臺灣人屍首。有些屍體的雙手被綁在大石上，沉入了淡水河底，其中有些或許是沒綁好，又浮出河面。碧珍帶著淚水到處查看屍體，但沒有一具看起來像自己的丈夫。魏道明上臺，取代了陳儀的地位，因二二八事件而遭逮捕的臺灣人一一獲得釋放，但雨新也不在這些人之中。或許雨新已經死了，但沒有任何證據可以證明。

碧珍每天皆背負著嬰兒，在親友、熟人之間來回奔走，打聽丈夫的消息。但走到兩腿痠麻，還是沒問到任何線索。碧珍不肯放棄，曾到媽祖廟懇求媽祖開示，也曾詢問算命先生，得到的答案都是丈夫還活在世上。找不到屍體，讓碧珍心中懷抱著一線希望。期盼丈夫還活著，成了碧珍活下去的唯一動力。

轉眼又進入寒冬，臺南街道上草木乾枯，每當冷風一吹，廢墟便籠罩在塵埃之中。某天夜裡，雨新的父親夢見兒子滿身是血，躺在河岸邊。父親走上前一看，兒子面目猙獰地質問父親為什麼不為自己設置墳墓。就在二二八事件滿一周年的那天，父親提議要為兒子舉行喪禮。平日絕不敢頂撞公公的碧珍此時兩眼一瞪，呢喃說道：

「雨新還活著。」

（初發表於一九五五年八月）

故園

一

突如其來的海潮聲，讓楊老人從夢中驚醒。

轉頭一看，駱駝毛毯有一半從自己所睡的竹床滑落到冰冷的紅磚地板上。周圍一片昏暗，只勉強能看見東西的輪廓，但海浪瀺灂之聲依然不絕於耳。

老人要坐起身子並不容易，只能躺在床上試著把毛毯往上拉。但毛毯不知被什麼東西勾住了，竟拉扯不動。拉了兩、三次徒勞無功，老人只好勉力撐起上半身。竹床似乎跟自己的身體一樣大限將近，發出了類似慘叫的吱嘎聲響。一直枕在頭下的右手腕又痠又麻。

然而胸口的強烈悸動，令老人並無心思理會右手的痠麻。那是一股夾在恐懼與快感之間的驚愕，自老人的背脊向外擴散，深入全身脈搏的每個角落。

冷風一陣又一陣自敞開的小玻璃窗灌入房內。此時的臺灣雖然已入夏，晚上的風卻異常寒冷，令老人忍不住縮起肩膀，打了個哆嗦。老人在黑暗中垂下雙腳，探觸到了拖鞋，套上後起身走向窗邊。

窗戶正下方，是個約四、五坪大的庭院，種滿了蝴蝶花、蘆筍及玉蘭花。通往圍牆入口的走道上方架起了棚子，上頭掛著一條條菜瓜。圍牆外的黃色街燈光芒隱約自棚架上的綠葉縫隙間透入。

屋外正下著雨。

剛剛聽到的海潮聲多半是錯覺吧。老人如此想著。因為老人不情願地回想起自己已不知有多少年沒聽見海潮聲了。老人深信海潮聲不再傳入耳中，並非自己的耳朵不管用了，而是大海離自己愈來愈遠了。

日本人將這一帶命名為濱町，正如其名，這裡是全臺南最靠近海的地區。雖說近海，其實距離海岸尚有四公里之遙，加上這附近蓋滿了擁擠狹小的臺灣式屋舍，實在不可能聽見海潮的聲音。但是在老人年輕的時候，或許是風向變化的緣故，有時海潮聲會突然鑽入耳中。每當這種時候，老人總是會靜靜聆聽那道聲音，好幾個小時也不厭倦。聽久了之後，老人發現那道海潮聲並非來自大海的方向，而是來自自己的腳底下。老人從不曾對任何人說出這件事，但即便遭人嗤之以鼻，老人也會堅稱自己絕對沒有聽錯。如今老人身邊已無親人陪伴，從前家人們還在世的時候，老人是他們眼中最難相處的頑固老頭。但不管別人說什麼，老人對自己總是抱持絕對的自信。

海潮聲為什麼不是來自大海的方向，而是來自地底下？老人會這麼想，當然有其理由。當老人還是孩童的時候，有一次曾被祖母抱在懷裡，聽祖母說過一個睡前故事。從前從前，這一帶的土地都在海底下。雖然如今海岸遠在一里[1]之外，但在祖母年輕的時候，住家的旁邊就是海灣。在那夕陽餘暉照耀下，據說不少人曾搭著戎克船，在船上敲鑼打鼓及放鞭炮，進出於住家附近的那座水仙宮。據說那座水仙宮原本是面海而建，但在老人懂事之時，那一帶早已成了熱鬧雜沓的市場，再也沒有半點大海的影子。流經臺南市郊外的曾文溪每年都將大量泥沙帶往下游，造成港灣逐漸被填平。但祖母說這附近曾是海底的那番話，深深烙印在老人的心裡，因此每當聽見海潮聲，老人都深信那肯定是來自地底下。

老人聽見海潮聲的次數並不多，但每次聽見，老人總是會感覺心臟彷彿停止跳動，下一秒卻又悸動不已，就好像是思春期的少年因莫名的衝動而產生了飄飄然的陶醉感一般。老人從不曾見過父親及祖父的臉，但經常聽祖母提起他們年輕時候的事。祖父先移居到了臺灣，後來又將妻兒從對岸的泉州招呼來臺灣同住。祖母當年跟一個兒子渡海來到臺灣的安平港，這似乎是她一生中最大的冒險。每當說起這件事，老邁的祖母依然難掩興奮之情。

1　一里：日制一里約等於三．九公里。

「在那澎湖島的附近，好深好深的海底，住著一隻好大好大的鱷魚精。每當牠肚子餓的時候，就會攪動海水，讓戎克船上的人跌進海裡，再把他們吃掉。」

祖母的語氣中流露著恐懼。

「是真的嗎？」

「當然是真的，奶奶也遇到過呢。」

「奶奶，妳看見鱷魚精了？牠長得什麼模樣？」

祖母突然有些吞吞吐吐，她最後沒有回答這個問題，繼續說起了她的故事。

在那個沒有氣象臺也沒有汽船的時代，百姓在橫渡臺灣海峽時一旦遇上大風大浪，就會焚燒金紙銀紙，在口中默禱，懇求海上守護神媽祖保佑航海平安。祖母當年親眼目睹一個身材高大的男人遭海浪吞噬，成為鱷魚精的腹中物。

楊老人自從小時候聽了這個故事後，就對大海有一種莫名的恐懼。這股恐懼或許正是對「活著」這件事的體悟。每個人在第一次得知人生的祕密時，都會有同樣的感受。只不過在楊老人的人生中，這股感受是假借大海的形式來呈現的。

因此每當楊老人聽見海潮聲，就會像年輕人一樣熱血沸騰。即使到了四、五十歲，這個反應也絲毫沒有改變。但隨著老人的耳朵逐漸失靈，聽見海潮聲的次數愈來愈少，大海彷彿漸行漸遠。老人已忘了人生的祕密，忘了恐懼，忘了熱血沸騰的感覺。自從遭海潮拋棄之後，已不知過了多少歲月。

沒想到就在今晚，這些感覺重回新頭。

可惜這只是個悲哀的錯覺。原本以為的海潮聲，只是一場初夏夜晚的短暫陣雨。絲絲雨滴打在敞開的玻璃窗上，化成一顆顆冰冷的圓珠，慢慢往下滑落，拉出細細長長的尾巴。但雨滴的數量愈來愈多，敲打在庭院的菜瓜棚架上，滴答聲響傳進了屋內。白色蝴蝶花的濃郁香氣全被雨水打散，沒辦法像平常一樣飄入老人的床邊。模糊的玻璃窗反射著街燈的黯淡光芒。

楊老人默默離開窗子，走到床緣坐下。

二

若有似無的寒意令老人以顫抖的手拉過毛毯，蓋在膝蓋上。這條毛毯因長年使用而變得毛量稀疏，隨處可見底下的紋路，卻是相當昂貴的高級品。這房間裡的家具全是些連當鋪也不願收的破銅爛鐵，唯獨這條毛毯可看出從前的奢華生活。當時老人經常坐在自己專用的人力車上，膝蓋上蓋著這條毛毯，意氣風發地逛遍整座臺南城。隨著時代改變，老人的事業一蹶不振，連人力車也拱手讓給了他人，卻唯獨這條毛毯說什麼也不肯賣掉。這麼一條舊毛毯，就算要賣也賣不了幾個錢，當然這也是理由之一。老人相當喜愛這條毛毯，只要天氣稍涼，就會將毛毯拿出來。膝蓋上有了這條毛毯，坐在竹床上跟坐在人力車上似乎也沒有太大差別。

老人坐在床緣聽著雨聲，剛剛作的一場夢清晰地浮現在腦海。那是一場相當短暫的夢。夢中的自己獨自坐在客廳，突然外頭傳來激烈的敲門聲。

「開門！開門！」

自己急忙起身走向大門，拉開門閂，將兩片門板同時推開。兩名苦力抬著一個沉重的物體走進門內。仔細一瞧，那物體竟是一副氣派的紅色棺材，前頭以金漆寫著「壽」字。兩名苦力將棺材放在客廳的正中央，連聲招呼也沒打，就這麼轉身走回夜晚的庭院，消失得無影無蹤，只留下皎潔的月光自敞開的門外射入。就在這時，海潮聲響起，將自己從夢境中喚醒。

在傳統教育及環境中長大的人大多迷信，楊老人也不例外。坐了一會，老人不自覺地思索起了這個夢背後所代表的意義。

老人笑了起來。布滿了皺紋的嘴角慢慢上揚，而且幅度愈來愈大，最後像個孩童一樣整張臉笑逐顏開。

「苦力是把棺材搬進來，不是搬出去。搬出去代表有人死，搬進來代表福臨門。這是大吉大利的夢，暗示我最近會發一筆橫財。」

老人興奮地把想到的話全說了出來。事實上老人如今過著獨居生活，倘若家裡有人死，那個人必定是自己。但老人完全沒想到這些，一臉春風得意之色，彷彿當自己依然是個油光滿面的四十多歲壯漢。即使是事後回想起來感到無比悲哀的淒慘人生，中間必定有著黃金年代。

老人的黃金年代在距今三十年前，當時老人才四十多歲。由於老人能像買辦一樣多多少少說幾句日語，因此能與日本人買賣土地特產，藉此賺了不少錢。老人將賺來的錢買了農田，不久後該地區快速發展，地價翻漲了數倍。老人接著又投資稻米期貨，那年剛好颳了場大颱風，稻米收穫量銳減，又讓老人賺飽了荷包。就像這樣，財源廣進的情況持續了好幾年，每次投資都順利得像在作夢。人一旦過慣了鴻運當頭的日子，就會漸漸覺得運氣好是理所當然，而且會永遠持續下去。俗話說女色是四十大敵，老人在四十歲之後突然致富，果然開始沉溺女色。那時老人一天到晚與運河旁新町貸座敷[2]的娼妓或酒家女膩在一起，有時還會將女人帶回家。這樣的行為在當時的社會受到默許，就連長年結髮妻子珠英也睜隻眼閉隻眼。妻子的容忍，更是讓老人幾乎忘了妻子的存在。許多女人都為老人生了孩子，家裡每天都像辦廟會一樣熱鬧。老人天性喜歡熱鬧，因此認為孩子愈多愈好。自己雖然學歷低，但憑財力

2 新町貸座敷：新町是日治時代臺南紅燈區，貸座敷則是妓院。

要養大這些孩子可說是綽綽有餘。在那個天下太平的時代，老人一心想著等這些孩子長大之後，就讓他們做自己想做的事。

但隨著戰爭的爆發，老人的運氣開始走下坡。三個兒子都被徵調入伍，派往菲律賓、海南島作戰，再也沒有回來。嫁到嘉義的一個女兒遇上空襲，連人帶屋被燒成了灰。原本老人所開的米店，又因稻米受到控管而無法經營下去。老妻去世之後，家道中落的速度更是快得令人咋舌。戰爭剛結束時，只剩下老人及最小的女兒在這棟破屋子裡相依為命。當年的熱鬧家庭早已完全變了樣。而如今，就連小女兒也不在身邊了。

漆黑的房間裡，老人驚覺自己變得孤苦無依，愈想愈不對勁。這沒道理，自己不該有這種下場。臺南最著名的風水先生明明說過，自己的命相當好。那位風水先生是鐵口直斷，不可能算錯。對，風水先生不會算錯，錯的是眼前的現實，一定是這樣。

但是就在下一瞬間，老人心中突然浮現一個疑問。剛剛夢境裡的那副棺材，裡頭裝的到底是什麼？這念頭一起，無數疑惑登時像雲霧一樣不斷湧現，在腦海揮之不去。夢見氣派的棺材從門外搬進屋裡，代表死後能夠葬得風風光光，因此是象徵大富大貴的吉夢。但如果棺材搬進來時是空的，那豈不是暗示著自己要躺進去？這麼說來，難道自己死期已近？

「沒那回事……沒那回事……」

老人不禁有些著慌，急著想要驅趕潛入心中的死神。

三

這年年初，楊老人曾罹患輕度的腦溢血。當時是三更半夜，老人突然因劇烈的頭痛而醒來。想要喚醒睡在隔壁的小女兒月華，卻無法開口說話。月華聽見呻吟聲，慌忙奔進了老人的房內。

「快……快叫醫生……」

老人強忍著頭痛，勉強說完這句話，便癱倒在床上。住在附近的中年醫生趕來為楊老人進行急救，所幸症狀輕微，並無性命之憂。但醫生警告，如果再發作一次，就算沒丟掉性命，恐怕也會半身不遂。如果想要保住性命，從今以後絕對不能再碰酒。老人心中懼怕，在床上整整躺了三星期。而且開始恢復正常作息之後，老人只要感覺腦袋不太對勁，就會急忙回床上躺著。過去任憑他人說破了嘴，老人也不肯戒酒，如今卻主動將酒也戒了。老人有個在戰爭中唯一倖存的兒子，這個兒子搭走私船偷渡到東京後，就再也沒有回來。女兒月華寫信給這個兒子，告知父親腦溢血的消息，兒子寄了一些注射劑回來，聲稱是美國最新的腦溢血治療藥。醫生每隔一天就會來家裡，為老人注射藥劑，老人總是忍不住在醫生面前大讚這個兒子。老人說，這兒子實在很孝順，全是因想法跟政府不同，才會跑到外國去。老人接著還會大罵政府倒行逆施，竟然害自己必須跟兒子骨肉分離。相同的話，醫生已聽過太多次，因此每次注射完藥劑之後，醫生就會以要趕往其他病人的家為由，匆匆告辭離開。

但是當身體恢復健康後，老人又逐漸養成了在米酒裡摻砂糖喝的習慣。月華勸父親好好愛惜身體，老人卻當成耳邊風，還說如果連酒也不能喝，不如死了算了。月華聽父親這麼說，知道無法阻止，只好不再理會。

楊老人雖然重新喝起了酒，但喝法與從前頗有不同。從前由於老人手頭闊綽，加上日本清酒方便取得，因此老人最愛喝的是日本清酒。戰爭爆發之後，臺灣與日本內地往來變得困難，加上日本清酒的配給量少，老人只好改喝本地專賣局所販賣的米酒。米酒的酒精濃度比日本清酒還高，但喝習慣後別有一番風味。戰爭結束之後，許多洋酒自上海、香港等地走私進入臺灣，要取得洋酒已不再那麼困難，但老人一來經濟拮据，二來也剛好變得對米酒情有獨鍾，所以還是只喝米酒。老人是否真的那麼愛米酒，外人不得而知，但有時老人參加老朋友的生日宴會，即使宴席上有其它高級酒，老人還是堅持要喝米酒，對其它酒碰也不碰，由此看來老人對米酒的鍾愛或許並不虛假。

如今一家的生計全靠月華在市政府工作的微薄收入，就連喝米酒，也成了奢侈的享受。一旦手邊的錢花光了，老人就會要女兒寫信給住在東京的兒子，催促兒子寄錢回來。剛開始的時候，兒子還會照做，但寄了一、兩次錢之後，就再也不寄了。老人明知道兒子在陌生的東京討生活肯定不容易，卻不斷要女兒寫信向兒子討錢。月華知道哥哥的難處，因此在信裡也盡量不再提錢的事。一旦遭父親催促，月華就會聲稱前幾天才剛寄了信。老人遲遲等不到錢，經常大發雷霆，毫不避諱他人目光地破口大罵：

「永祥這個不孝子！虧我供他讀完大學，他竟然不養我！當初我年輕的時候，雖然不識字，可是努力賺錢讓家人溫飽！永祥這小子實在太沒出息了！」

在老人的心裡，兒子長大後扶養雙親是天經地義的事。一來這是臺灣自古以來的傳統觀念，二來老人自己年輕時也是這麼遵行，因此老人心中沒有一絲一毫的懷疑。但接受了新式教育的兒子卻認為父母有養育孩子的義務，孩子卻沒有扶養父母的義務，甚至還在信裡大刺刺地寫著：「以後我也會養自己的孩子，就跟從前父母養我一樣，這樣就扯平了」。老人看了更是罵不絕口。兒子是混蛋，新式教育也是混蛋。以後我要是有孫子，絕對不讓孫子接受教育。沒錯，如果月華有了孩子，我會把那孩子送進書房[3]，先好好向老師學學「人之初」的道理。

老人經常對著月華大發牢騷，一起了話頭就停不下來，因此月華也漸漸變得不願與父親相處。月華以工作很忙、必須加班為藉口，每天都到深夜才回家。持續一陣子之後，老人漸漸起了疑心。回想起來，女兒最近打扮似乎變得有些風騷，化妝的時間也變得很長。

3　書房：傳授古典漢文教育的私塾。

於是老人走進女兒的房間，拉開化妝臺抽屜及衣櫥，仔細檢查裡頭的每一樣東西。老人發現了新的襪子跟提包。憑女兒那點微薄薪水，絕不可能買得起這種東西，一定是男人送的。一拉開衣櫥抽屜，裡頭赫然有張女兒與男人的合照。老人一看見照片，霎時怒不可遏。對老人而言，這張照片正是無可辯駁的鐵證。

「我就知道！」老人一面咕噥，一面在房裡走來走去。

過了半晌之後，老人心中的怒氣不減反增，再也按捺不住，終於衝出了家門。原本老人擔心家裡遭小偷，平日極少外出，但此時已管不了那麼多。走到大馬路上的時候，老人才想起大門沒鎖，趕緊回頭將門鎖上。此時夕陽已垂掛在半空中，隨時會隱沒在茂盛的榕樹樹梢之下。安平港方向的西邊天空呈現一片火紅，彷彿正在燃燒一般。老人走在柏油路面上，朝著西市場的方向邁步。由於鄰近運河，這一帶聚集了不少木材店，其中還有一家在賣棺材。老人每次經過那家棺材店的門口，總是會緩緩停下腳步，仔細品評擺在店門口的每一副棺材。但今天老人根本沒那個心情，甚至沒察覺已經從棺材店的門口走過。

楊老人走在商店街上，兩旁的路燈有幾盞已經點亮了。來到了最熱鬧的區域，老人看見一新一舊的兩家電影院，並排在寬達十二間[4]的大馬路正對面。此時正在上映美國電影，玻璃窗裡掛的宣傳畫是個拿著手槍的牛仔。老人在窗前來來去去走了一陣子，忽然想到自己站在這種地方，女兒一定會先發現自己，搞不好會偷偷逃走。於是老人只好踏著沉重的步伐走向市場。水果店的門口擺滿了香蕉、冬季番茄及紅甘蔗，散發著令人熟悉的電土燈氣味。

電土燈的氣味讓老人想起了一件往事。在老人還是二十多歲小夥子的時候，曾到鬧區工作，雖然做事認真勤快，卻沒有存錢的觀念。每當存了一點錢，就會到市場後方的紅燈區找樂子。有一次，母親不知從哪裡探聽到了消息，竟然闖進了藝旦[5]的屋子，當時自己正在跟幾個豬朋狗友一起喝酒，母親突然舉起暗藏在手中的鞭子，朝著自己頭上猛然揮下。身旁一個朋友起身想打圓場，但母親全然不給面子，大罵一聲：「都是你們帶壞我兒子」，連那朋友也一起鞭打。脖子上遭鞭子打中的地方頓時又紅又腫，母親非但沒有後悔，反而激動得全身發抖，繼續舉起鞭子毆打其他男人。在場沒有一個人試圖反抗母親，因為她是長輩，每個人都知道不能對長輩動粗。最後自己只能乖乖跟著母親回家，宛如一隻遭人揪住了後頸的貓。雖然母親的火爆脾氣給人添了不少麻煩，但從前的臺灣人對長輩非常恭敬，相較之下，現在別說是兒子，就連女兒也過起了不知檢點的日子。

正胡思亂想之際，忽有兩道人影出現在電影院的入口附近。定眼一瞧，其中之一正是女兒。老人慌忙想要追趕上去，但雙腿不聽使喚，步伐依舊緩慢。就在老人跨著大步追到女兒

4　間為日制長度單位，一間約等於一．八公尺。

5　藝旦：日治時期在風月場所以戲曲、音樂，取悅賓客的歌妓。又作「藝妲」、「藝姐」。

身後之際，忽然有人扯住了老人的袖子。老人用力甩開，轉頭一看，竟是電影院入口的收票員。

「老先生，你的票呢？」

「我來找我女兒，我剛看她走進去。」

「叫什麼名字？我幫你廣播。」

「不必了，我自己進去找。」

「電影已經開始了，裡頭一片黑，你就算進去也找不到的。」

老人不肯聽勸，說什麼也要進入，收票員也有些惱怒，說道：

「不行，你如果非進去不可，就請你買票。」

「混帳，我說過我不是來看電影，你聽不懂嗎？」

「這是規矩，請你買票。」

「你是跟我作對到底了？」

「總之請你買票。」

「有什麼了不起，一張票多少錢？」

「兩元，請到那邊窗口購買。」

收票員指著賣票窗口說道。老人一聽，默默離開了入口。對現在的他來說，兩元不是小數目。他心想，那傢伙一定是看我年紀大，想要坑我的錢。從前看一場電影，不過才五十錢。但在這個當下，老人除了放棄之外別無他法。一想到遭到了愚弄，心裡更是怒火中燒，對女兒恨得捶胸頓足。

這天夜裡，月華將近十二點才回到家。一打開門，忽然一鞭子朝著頭頂揮來。

「哇啊！」

女兒嚇得一邊尖叫一邊往外逃竄。這是個沒有星光的夜晚，老人在漆黑的庭院裡氣得直發抖，嘴裡不停喊著：

「不孝女！不孝女！」

自從女兒逃走之後，就再也沒有回家。街坊鄰居都說她跟一個同樣在市政府工作的外省男人同居，老人則堅稱自己沒有這個女兒。

每想起女兒一次，老人便要發一次怒氣。令老人憤怒的理由很多，例如女兒不該沒有跟父親說一聲，就跟來路不明的男人同居，而且那個男人還是害兒子只能躲在國外的外省人。但比起這些，更可惡的是女兒竟然狠心拋下年老的父親，這麼多日子不見蹤影。一想到這點，憤怒的浪潮便如排山倒海般捲上老人的心頭。怒火不僅讓老人忘了孤獨，更成了老人如今唯一的生存意義。有如風中殘燭的生命之火，全靠著憤怒的能量才勉強支撐著。只要這股怒氣還沒有消失，老人甚至不會察覺死亡正在一步步逼近。

四

窗外的雨聲愈來愈激烈，老人的思緒也愈來愈清晰。失眠是一般老年人的通病，但楊老人少有像今天這樣無法入睡的情況。

驀然間，楊老人又想起剛剛那場夢。夢裡抬棺材的苦力只有兩人。

「只有兩個人抬，棺材一定是空的。這麼說來，那必定是為我準備的棺材。」

老人回想起當年母親過世時的情況。當時為了將裝了母親遺體的棺材抬到山頂上，老人雇用了二十名苦力，而且支付的日薪還是行情價的兩倍。

那已經是三十年前的往事了。當時楊老人的事業才剛上軌道，依自己那時的社會地位，花在母親喪禮上的費用實在大得有些不合時宜。但楊老人認為母親含辛茹苦地養大自己，如今盡最後一份孝心，即使花再多錢也在所不惜。楊老人並非將母親埋葬在山腳下，而是選擇將墳墓蓋在山頂上，其實這背後也有一番私心。當初在挑選埋葬地點時，楊老人聘請了全臺南最具權威的風水先生。那位風水先生走遍臺灣南部一帶，花了十天以上的時間，才挑上了那座山頭。臺南屬於又濕又熱的熱帶氣候，遺體只要放置三天以上，就會散發出詭異的臭氣。即使密封在厚達五寸的棺材裡，從縫隙透出的屍臭還是會與日俱增。為了消除屍臭，楊老人只好整天焚燒檀香，苦苦等待風水先生回來。

「那裡的風水，我敢拍胸脯保證，一定能讓你大富大貴、子孫滿堂、世代興旺。」

楊老人信了風水先生的話，買下那座山頭，在山頂上為母親蓋了墳墓。整座山長滿了鬱鬱蒼蒼的相思樹，光是要開出一條能夠容棺材通過的小路，都不是件容易的事。加上山坡陡峻，要把沉重的棺材抬上山又得費一番功夫。

但楊老人認為這些辛苦都是值得的。或許真如風水先生所言，祖先墳墓的位置將決定子孫的命運，也或許只是機緣巧合，總之楊老人接下來確實迎接了人生中的黃金時期。

這段黃金時期持續了約十年，楊老人在這段時期成了世人口中的「元會」。所謂的「元會」，是臺灣人對家財萬貫的生意人的美稱。成為元會的楊老人平常出入家門都有專屬的人力車接送，那是一輛黑色的人力車，上頭有金色裝飾。有錢的時候，楊老人相當慷慨大方，因此在社會上頗有聲譽。朋友及經常往來的商人也相當多，每到祭祖、自己的生日、孩子滿月等特殊的日子，大宅子裡總是人滿為患。但就在爆發戰爭之後，楊老人的運勢開始由盛轉衰。日本人為了凝聚戰力，擅自要求商家或小工廠進行合併或歇業，臺灣總督府更設置了米穀局，壟斷稻米的買賣事業。由於稻米買賣正是楊老人最大的收入來源，老人只好將雇用了多年的總管及店員解雇。不知是偶然還是有因果關係，剛好就在這個時期，楊老人埋葬母親的丘陵地區遭日軍指定為要塞基地。日軍在報紙上刊登強制搬遷的公告，下令該地區內的所有墳墓若在一週內不遷走，就視為無主墓，將交由軍方自行處分。楊老人根本來不及物色其它合適的埋葬地點，只能匆匆上山挖開墳墓，將母親的遺骨放進罈裡帶回家。在蒐集遺骨的時候，楊老人從腐朽的棺材裡發現了一顆拇指大的珍珠。當時心中的感動，楊老人一輩子也不會忘記。事實上這顆珍珠是當年為母親入殮時，楊老人親手以黑色綢帶綁在遺體額頭的陪葬品。過了十多個年頭後，棺材已成朽木，肉身已成白骨，黑色綢帶更是灰飛煙滅，這顆泛著黑光的大珍珠竟能忍受大自然的強烈風化作用，越發晶瑩透亮，散發著妖嬈的光采。

楊老人從母親頭蓋骨的下方拾起這顆珍珠，擱在掌心，手中的汗水頓時將珍珠濡濕，但楊老人並不打算再放開。這就像是母親留給自己的唯一遺物，楊老人暗自發誓無論如何都要將它好好守住，自己死時還要帶進棺材裡。

要將母親的墳墓移往何處，是個相當重大的問題。當初推薦那座山頭的風水先生已經去世，年輕一輩的風水先生雖然比比皆是，但在楊老人眼裡都是一些招搖撞騙之輩，完全不值得信任。話雖如此，但總不能一直將母親的骨灰罈擺在家裡。此外，更麻煩的一點是，全臺灣許多地區的臺灣人墳墓都遭日方下令強制搬遷。不僅毫無商量餘地，而且給予的時間非常短，如果所有親戚剛好都沒有發現公告，沒有在時間內移走墳墓，軍隊就會將遺骨全部蒐集起來一同焚燒，埋入公墓之中。因此就算找到了合適的埋葬地點，難保不會再次遭到驅趕。

「何不乾脆送到寺院裡？」妻子珠英說道。

位於臺南郊區的開元寺最近剛蓋了三座納骨塔。只要將遺骨擺進塔內，問題就迎刃而解了。不僅每天都有和尚誦經，清明節的時候也不必大老遠跑到山上掃墓。

「這不是很好嗎？這年頭還在相信風水，可是會笑掉人家的大牙。」

兒子永祥當時是大學生，放暑假回臺灣時說了這樣的感想。父親心裡頗不以為然，但怕遭兒子嘲笑，最後只好心不甘情不願地答應了。

就在炎熱的盛夏時期，楊老人帶著母親的骨灰罈前往了開元寺。從前鄭成功以臺灣為據點，企圖反攻復國，其子鄭經下令興建了這座寺院。因此從歷史的角度來看，這是一座相當有來頭的名剎。後來由於附近蓋了製麻公司，往來行人比從前多了不少，但依然算是個遠離塵囂的清幽之地。一入寺門，便看見高達一丈的兩尊門神坐鎮於兩側，令人望之生怯。午後的耀眼陽光投射在通往正殿的中庭地面上。除了楊老人及其妻子、小孩之外，沒有其他香客。

由於事先已知會院方，不一會便看見年老的住持客客氣氣地走出來迎接。住持早聽過楊元會的名頭，加上楊老人為了安置母親遺骨已捐了不少錢，住持當然不敢怠慢。一家人在迎賓室喝了茶，來到蓋有納骨塔的後院一瞧，僧侶們已將楊老人剛剛交付的罈中遺骨倒在地面，上頭鋪了薪柴。五、六名位階較高的僧侶站在旁邊，開始誦起了經文。

僧侶們接著焚燒銀紙。誦經的聲音毫無抑揚頓挫，彷彿是在感嘆人生的無趣。楊老人聽著誦經聲，深深感受到時代的變遷之快，著實令人無所適從。此時楊老人心中的震撼與敬畏之情，正如聽著那不斷迴盪於胸口的海潮聲，無法抹滅也無法抵抗，只能靜靜閉上雙眼強自忍耐。

母親的遺骨經焚燒後被裝進了新的小骨灰罈裡。一行人為了安置遺骨，走進了納骨塔內。就在這個時候，楊老人心中的悲傷達到了頂點。

塔的正上方有著採光用的玻璃窗，在透入塔內的陽光照射下，可看見多達數十層的架子上全是密密麻麻的骨灰罈。在看到這一幕的瞬間，楊老人的心中充滿了懊悔。當初根本不應該答應把母親的遺骨安置在這種地方。但懊悔歸懊悔，楊老人的意志並沒有堅定到能在這時轉身離去。否則的話，打從一開始，楊老人就不會答應把遺骨送進來。

想要將遺骨安置在寺內的納骨塔上，必須奉獻相當可觀的香油錢，因此能在此地安眠的都是特權階級。但即便如此，老人心中還是大為不滿。一旦把老母親放在這種地方，受著與其他人相同的待遇，楊家的命運一定也會受到影響，變得與其他世人一樣庸庸碌碌，不再有特別之處。

楊老人心中的悲傷大多來自於這股私心。結果正如老人的預期，戰爭愈來愈激烈，楊家也開始迅速衰敗。二夫人及楊老人在外頭包養的其他女人都趁楊老人尚未澈底窮途潦倒之前，爭取到了自己應得的一份錢財，與楊老人斷絕了關係。但是在那之前，楊老人還得再走過一次那道悲傷之門。

五

妻子珠英對楊老人而言，是個可有可無的人物。在漫長的歲月裡，楊老人並沒有體會到身為一個丈夫，能有一個若有似無的妻子，那是多麼難能可貴的事。

珠英是一輩子與楊老人同甘共苦的結髮妻子，跟楊老人一樣沒有讀過書。楊老人在過了中年之後快速致富，外貌也變成了個大腹便便的穩重紳士，但珠英的臉上卻依然帶著窮苦時期的風霜感。這段期間珠英共懷了九胎，其中雖只有六個小孩順利養大，但過度的勞累已讓她變得人老珠黃。

有了錢之後，楊老人開始必須跟一些有頭有臉的日本人往來。但以珠英的容姿及內涵，實在不適合帶著參加酒宴。楊老人於是走訪各藝旦家及咖啡廳[6]，挑了一個會說日語的年輕女孩，帶回家裡包養。跟大夫人珠英比起來，這個二夫人能讀得懂雜誌，擅長與男性交際，而且頗受日本人喜愛。因此每當要參加正式的餐會，楊老人攜帶的伴侶必定是二夫人。

天底下絕對沒有一個女人會在丈夫有了其他女人後依然無動於衷。珠英心裡必定不好受，但她卻從不曾提出抗議。在珠英的觀念裡，丈夫的錢是丈夫自己憑本事賺來的，要怎麼花是他的自由。何況就算要求丈夫不准在外頭偷腥，他也一定會偷偷摸摸地幹，畢竟這是男

6　二戰前日本的咖啡廳不僅提供酒精飲料，且有女給（女服務生）接待服侍，與現代的咖啡館概念截然不同。

人的本性。既然如此，不如放任男人想做什麼就做什麼。女人只要不干涉男人的自由，男人為了顧及自己在社會上的面子，就絕對不會隨便拋棄女人，讓女人流落街頭。換句話說，在社會的注目之下，男人必須負起照顧女人的責任。

打從自古以來，女性的存在就很悲哀。女人活在世上就是為了吃苦，因此女人天生就能夠忍受這些痛苦。如果不甘忍受而企圖反抗，勢必將嘗到更大的痛苦。珠英憑著自己的生命本能，體會了這個道理。自從十八歲嫁進楊家之後，珠英就全心全意地侍奉婆婆。很多事情婆婆明明自己就能做，卻偏要媳婦代勞，就連解下纏足帶後洗腳用的那盆水，也要媳婦為自己端來。晚上更是常喊著腰痛，要媳婦為自己按摩搓揉。有時婆婆已經睡著了，但珠英沒聽到婆婆說「可以了」之前，絕對不會停手。

晚年之後，老夫人變得更加難以伺候。以當時的家境，老夫人已整天不用做任何事，因此老夫人把大部分心思放在「吃」這件事上。對於每一餐的菜色，老夫人的要求相當高，只要一星期之內餐桌上出現相同的料理，老夫人就會氣得不吃飯。除了山珍海味之外，老夫人的嘴還有另一件事要忙，那就是罵人。為了不遭到婆婆責罵，媳婦每天都活得戰戰兢兢，把每一件家事都做得毫無缺點。在過世的前幾年，老夫人視力大減，兩眼幾乎看不見東西。兒子勸母親接受西醫治療，母親堅決不從，兒子只好到處尋找著名的中醫及祕傳的藥帖。有些中醫要求見一見病患，兒子就會親自背著母親前往。

楊老人的眼前浮現了當年自己背負眼盲的母親，與負責拿行李的珠英一同上下火車的畫面。驀然間，楊老人驚覺現在的自己與當年的母親竟有這麼大的不同。從前只要是自己能為母親做到的事，絕不會假手他人。就算是秤兩販賣的昂貴珍珠粉，只要聽說有療效，自己不管手頭再怎麼拮据，也一定會掏錢買下。相較之下，現在的年輕人實在是太不孝了……

「唉……」

老人坐在黑暗的房間裡，忍不住發出嘶啞的嘆息聲。

雖然老人事母極孝，老母親還是死了。臨死前，母親將兒子喚到枕邊，要兒子無論如何必須好好善待珠英。由此便可知這個媳婦多麼令婆婆滿意。

然而大量的財富，還是讓楊老人忘了妻子的存在。即便如此，珠英從不認為丈夫是個壞人。不，或者該說這不是好壞善惡的問題，而是觀念的問題。在珠英的觀念裡，家庭是以「和」為貴。若是犧牲自己能夠帶來家中的和平，珠英並不在乎付出多大的代價。何況孩子們一一長大成人，珠英雖然失去了丈夫，卻能將希望寄託在這些孩子的身上。不斷改變寄託希望的對象，就是珠英活著的不二法門。但是四個兒子有三個遭軍方徵調，出國打仗去了。最後一個兒子因正在上大學而免於徵調，但也成了離巢單飛的雛鳥。珠英與心中只有小妾而沒有妻子的丈夫住在同一個屋簷下，終日只有女兒陪在身邊，最後就那樣孤獨地死去。

當時正是戰爭打得如火如荼的時候。珠英長期以來一直有腹痛的毛病，多次告知丈夫，但丈夫都以為沒什麼大不了。這次珠英持續腹痛了三天三夜，痛楚一直沒有減輕，最後幾乎奄奄一息，在女兒的陪伴下被抬進了臺南醫院。

那時候丈夫正與二夫人一同在朋友家作客。深夜回到家中時，楊老人發現女兒還沒有回來。照理來說，身為丈夫應該立即趕往醫院探視。但楊老人不知為何總覺得心情沉重，提不起勁前往醫院。楊老人進了二夫人的房間，在床上躺了許久，卻遲遲無法入眠。眼前不斷浮現妻子強忍著痛楚的表情。不論再怎麼疼痛，妻子總是強自忍耐，絕不發出呻吟。楊老人心想，既然還能忍得了，或許沒那麼痛。反正妻子天生是個很能忍的女人。

楊老人輾轉難眠，一直維持著半夢半醒的狀態。驀然間，一陣激烈的敲門聲，令老人睡意全失，心臟在一瞬間彷彿停止了跳動。

老人一聽到敲門聲，便明白發生了什麼事。就在這一瞬間，老人有種錯覺，彷彿支撐著自己的大地開始劇烈搖擺，令自己連站也站不穩。低頭一看，原來自己腳下所踏的根本不是大地，而是一片波濤洶湧的大海。棲息於臺灣海峽深處的那尾鱷魚精正感到飢腸轆轆，使盡了力氣攪動海水。鱷魚精已吞噬了老人最重要的另一半，卻還意猶未足，想要將老人也撕吞入腹。老人忍不住想要張口大喊，連忙緊緊摀住了嘴，眼淚卻已滾滾流下。

「你還是快去醫院吧。」

在受二夫人這麼催促之前，老人甚至連下床的力氣也沒有。

打開門一看，外頭正下著傾盆大雨。這一場久違的雨水為廣大庭院裡的樹木花草洗去了身上的塵埃。其中唯有鮮紅色的雞頭花正在不斷微微顫動。那紅色實在太刺眼，令老人幾乎迷失了方向。

悲愴以各種不同的形式降臨在老人的身上。為何直到妻子過世之後，老人才發現自己深愛著她？光是這點便已令他悲痛欲絕。再加上妻子臨死之際陪在她身邊的親人們告訴老人，珠英在最後一刻不斷喊著每個孩子的名字，卻從不曾喊過丈夫的名字。倘若這是事實，這意味著珠英根本不愛自己的丈夫。在珠英生前，丈夫從不曾好好珍惜過她，她當然也對丈夫不抱任何感情。這如此理所當然的結果，帶給老人永遠難以抹滅的痛苦。原來自己是個連妻子也不愛的男人。一個連妻子也不愛的男人，又如何能博得其他女人、親友及孩子們的愛？老人直到這一刻才深深體認到，自己原來一直是如此地孤獨。

悲愴的理由還不止這些。為妻子舉行葬禮的時候，到底該採火葬還是土葬，親人之間爭論不休。日本人向來是火葬民族，近幾年日本人在臺灣大力推廣皇民化運動，臺灣人不論活著或死去都被迫接納日本人的習俗。在日本人的觀念裡，與其讓屍體因自然的風化作用而消失，不如直接燒成灰更加省事得多。這樣的想法似乎也不算錯。近來有愈來愈多臺灣人接納這個習俗，選擇了火葬的方式。但楊老人對火葬可說是極度排斥。當初為了將遺骨送入開元寺的納骨塔而加以焚燒時，由於遺骨早已不成人形，楊老人勉強還能接受。如今要將才剛斷氣不久的肉身放進烈火裡，老人光是想像便頭皮發麻。沒等靈魂自然離去就焚燒軀體，難保不會連靈魂也一同燒死。

親戚及朋友們提議要火葬時，楊老人慌忙反對，但楊老人只是想法固執，性格卻有些軟弱，最後還是只能屈伏。妻子的遺體於是被放進了日本人慣用的白木棺材內。由於是焚燒用的棺材，木板非常薄，若是從前的臺灣，再貧窮的人家也不會使用這麼薄的棺木。楊老人一想到妻子的靈魂會在這種東西裡頭被燒死，便不禁潸然淚下。在這些眼淚之中，當然也包含了一些對自己的哀憐。自己死得愈晚，愈有可能步上妻子的後塵，永遠喪失重生的機會。

楊老人頗想拿出母親遺留下的那顆彌足珍貴的珍珠，放在亡妻的頭髮上。但想來想去，一直拿不定主意該不該這麼做。珍珠被火一燒，不僅會光澤盡失，形體當然也不復存在。令楊老人感到惋惜的不是珍珠的真正價值，而是情感上的價值。這價值實在太大，甚至令楊老人早已忘了它也價值不少錢。楊老人猶豫了好一會，最後改變心意，決定將珍珠送給站在棺材旁啜泣的女兒。有形之物不應無端加以毀損。既然女兒願意為母親的死而如此難過，交給女兒就跟交到妻子手上是一樣的意思。

葬禮結束之後，楊老人將女兒叫到面前，把珍珠交到她手上，對她說：「這是妳媽媽的遺物。」此時楊老人早已將帶著珍珠進棺材的想法拋諸腦後，滿腦子只擔憂著一件事，那就是不希望自己去世時也遭烈焰焚身。楊老人悄悄對女兒說了，擔心遭到女兒取笑，沒想到女兒臉上一點笑意也沒有。

「爸爸，你會長命百歲，現在操這種心還太早。」

「每個人都會死，何況爸爸年紀也大了。這件事，爸爸只告訴了妳，妳可別說出去。將來爸爸死了，如果大家建議妳火葬，妳絕對不能答應。」

楊老人說得異常認真，女兒似乎體會了父親的心情，泫然欲泣地回答：

「好，我知道了。」

楊老人聽女兒這麼說，才終於放下心中大石。

老妻一死，二夫人原本應該升格為大夫人，但楊老人並沒有這麼做。自從妻子去世之後，楊老人就對女人完全失去了興趣。或許是因為年紀大了，也或許只是單純心態上的改變，唯一可以確定的是楊老人已失去了人生中最重要的東西。自此之後，楊老人變得更加頑固，且更容易掉眼淚。這樣的老爺當然無法跟二夫人處得來。二夫人沒有孩子，此時對兩人而言都已無繼續在一起的理由，於是女方主動向楊老人要求一筆錢。楊老人將郊外一棟收租金的房屋轉到女方名下，從此跟女方斷絕關係。

美軍的空襲愈來愈頻繁，不少人都移居到了鄉下，但楊老人說什麼也不肯離開自己的家。雖然事業一蹶不振，但楊老人對自己的經商才能依然抱持相當大的自信，每天除了提防空襲之外，還為了事業而到處奔波忙碌。女兒則因害怕遭徵調，主動到市公所上班。

某一天，老人正在運河邊散步，突然聽見了空襲警報。楊老人急忙想要躲避，頭頂上已傳來「噠噠噠」的機槍掃射聲。他驚惶失措地爬進魚塭的泥漿裡，下一秒子彈在運河上打出了一長排點狀的漣漪。

老人撿回了一條命，踉踉蹌蹌地回到家門前，竟看見屋子遭燒夷彈直接命中，轉眼已被火焰吞沒。火舌四處竄出，根本來不及撲滅。老人一臉茫然地看著自己的家慘遭祝融，彷彿這一切已與自己無關。老母親的牌位、妻子的牌位，以及過去點點滴滴所留下的痕跡，都在這一瞬間化為灰燼。

但老人還沒有死。即使失去了一切，老人身上依然背負著沒有人能夠奪走的資產，那就是「歲月」。就算徹底自我封閉，就算只活在過去的回憶之中，日子還是得過下去。

六

戰爭結束之後，兒子永祥終於從日本回來了。幾年不見，永祥不僅已從大學畢業，而且已是個能夠獨當一面的男人。老人滿心以為自己從此可以高枕無憂，過起享清福的生活。

沒想到老人與兒子在許多想法上都起了嚴重的衝突。兒子明明已大學畢業，卻找不到工作，在家裡遊手好閒了好幾個月。父親想靠兒子養，兒子卻覬覦父親那些蒙受空襲損害的土地，以及剩餘的財產。兒子沒有經商才能，對父親的事業卻經常批評干預；沒有當上高官，卻老是愛對政治高談闊論。老人自己對政治一點興趣也沒有，心中認定政治是政府官員的事，老百姓只要管好自己的生活就行了。古人說：「修身齊家治國平天下」，一個人如果連自己的家也照顧不了，談論再多國家、天下的事，也只是廢話連篇。

「你看看人家隔壁的兒子，雖然才公學校畢業，卻那麼會賺錢。」

會不會賺錢是父親判斷一個人價值的唯一標準。兒子再三向父親強調做學問不是為了賺錢，但即使說破了嘴，父親還是無法理解。並非父親太過愚昧，而是老一輩與年輕一輩的觀念有著本質上的差異。兒子到臺北找了一所中學校任教，不再試圖說服父親。

通貨膨脹的情況愈來愈嚴重，老人卻遲遲沒有採取因應對策，轉眼間已失去了僅存的財產，連生計也成問題。就在老人決定要賣掉手上最後一塊土地的時候，兒子彷彿探聽到了消息，剛好就在這時回到了老家。

兒子這趟回來的目的，正是為了慫恿父親做一次死中求活的重大賭注。根據兒子帶回來的消息，走私砂糖到日本能獲得十倍的利潤。剛開始的時候，老人並不相信這種毫無根據的小道消息，但兒子從早到晚苦苦懇求，最後終於說服了老人。一來老人疼愛兒子，二來老人聽久了之後，也漸漸覺得這門生意值得一試。

於是老人賣掉土地，依著兒子要求的金額，將一筆錢交給了兒子。兒子離開故鄉，順利搭著走私船抵達了日本，但搬貨上岸時走漏了風聲，走私的砂糖全遭到查扣。兒子沒有老實告知父親這件事，楊老人一直痴痴地等著，以為兒子再過不久就會帶回十倍的利潤。但等到望眼欲穿，卻不見兒子回來，也沒有收到兒子寄回的錢。老人每天都掛念著兒子的事，久而久之期盼已轉變為憤怒與牢騷。尤其是沒錢喝酒的時候，老人更是激動地大聲斥罵：

「不孝子！不孝子！」

原本老人身旁還有個女兒能聽自己發牢騷，但自從上次那件事之後，老人跟女兒也斷絕了往來。沒有對象能夠發洩心中的鬱悶情緒後，老人變得更加孤僻，不再與他人交際，簡直像變了一個人。就算從前的老友舉辦生日宴會，老人也絕不參加。老人心裡認為自己是個遭到所有家人拋棄的糟老頭，沒有人會願意招待自己參加宴會。那些人一定是不安好心，想要把自己叫去恥笑一番。

老人愈想愈是無法原諒兒子及女兒。早知道這些孩子如此不孝，當初實在不應該辛苦將他們養大，不應該把自己的一切毫不吝嗇地送給他們。

心裡雖然抱怨連連，但老人其實有個連女兒也沒有告知的祕密。老人口口聲聲說通膨毀了自己的事業，令自己一無所有，但其實老人偷偷藏起了一筆錢，沒有告訴任何人。當初賣掉土地時，有個老人相當信賴的朋友向老人借錢，雖然兒子極力反對，但老人最後還是以高額利息為條件，將錢借給了朋友。雖然通貨膨脹嚴重，但朋友的事業發展得很順利，一直依照約定支付利息給老人。光靠這些利息，老人每天喝酒絕對不成問題，但老人的酒錢全來自於兒子寄回來的錢以及女兒的薪水收入，絕不肯動用自己暗中藏下的這筆錢。久而久之，雖然貨幣貶值，但這筆錢還是高達兩萬元。最近通貨膨脹已趨緩，加上朋友的事業發展不順，朋友決定將所有的錢還給老人。這一大疊兩萬元鈔票就藏在老人所睡的竹床枕頭底下。

楊老人一毛不拔地守住這筆錢，全是為了自己死後做打算。從前臺灣多孝子，老年人不必預留自己的棺材本，但在如今這個可怕的新時代，老年人連死也沒辦法死得安心。人死而無棺可殮，是人生最大的悲哀。楊老人害怕這件事降臨到自己頭上，因此說什麼也要貫徹意志，卻把喝酒的錢轉嫁到兒子、女兒身上。如今沉睡在枕頭底下的兩萬元，已足夠買下整個臺南最昂貴的一副棺材。只要這筆錢還在手邊，老人睡也睡得安穩、死也死得安心。對了，應該趁身體還硬朗的時候，先把棺材挑好。老人心中如此盤算著。明天就到街上挑棺材，順便殺個價吧。

到了如今，老人相當慶幸將祕密守到了最後一刻。過去老人曾有數次想要對女兒坦誠以告，但每次都警告自己不能衝動。要是那個不孝女知道自己手邊還有一筆高達兩萬元的現金，恐怕不是會離家出走，而是會把男人帶回家裡，千方百計騙走這筆錢。太危險了，太危險了。

老人腦袋裡的幻想宛如不斷拍打岸邊的浪潮一樣永無止境。但就算再怎麼故作堅強，自己的棺材得自己花錢買，這畢竟是世上最孤獨的事。

「現在回想起來，珠英實在死得正是時候。」

在老人的記憶之中，自己打從妻子去世之後便開始噩運連連。未來不僅日子會愈來愈難過，而且年輕人也會不再相信傳統習俗，甚至連母親的忌日也不會記得，更不必期待自己死後能有人上香。

「唉，看來是我活得太久了。」

窗外忽傳來清晨的雞叫聲，彷彿在回應著老人的獨白。下了一整晚的雨，不知在何時已經停了。

七

當楊老人再度醒來時，狹小的租屋處庭院正因初夏的陽光而熠熠發亮。圍牆外傳來一陣敲門聲，於是老人自菜瓜的棚架底下走過，來到門邊，拉開了門閂。

來訪之人竟是月華。女兒突如其來地出現，令老人一時忘了數個月累積下來的怒火，只是愣愣地站著不動。

「爸爸，生日快樂。」

女兒說道。老人完全不明白女兒為何會這麼說，甚至懷疑自己正作著白日夢。

但仔細一看，女兒手上提著一個紅色竹籠。竹籠的蓋子沒有蓋緊，露出了裡頭的紅饅頭及長壽麵。

這時老人才豁然想起，今天是自己的七十一歲生日。沒想到自己竟然忘得一乾二淨，離家出走的女兒反而記得。

「進來吧。」

老人轉身走進客廳。

「阿龍說等市公所下班後，他也會趕過來。」

阿龍指的應該是女兒的伴侶吧。老人雖是第一次聽見這個名字，卻有一種莫名的熟悉感。

女兒走進客廳，打開竹籠的蓋子，將各種食物及慶生用的物品一一取出，擺在佛壇前的桌上。老人不知該說些什麼話，只能默不作聲地看著女兒。女兒的態度相當自然，彷彿跟父親之間什麼爭執也沒發生過。等等，難道真的什麼也沒發生？否則的話，女兒怎麼會記得連自己也早已遺忘的事？

想到這裡，老人忍不住又想掉眼淚。昨晚作的那場夢，此刻已從記憶中消失。不，其實老人記得清清楚楚，但心裡認為那一定是哪裡搞錯了。現實就像狐狸一樣狡猾，像初夏的天氣一樣多變。昨晚的夢一定是假的，此時眼前的景象才是真的。

老人心中如此深信。雖然沒辦法像從前一樣舉辦盛大的生日宴會，老人卻覺得好幸福。女兒點燃了一支香，老人聞著撲鼻的香氣，再也壓抑不住淚水。

錫製的燭臺上，紅色的蠟燭正搖曳著火光。

（初發表於一九五五年三月）

國家圖書館出版品預行編目

看不見的國境線：邱永漢小說傑作選 / 邱永漢著；李彥樺譯 .
-- 初版 . -- 新北市：惑星文化出版：遠足文化事業股份有限公司發行 , 2023.06
冊；　公分
譯自：邱永漢短篇小說傑作選：見えない国境線
ISBN 978-626-97079-1-1(上冊：平裝). --
ISBN 978-626-97079-2-8(下冊：平裝). --
ISBN 978-626-97079-3-5(全套：平裝)

861.57　　112008630

看不見的國境線（上）：邱永漢小說傑作選

邱永漢短篇小說傑作選 見えない国境線

作　　者　邱永漢
譯　　者　李彥樺
副總編輯　黃少璋
特約主編　盛浩偉
封面設計　朱疋
排　　版　宸遠彩藝工作室

出　　版　惑星文化／遠足文化事業股份有限公司
發　　行　遠足文化事業股份有限公司（讀書共和國出版集團）
地　　址　231 新北市新店區民權路 108 之 2 號 9 樓
郵撥帳號　19504465 遠足文化事業股份有限公司
電　　話　(02)2218-1417
信　　箱　service@bookrep.com.tw

法律顧問　華洋法律事務所 蘇文生律師
印　　製　成陽印刷股份有限公司
出版日期　2023 年 6 月 20 日初版一刷
定　　價　490 元
I S B N　978-626-97079-1-1　書號 3GLI0001